De hand van een moordenaar

Alexandra Marinina

De hand van een moordenaar

Vertaald uit het Russisch door Theo Veenhof

Uitgeverij Luitingh ~ Sijthoff

© 1993 Alexandra Marinina
All rights reserved
© 1999 Nederlandse vertaling
Uitgeverij Luitingh ~ Sijthoff B.V., Amsterdam
Alle rechten voorbehouden
Oorspronkelijke titel: Стечение обстоятельств / Stetsjenije obstojatel'stv
Vertaald uit het Russisch door: Theo Veenhof
Omslagontwerp: Monica Waalwijk de Carvalho/Artgrafica
Omslagfotografie: Bernd-Horst Sefzik
Foto auteur: Moscoop/Eddie Opp

CIP/ISBN 90 245 3503 4
NUGI 331

I

Er waren drie moordenaars: de Opdrachtgever, de Organisator en de Uitvoerder. Van hen voelde de Opdrachtgever zich die nacht het best. Hij had de beslissing genomen en de noodzakelijke instructies gegeven, en nu wachtte hij tot men hem verslag zou uitbrengen. De beslissing zelf was hem niet makkelijk gevallen. Hij had lang geaarzeld en afgewogen, lang geprobeerd de zaak met andere, zachtzinniger middelen op te lossen: met geld, overreding, dreigementen. De Opdrachtgever had helemaal geen moordenaar willen worden. Maar nog minder wilde hij zijn positie op het spel zetten. Zijn huidige functie had de Opdrachtgever verworven vanuit een solide verleden in de communistische jeugdbeweging en de Partij. Met zijn tweeënveertig jaar was hij inmiddels een beroepsbureaucraat. Dit betekende dat hij in de eerste plaats ideeën moest uitbroeden waarmee hij in een goed blaadje kwam bij zijn superieuren, en dat hij vervolgens de juiste man moest kiezen om die ideeën te verwezenlijken. Diegene kon hij dan op zijn beurt aanspreken wanneer zijn bevelen niet naar behoren werden opgevolgd. De Opdrachtgever deed, als alle bureaucraten van zijn soort, nooit iets zelf. Had hij zijn bevelen gegeven, dan haalde hij opgelucht adem en piekerde niet over wat er allemaal mis kon gaan. Hij was er heilig van overtuigd dat wat hij had opgedragen ook zou gebeuren. De grondslag van gehoorzaamheid is angst. En hij was er goed in om ondergeschikten angst in te boezemen. Ook ditmaal had hij, toen hij zijn beslissing had genomen, alle zorgen afgewenteld op de Organisator. Zelf sliep hij voor het eerst in een halfjaar rustig.

De Organisator daarentegen sliep slecht, al vanaf de dag, twee weken geleden, dat de Opdrachtgever opeens was komen opdagen en een gesprek met hem had geëist. De Organisator bekleedde tegenwoordig een functie die misschien zelfs iets hoger was dan die van zijn oude kennis. Hij had het land gehad dat die hem iets zou komen vragen, waarbij hij hem een klein beetje zou kunnen chanteren met hun vroegere betrekkingen.

Maar het bleek allemaal nog veel erger. Rond de Opdrachtgever kon een schandaal losbarsten, en als het allemaal echt uit de hand liep zou ook hij, de Organisator, meegesleurd kunnen worden. Het hing er helemaal van af hoe diep ze zouden spitten. En kwam zijn zijn naam boven water of wees ook maar iets in zijn richting, dan zou die bende jakhalzen van Kovaljov hem in een oogwenk aan stukken scheuren, tot vermaak van henzelf en van de kranten. De Organisator had nogal een smoezelig verleden. Tot nu toe was er simpelweg niemand op het idee gekomen zich daarin te verdiepen. Maar begonnen ze daar eenmaal mee, dan was het afgelopen.

Toen de Organisator zijn opdracht ontvangen had, zocht hij een Uitvoerder en gaf hem alle informatie door die hijzelf van de Opdrachtgever had gekregen. Hij had de Uitvoerder tot maandag de tijd gegeven. Inmiddels was het vrijdag, of eigenlijk al zaterdag. Nog steeds was er niet gebeld. De Organisator had vier nachten wakker gelegen. Nu zat hij in zijn keuken vol afgrijzen te wachten. Zijn vrouw had hij wat onzin op de mouw gespeld over een spoedrapportage aan de adviseurs van de president. Wat stond hem te wachten? De mededeling dat het gevaar was afgewenteld en dat er geen schandaal zou komen? Of de mededeling dat de Uitvoerder de zaak verknald had en er een andere oplossing moest komen? Natuurlijk, de Uitvoerder was een betrouwbare vent met een goede staat van dienst. Maar nu hing het alleen van hem af of de Opdrachtgever en de Organisator van gerespecteerde ambtenaren zouden veranderen in banale criminelen. De Uitvoerder had alles in de hand. Alles.

Ook de Uitvoerder was wakker, maar niet door angst en ongerustheid. Hij was aan het werk. Hij wachtte op zijn slachtoffer.

De Uitvoerder wist dat de persoon die hij uit de weg moest ruimen op reis was en maandag weer aan het werk ging. In zo'n situatie, redeneerde hij, komen mensen op donderdag thuis, waarna ze vrijdag thuis uitblazen, of op vrijdag dan wel zaterdag. Voor alle zekerheid had de Uitvoerder donderdagmiddag zijn post betrokken in het huis van het slachtoffer. Hij wist zeker dat er niemand anders zou komen. Nu zat hij hier al zesendertig uur, met chirurgenhandschoenen aan en plastic zakjes om zijn sportschoenen. De Uitvoerder was een echte jager. Het afmattende wachten maakte hem niet nerveus. Hij kon urenlang onbeweeglijk zitten, als een schijndode, zonder het minste gerucht te maken. Op gezette tijden stond hij op om zijn benen te strekken, dronk thee, kauwde op de meegebrachte broodjes en chocolade, liep de badkamer binnen om zich op te frissen en ging weer in zijn stoel zitten. Soms trok hij zijn handschoenen uit om de huid te laten ademen, waarbij hij zijn handen liet hangen. De gedachte dat pal tegenover het huis waarin hij zich bevond de Moskouse politieschool stond, amuseerde de Uitvoerder. Onder invloed van dit feit had hij enige correcties aangebracht in het moordplan dat hij tevoren had uitgedacht en hij had zich er een beetje vrolijk over gemaakt. De Uitvoerder was een serieus, zelfs somber man, maar was tegelijkertijd begiftigd met een zwart gevoel voor humor.

Hij dacht er niet over na dat met het welslagen van de operatie iemands welbevinden of zelfs leven was gemoeid. Hij was aan het werk en stond er alleen bij stil dat van de afloop zijn reputatie afhing, en daarmee ook toekomstige opdrachten en de betaling daarvoor. Nooit had hij zich ingelaten met wat in de pers 'mafiastructuren' heetten. De mafiosi beschouwde hij als oninteressante en niet al te snuggere lieden. De Uitvoerder werkte voor de groten, mensen die het belangrijk vonden dat het woord 'moord' zelfs bij niemand opkwam. Ongelukken en plotselinge sterfgevallen waren zijn specialiteit. Tot nu toe was het nooit misgegaan, hoewel het werk het laatste jaar oneindig veel moeilijker was geworden. Een jaar geleden was de man overleden die voor hem, de Uitvoerder, zijn peetvader was, in die zin dat hij hem de finesses van het vak had bijgebracht: zelfbeheersing, precisie, geduld, voorzichtigheid. De peetvader was niet alleen zijn leermeester geweest, maar ook zijn eerste Opdrachtgever, die hem bij die gelegenheid op de proef had gesteld en hem vervolgens met zijn aanbevelingen op weg had geholpen. Wat veiligheid en het uitwissen van sporen betreft, was de peetvader een briljante specialist geweest. Toen zijn leermeester stierf, begreep de Uitvoerder dat diens 'onverwachte overlijden' een nauwkeurig geplande moord maskeerde. Het ervaren oog herkent meteen het werk van professionals. Toen zijn peetvader nog leefde, had de Uitvoerder te maken met mensen uit eigen kring, vele malen beproefd en honderd procent betrouwbaar. Nu moest hij zijn waakzaamheid verdubbelen omdat niemand aanbevelingen verstrekte aan nieuwe Opdrachtgevers. Ook deze opdracht had hij gekregen van een onbekende. Hij had eenvoudigweg in zijn brievenbus een uitnodigingskaartje aangetroffen voor een gouden jubileum, dat gevierd zou worden in het restaurant van hotel Belgrado, op 6 juni vanaf 19.00 uur. Hij had de trein genomen, was op de aangegeven dag in Moskou gearriveerd en had zich om elf uur 's avonds naar het hotel begeven (bij de in de uitnodiging vermelde tijd moest vier uur worden opgeteld). Verder verliep alles volgens het jarenlang beproefde schema. Binnen tien minuten had men de Uitvoerder de opdracht uiteengezet, langzaam en precies de noodzakelijke informatie gedicteerd en een voorschot overhandigd. Dat was alles. Geen overbodig gepraat. Dit milieu kent sinds mensenheugenis zijn eigen regels, hier praat men niet over garanties en probeert men elkaar niet te bedriegen. Een nauwkeurig afgesteld controlesysteem staat niemand toe trucjes uit te halen, en de Uitvoerder wist het: er waren mensen die ervoor zouden zorgen dat hij op tijd en volledig voor zijn werk zou worden betaald en die in de gaten hielden of hij er geen puinhoop van maakte.

De Uitvoerder werd niet gekweld door boze voorgevoelens. Hij maakte zich geen illusies dat hij buitengewoon en onkwetsbaar was. Hij begreep heel goed dat hij vroeg of laat zelf een fout zou maken of dat de omstandigheden zich tegen hem zouden keren. Daar stond hij filosofisch tegenover. De Uitvoerder was geen sadist en schepte geen genoegen in zijn werk. Hij was gewoon goed in zijn vak en had een milieu gevonden waarin altijd vraag is naar dit soort werk.

Het aantal mensen bij de incheckbalie werd kleiner. Dima Zacharov raakte de elleboog van zijn metgezel aan. 'Laten we gaan, meneer Leontjev. Zo meteen bent u te laat om in te checken voor uw vlucht.'
De heer Leontjev, tenger en op leeftijd, zette nerveus zijn bril recht en begaf zich naar de balie. 'Nou, bedankt Dima,' zei hij met een gespannen lachje, terwijl hij zijn ticket in ontvangst nam van de baliemedewerkster. 'Je gezelschap was me een genoegen. Wil je je baas namens mij bedanken? Ik begrijp dat fooien bij jullie geen gewoonte zijn?'
'Dat klopt,' bevestigde Dima. 'Betaling uitsluitend via de firma.'
'Jammer,' verzuchtte Leontjev. 'Ik had je graag persoonlijk een blijk van erkentelijkheid gegeven. Ik ben zeer tevreden over je. Maar het is niet anders.'
'Het beste blijk van erkentelijkheid is voor ons wanneer men opnieuw van onze diensten gebruik wil maken.' Terwijl hij deze geijkte frase uitsprak, duwde Dima zijn cliënt zachtjes naar de uitgang, richting startbaan. Smeer hem nou eindelijk eens, dacht hij vermoeid. Het is twee uur in de nacht, ik heb slaap en jij zeurt me aan mijn kop met je erkentelijkheid.
'Goede reis, meneer Leontjev! Als u weer naar Moskou komt, zijn we u graag van dienst.'
'Zeker Dima, zeker. Ik ga alleen met jullie bureau in zee. Nogmaals bedankt.'
Toen hij afscheid had genomen van Leontjev, haalde Dima opgelucht adem. Het viel niet mee om lijfwacht te zijn van een bangelijke miljonair.
Hij liep het gebouw van het vliegveld uit en begaf zich op een drafje naar zijn auto. Gedurende de bijna twee uur dat hij met zijn cliënt op het vliegveld had rondgehangen, was het niet opgehouden met regenen. Het plensde nog harder, leek het wel. Dima startte de motor en wilde wegrijden, toen hij een vrouw uit de richting van de aankomsthal zag komen aansjokken. Ze had geen paraplu, droeg een grote sporttas en leek Dima vreselijk ongelukkig. Er reden geen bussen meer naar het trans-

ferstation in de stad en hij bedacht vol meegevoel dat de vrouw tot de ochtend op het vliegveld zou moeten wachten, zittend op haar tas in haar kletsnatte kleren. Ze zou vast kouvatten. Of ze zou zo'n twee keer haar salaris moeten neertellen voor een taxi.

Dima knipperde met zijn lichten en reed langzaam naar de vrouw toe. 'Moet u naar de stad?' vroeg hij door het neergelaten raampje van het achterportier.

'Volginstraat, in Zuidoost. Kan ik met u meerijden?' In haar stem bespeurde Dima vreugde noch opluchting. Alleen een onderwerping zonder enige illusie aan het lot.

'Stapt u in.' Dima draaide vlug het raampje dicht en opende het portier voor haar. 'Weet u wat dit gaat kosten?' vroeg hij, alvorens weg te rijden.

'Ik kan het wel raden,' zei zijn passagier, enigszins spottend. Ze zette haar tas op haar knieën.

'Duizend roebel,' verduidelijkte Dima. Hij keek haar afwachtend aan. Voor zichzelf had hij al besloten dat hij de vrouw naar de stad zou brengen, zelfs al had ze geen cent. Vanuit Vnoekovo moest hij toch via Zuidoost rijden. Maar hij was een beetje beledigd door de onverschilligheid van de passagier, die de zeldzame mazzel had dat ze in het holst van de nacht voor een derde van de gebruikelijke prijs vanaf het vliegveld voor haar deur zou worden afgezet.

'Ik weet het, ik weet het,' merkte de vrouw verstrooid op. 'Meestal kost het meer. Of vergis ik me?'

'U vergist u niet,' glimlachte Dima. 'Taxibedrijven en particulieren vragen voor zo'n afstand op zijn minst drieduizend.'

'En u?'

'Ik ben geen particulier. Ik heb net een kennis weggebracht en wilde naar huis rijden. Maar toen ik u daar zo kletsnat en ongelukkig zag met die zware tas, sprongen de tranen me in de ogen. Voor drieduizend had u het niet gedaan, of wel?'

'Nee,' antwoordde zijn passagier laconiek. Intussen wist Dima Zacharov wel zeker dat ze helemaal geen geld had, zelfs geen duizend roebel.

Op plaatsen waar de weg verlicht was, probeerde Dima zijn metgezel tersluiks wat beter te bekijken. Dertig jaar of iets ouder, een vermoeid gezicht, zwaar opgemaakt, kort zwart haar, goedkope kleren, sieraden uit de bijouteriewinkel. In een bocht viel de vrouw een beetje zijn kant op, en Dima ving de lucht op van het dure en moeilijk te krijgen Cinnabar-parfum. Van parfum had hij aardig wat verstand. Hoe is het mogelijk, dacht Dima verbaasd. Estée Lauder! Dat kost net zoveel als al haar kleren bij elkaar.

Intussen had de vrouw de ritssluiting van haar tas geopend en een handdoekje te voorschijn gehaald om haar haar wat af te drogen.

'Wat doet u ook zonder paraplu als het zo giet,' zei Dima meevoelend.

'Ik sleep niet graag onnodige spullen mee als ik voor mijn werk op reis moet,' antwoordde zijn passagier. Het klonk snauwerig. Ze schrok er kennelijk zelf van en besloot wat beleefder te zijn. 'Je weet nooit waar je terechtkomt. Daarom moet je tas niet te zwaar zijn. Toch?'

'Moet u vaak op reis?' vroeg Dima belangstellend.

'Net hoe het uitkomt.' De vrouw haalde haar schouders op. 'Soms zit ik een jaar lang in Moskou en laat iedereen me met rust. En opeens heb ik de ene dienstreis na de andere. Je hebt je tas nog niet uitgepakt of je moet er alweer vandoor.'

'Wat doet u dan voor werk?' Dima hield wel van een babbeltje als afleiding tijdens een saaie rit.

'Gewoon werk. Zogenaamd wetenschappelijk.'

'Hoezo "zogenaamd"?' vroeg Dima verbaasd.

'Omdat de mensen die dat werk doen het "wetenschappelijk" noemen. Alle anderen vinden dat we overheidsgeld verspillen en dat we niet aan wetenschap doen maar aan kletsologie.'

'Maar ze sturen u wel op reis. Dan moeten ze toch ergens het nut van uw werk inzien. Of niet?'

'Nee. Ze gebruiken ons niet als wetenschappers maar als goedkope arbeidskrachten. Bijvoorbeeld als ze bij een inspectie wel een paar extra handen kunnen gebruiken. Het is treurig, maar

niemand heeft belang bij onze kennis.'
'Waarom dan niet?'
'Omdat er drie gebieden zijn waarop iedereen zichzelf een deskundige vindt: politiek, opvoeding en misdaadbestrijding. Die dingen snapt iedereen met een beetje verstand. Daar heb je helemaal geen wetenschap bij nodig. Hebt u weleens gezien wat voor een vies gezicht de mensen trekken als ze de woorden "doctor-kandidaat in de pedagogiek" horen?'
'En u bent nu juist doctor-kandidaat in de pedagogiek?' Dima kon een glimlach niet onderdrukken.
'Nee, ik ben jurist. Maar mijn situatie is absoluut niet beter. Weet u hoe de ambtenaren op de ministeries ons aankijken als we ze rapporten komen brengen? Alsof we schrijfzieke bedelaars zijn. Zo van, daar heb je ze weer met hun flauwekul, ze blijven maar schrijven die geleerden, doe liever wat aan die stortvloed van criminaliteit in plaats van onze tijd in beslag te nemen en ons te dwingen al dat gebazel van jullie te lezen. En twee of drie weken later sla je een krant open en wat zie je? Interviews met diezelfde ambtenaren waarin zwart op wit en woord voor woord delen uit jouw rapport worden aangehaald, alleen zonder dat jij als auteur wordt vermeld. En een honorarium, ho maar.'
'Zijn die honoraria hoog?'
'Een fooi. Maar daar gaat het niet om! Het is gewoon weerzinwekkend als ze je een drol vinden, een onbenul wiens gedachten je kunt stelen zonder er zelfs maar voor te bedanken. Over verontschuldigingen heb ik het niet eens. En weet je wat het grappigste is? De meeste van die baasjes willen zelf ook best een titel, maar ze kunnen natuurlijk geen proefschrift schrijven. Ze krijgen een aanstelling als assistent van de een of andere oude, eerbiedwaardige professor die het dan voor ze schrijft, in ruil voor een kistje cognac, subtropische delicatessen en een vakantie aan zee. En als ze hun proefschrift hebben verdedigd, hoor je zo'n nieuwbakken doctor-kandidaat nog ijveriger afgeven op de wetenschap. "Ik ben zelf ook gepromoveerd, ik weet er evenveel van als jullie." Is het niet om te gillen?'

Dima zweeg. Hij had ook openhartig kunnen worden en zijn toevallige metgezel kunnen vertellen dat hij meer dan tien jaar bij de politie had gewerkt. En dat de praktijklui daar precies zo tegen wetenschappelijk politiewerk aankeken als zij net had verteld. Hij had zijn beklag kunnen doen over de bekrompenheid van de leiding en over de onrechtvaardigheid van het lot. Hij had kunnen vertellen dat hij na zijn ontslag was gaan werken bij een particuliere firma die zich bezighield met iets wat, met een weidse benaming, 'commerciële veiligheid' heette. Dan waren ze, als vaklui onder elkaar, misschien vertrouwelijker aan de praat geraakt. Ze zouden ongetwijfeld een massa gemeenschappelijke kennissen blijken te hebben. Misschien hadden ze wel sympathie voor elkaar opgevat en zou hun kennismaking op iets heel anders zijn uitgelopen. Dat had kunnen gebeuren. Maar het gebeurde niet. Dima zweeg.

De auto stopte voor een stoplicht op een helverlicht kruispunt.

'Ik weet wat u nu denkt,' zei de passagier opeens. 'U probeert in te schatten of ik nou wel of geen geld heb.'

'Ik was al tot de slotsom gekomen dat u geen geld heeft,' gaf Dima eerlijk toe, in verwarring gebracht door de onverwachte opmerking.

'Bijna goed. Ik heb het inderdaad niet bij me, maar ik heb het wel thuis. Maakt u zich maar niet ongerust.' Ze glimlachte. 'Ik begrijp dat ik er niet bepaald uitzie als iemand die met geld kan smijten.'

Enige ogenblikken later reden ze af op het gebouw van de politieschool in de Volginstraat.

'Hier linksaf,' zei de vrouw, 'en dan nog een keer links, voorbij het gebouw. Daar, bij die inrit.'

Langs de gevel strekte zich een breed grasveld uit. Dima bedacht dat zij opnieuw doornat zou zijn voor ze bij haar portiekdeur was. Hij had met haar te doen, een vrouw die doodmoe werd van het reizen, die door niemand werd afgehaald en aan alles te oordelen helemaal op zichzelf was aangewezen.

'Wacht, ik rijd wel even de binnenplaats op, dan bent u dich-

ter bij de deur,' bood Dima aan.
'Heel graag,' zei de vrouw dankbaar en opende haar tasje. Ik geef u mijn paspoort als onderpand, goed? Of loopt u even mee naar boven?'
'Liever niet,' zei Dima meesmuilend. 'Je kunt tegenwoordig je auto geen seconde alleen laten of ze slopen hem. Dan moet ik alles afsluiten en de spiegels en de ruitenwissers eraf halen en hem daarna weer optuigen. Dat duurt me te lang. Geef uw paspoort maar.'
'Ik ben zo terug,' beloofde de passagier. Ze stapte uit.
Dima keerde op de binnenplaats, zodat hij gemakkelijk weer kon wegrijden, zette de motor af en doofde zijn lichten. Gezeten in zijn warme auto, stak hij een sigaret op en bedacht hoe hij morgen zijn dag zou indelen. Om tien uur naar zijn werk, om twaalf uur Vera van school halen en naar haar oma brengen, die op een datsja, haar vakantiehuis buiten de stad, zat. Hij moest zorgen dat hij voor vijven terug was, want om kwart over arriveerde op het Belorusski-station, met de trein uit Berlijn, de zoveelste maffe cliënt die zich de stuipen op het lijf had laten jagen door alle verhalen over de hand over hand toenemende misdaad in de Russische hoofdstad. Hij moest de cliënt naar zijn hotel brengen. De avond was vooralsnog moeilijk te plannen. Zijn baas had hem duidelijk gemaakt dat het om een lastige cliënt ging. Misschien wilde hij niet alleen bescherming, maar zou hij ook gebruik maken van diensten met een, zoals zijn baas het had uitgedrukt, informatief karakter.
Dima keek op zijn horloge. Tien over halfdrie. Hij stond al een kwartier te wachten. Vreemd. Liet ze hem voor gek zitten? Daar leek ze hem de vrouw niet naar. Ze had trouwens haar paspoort achtergelaten. Zou ze het geld niet kunnen vinden? Terwijl zij op reis was, had haar dronkenlap van een echtgenoot alles verzopen. Of haar zoon had er kauwgum voor gekocht, de snotneus. Dima bladerde het paspoort door. Irina Sergejevna Filatova, Moskoviet. De pasfoto was ontegenzeggelijk van haar. Een stempel dat ze getrouwd was, een stempel dat ze gescheiden was, woonvergunning voor Moskou. Er wa-

ren geen kinderen bijgeschreven in haar paspoort. Die had ze blijkbaar niet.

De portiekdeur ging open, een rechthoek van licht viel op het asfalt. Dima strekte zijn hand uit om het portierraampje omlaag te draaien, toen hij zag dat een man het huis uit kwam. Hoe lang moest hij hier eigenlijk nog zitten wachten? Dima sloeg het paspoort weer open op de bladzijde met de woonvergunning, keek naar het huisnummer en stapte vastbesloten uit.

2

Als elke maandag was Anastasia Pavlovna Kamenskaja, Nastja voor haar vrienden, gebroken toen ze wakker werd. Ze was wat je noemt een nachtmens, ging laat slapen, en het opstaan om zeven uur 's morgens was voor haar een ellendige procedure. Met moeite rukte Nastja zich los uit haar slaap en slofte met zware benen naar de badkamer.

Vreselijk, wat een aanblik. Een opgezwollen gezicht, wallen onder de ogen. Stom om voor het slapengaan twee koppen thee te drinken. Ze wist toch dat ze twee uur voor ze naar bed ging geen druppel vocht meer binnen mocht krijgen omdat anders haar gezicht 's morgens opgezet zou zijn. O, wat had ze nog een slaap...

Nastja ging onder de douche staan, draaide eerst de hete en toen de koude kraan open en wachtte geduldig tot haar organisme wakker zou zijn. Gewoonlijk duurde dat wel een minuut of tien. Terwijl ze zwakjes de tandenborstel hanteerde, probeerde Nastja 37 met 84 te vermenigvuldigen. Ze raakte de tel kwijt. Haar slaperige hersenen weigerden deze zeer eenvoudige dienst. Ze nam andere getallen en probeerde het nog eens. Nu lukte het. Daarna vermenigvuldigde ze getallen van drie cijfers. Het ontwakingsproces verliep succesvol, want de operatie lukte de eerste keer. De laatste test: tien Zweedse woorden opnoemen. Vandaag noemde Nastja in gedachten de namen op van keukengerei. Ze studeerde niet echt Zweeds, maar ze vond het leuk om woorden uit het hoofd te leren, niet alleen in die taal maar ook in een heleboel andere. Zo hield ze haar geest lenig. Nastja kende zo'n vijfhonderd woorden in iedere Europese taal. Haar moeder was uniek als specialist in het vervaardigen van computerprogramma's voor het onderwijs in vreemde talen, en al haar ideeën en methodologische vondsten testte professor Kamenskaja ter vervolmaking uit op haar dochter.

Bij het negende woord voelde Nastja dat ze het koud kreeg. Het water was niet warm genoeg. Ze spande haar geheugen in, diepte uit de krochten daarvan het Zweedse equivalent voor 'zeef' op en pakte vlug een handdoek.

Het halve werk zat erop, haar hersenen waren op gang gebracht. Nu moest ze haar lichaam tot activiteit aanzetten. Ze liep naar de keuken en maalde koffie. Terwijl het water opstond, deed ze de koelkast open en pakte een pak sinaasappelsap en wat ijsblokjes. Een dure grap, bedacht Nastja voor de zoveelste maal. Met een pak deed ze vier dagen als ze alleen 's ochtends een glas nam. Dat kostte haar bijna tweeduizend roebel per maand. In mei had ze vakantie genomen. In plaats van weg te gaan, had ze een klusje aangenomen: het uit het Frans vertalen van een detectiveroman van Exbrayat. Het hele honorarium had ze meteen opgemaakt aan dit soort kostbare liefhebberijen. Dertig pakken sap, een paar blikken koffie, drie sloffen goede sigaretten. Bovendien had Nastja haar geliefde vermout gekocht, de enige drank die ze echt lekker vond.

Langzaam, als met tegenzin, reageerde haar lichaam op iedere slok van het ijskoude, zoetzure sap. Onder het genot van de hete koffie ging het al beter, en na de eerste sigaret voelde Nastja zich uitstekend.

Na het ontbijt gooide ze haar ochtendjas uit en liep weer naar de spiegel. De gezwollenheid was verdwenen. Nu kon ze zelfs zonder afschuw naar zichzelf kijken. Kritisch nam Nastja haar spiegelbeeld in ogenschouw. God had haar niet met schoonheid bedeeld, maar wat doe je er aan. Echt wanstaltig was ze echter ook weer niet. Regelmatige gelaatstrekken, een behoorlijk figuur. Goede proporties, met lange benen en een slank middel. Met de onderdelen afzonderlijk was niets mis, maar het geheel was wat onopvallend, alledaags, vlak. Niet iets waarop het oog meteen bleef rusten. De enige echte tekortkoming waren haar witte wenkbrauwen en bleke wimpers. Ook als ze die verfde, bleef Nastja een grijze muis. Niet iemand naar wie de mannen kijken.

Nastja Kamenskaja trok een spijkerbroek en een shirt aan, maakte zich een beetje op en vertrok naar haar werk.

Ook Victor Alexejevitsj Gordejev, haar afdelingshoofd bij de Moskouse recherche, stond op het punt naar zijn werk te gaan. Hij was een klein mannetje met een rond, bijna kaal hoofd en een dikke buik. Zijn ondergeschikten noemden hem Bolletje.

Van zijn drieënvijftig levensjaren had Gordejev er tweeëndertig doorgebracht bij de politie, en van die tweeëndertig jaar was hij nu zesentwintig jaar in dienst bij de recherche. In die zesentwintig jaar had hij leren begrijpen hoe je misdrijven oplost. Vanaf het moment dat hij de leiding had gekregen over zijn afdeling bij de Moskouse recherche, liep alles een stuk beter dan voordien. Gordejev was de verpersoonlijking, of liever gezegd belichaming, van de bedrieglijkheid van het uiterlijk. Hij was dik, maar niettemin behendig, sterk en snel. Hij was altijd even vriendelijk en welwillend, maar tegelijkertijd ongelooflijk haatdragend en wantrouwig. Bovendien was hij voor niets en niemand bang. Dit laatste kwam onder meer omdat hij een uitermate goed huwelijk had.

De geschiedenis van Bolletjes huwelijk bevestigde de oude wijsheid dat een huwelijk uit berekening best gelukkig kan zijn, als de berekening maar klopt. Het is namelijk zo dat Gordejev geen Bolletje was geworden. Hij was zo geboren. En tot het moment dat hij van de middelbare school kwam, was hij altijd het mikpunt geweest van spot en pesterijen van de kant van zijn klasgenoten. Vol complexen en vol wrok tegen de hele wereld was Victor Gordejev na zijn militaire dienst bij de politie gegaan, alleen maar omdat dat in die tijd prestigieus en eervol was en misschien enige compensatie kon bieden voor de knauwen die hij had opgelopen.

Eenmaal bij de politie en als avondstudent aan de juridische faculteit, was Victor verlost van de spotternij, maar hij bleef lijden. Zijn hart kromp ineen bij de aanblik van de lange, slanke brunettes, op wie hij gek was. Hij leed vooral geruime tijd onder zijn onbeantwoorde liefde voor Ljoesja Chizjnjak, die van alles véél bezat: lichaamslengte, hakken, slankheid, elegantie en charme. Het geheel bereikte een hoogte van één meter drieëntachtig en scheen Gordejev een onbereikbaar ideaal toe.

Na een lijdensweg die duurde tot ongeveer zijn vierde studiejaar, kwam Victor Gordejev tot de weinig opwekkende slotsom dat liefde en huwelijk weinig gemeen hebben, en dat je je vrouw daarom niet moest zoeken onder degenen op wie je verliefd werd, maar onder degenen aan wier zijde je het zou kunnen uithouden. Op een studentenfeestje maakte hij kennis met Nadezjda Vorontsova, die noch wat gewicht, noch wat aantal complexen betreft voor hem onderdeed. Nadezjda leed al sinds haar jeugd aan een stofwisselingsstoornis. Op haar twintigste was ze zwaarlijvig en plomp. Het enige verschil was dat, terwijl Gordejevs minderwaardigheidsgevoelens gepaard gingen met wrok, Nadezjda haar tekortkoming compenseerde door van ieder gezelschap de gangmaker te zijn. Ze studeerde aan de pedagogische academie, was gek op kleine kinderen, droomde ervan onderwijzeres in de laagste klassen te worden en was als de dood dat de leerlingetjes haar uit zouden lachen.

De hofmakerij werd zeer voortvarend en op alle fronten ter hand genomen, en al na twee maanden was Victor Gordejev een vrouw rijk naast wie hij het zou kunnen uithouden. Bovendien had hij een ingenieur als schoonmoeder en een arts als schoonvader. Maar de rest liep anders dan voorzien.

Op een ochtend, ongeveer een halfjaar na de bruiloft, ontdekte Nadezjda bij het aantrekken van haar rok dat haar mollige hand met gemak paste tussen de plaats waar zich in theorie haar taille bevond en haar rokband. Nadezjda schonk geen bijzondere aandacht aan de eigenaardigheden van haar kleding.

Maar twee weken later openbaarde de waarheid zich, tot stomme verbazing van Gordejev. Zijn vrouw was zwanger en werd daar dunner van! Zijn schoonvader lachte zich een kriek, maar zei toen dat dit heel goed kon, al was het zeldzaam. Kennelijk hadden door de zwangerschap veroorzaakte veranderingen in haar organisme geleid tot een normalisatie van de stofwisseling.

Toen ze Gordejev een zoon had geschonken en tien kilo was kwijtgeraakt, verklaarde Nadezjda categorisch dat ze net zolang zou blijven baren tot ze het figuur van een filmster had. Gordejev beaamde haar woorden spottend, maar was niettemin uiterst verbaasd toen ook de tweede zwangerschap zijn echtgenote goed bekwam. De bolheid van haar gezicht verdween en Nadezjda bleek opeens een alleraardigst neusje en prachtige ogen te hebben. Kortom, Gordejev, die een lelijk dikkerdje had getrouwd met het oogmerk dat zowel zijzelf als haar ouders hem daar tot hun laatste snik dankbaar voor zouden zijn, diezelfde Gordejev bleek, totaal onvoorzien, opeens echtgenoot te zijn van een bijna-schoonheid. Maar dat was nog niet de laatste schok die hij te verwerken kreeg!

Nog weer een tijdje later bracht zijn totaal onopvallende schoonvader Gordejev een vernietigende slag toe door een nieuwe, ongehoord effectieve methode te verzinnen voor het verrichten van hartoperaties, waarna zijn carrière een enorme vlucht nam. Voor Gordejev er erg in had, was hij schoonzoon van een hoogleraar, en al snel daarna van de directeur van een cardiologisch onderzoeksinstituut. Dat was te veel voor de eerzuchtige Gordejev. Bij zijn trouwen had hij gehoopt dat iedereen hem op handen zou dragen, omdat hij bij de recherche werkte. Die vlieger was niet opgegaan, en nu moest hij nieuwe wegen zoeken om, zogezegd, een waardig tegenwicht te bieden. En die wegen vond Victor Gordejev, inmiddels majoor, in Amerikaanse boeken over de theorie en psychologie van het leidinggeven.

Uiteindelijk slaagde Gordejev in zijn opzet. Nadjenka was nu de gerespecteerde Nadezjda Andrejevna Gordejeva, rectrix van een in Moskou zeer hoog aangeschreven lyceum. Zijn schoonvader, wereldberoemd cardioloog en hoogleraar, werd afgevaardigde in het Russische parlement. En Gordejev werd, na gewetensvol alle treden van de hiërarchie te hebben beklommen, ten slotte afdelingshoofd bij de Moskouse recherche en bracht daar alle interessante vondsten in praktijk die hij had opgediept uit zijn vernuftige boeken. Hij was voor niemand bang, omdat niemand ooit ruzie met hem wilde. Tenslotte heeft iedereen wel kinderen die hij graag naar het lyceum stuurt en lijdt een op de drie mensen aan hart- en vaatziekten.

Terwijl ze haar man zijn ontbijt voorzette, zei Nadezjda: 'We hebben kaartjes voor een première in het Sovremenniktheater. Gaan we erheen of geven we ze aan de kinderen?'

'Van wie heb je ze?' was het enige wat Gordejev vroeg.

'Van Grazjevitsj. Hij speelt de hoofdrol.'

'Alweer Grazjevitsj,' bromde Gordejev geërgerd. 'Als ik me niet vergis is dat nou al de vierde keer. Haalt zijn zoon allemaal onvoldoendes of zo?'

'Welnee,' zei zijn vrouw schouder ophalend. 'Zijn zoon doet het heel gewoon op school. Waarom zou hij onvoldoendes halen?'

'Omdat het dan zin heeft de rectrix een pleziertje te doen. Waarom zou hij iets proberen als zijn zoon goed kan leren?' verduidelijkte Gordejev, bedachtzaam kauwend op zijn geroosterde boterham met kaas.

'Mijn lieve Victor, ik heb het je al honderd keer gezegd, maar ik wil het best voor de honderdeneerste keer herhalen,' zei Nadezjda vriendelijk. Ze sloeg haar armen om haar man en kuste hem op zijn kale kruin. 'Als jij niet met me getrouwd was, had ik geen kinderen gekregen en was ik dus nooit afgevallen. En als de mannen me nu knap vinden, dan is dat jouw verdienste en van niemand anders. Ik waardeer dat en zal het nooit vergeten. En hou alsjeblieft op met die eeuwige misselijke, jaloerse insinuaties van je. Het is trouwens best mogelijk dat Grazjevitsj bij jou een wit voetje wil halen en niet bij mij. Zijn zoon is geen klein jochie meer.'

'Ik snap het,' knikte Gordejev en dronk zijn thee op. 'Ik laat vandaag nog informeren. Als dat zoontje van hem ook maar één keer met de politie in aanraking is geweest, als er ook maar iets is, dan geef je de kaartjes met je verontschuldigingen terug. En is met die jongen alles in orde, dan gaan we naar de première. Afgesproken?'

Met die woorden verliet de kolonel van politie Victor Alexejevitsj Gordejev, bijgenaamd Bolletje, zijn huis, nadat hij zijn vrouw een kus had gegeven.

Op het Moskouse hoofdbureau van politie aan de Petrovkastraat 38, beter bekend als 'de Petrovka', begon de maandag zoals de voorafgaande vrijdag was geëindigd. Punt van discussie was of de salarissen zoals beloofd per 1 juli omhoog zouden gaan, of dat ze opnieuw werden bedonderd. Werden ze inderdaad bedonderd, dan zou de beloofde verhoging niet ingaan op de officieel vastgestelde datum, maar pas de volgende maand. Terwijl de salarissen verhoogd waren per 1 juli kregen ze dan in die maand nog hun oude loon en pas in augustus het nieuwe, plus het geld dat over juli te weinig was betaald. Waren de prijzen stabiel, dan maakte dat niet zoveel uit, maar nu de inflatie sneller ging dan de banken konden bijbenen, betekende vertraagde uitbetaling dat je niets meer kon kopen voor je geld als je het eindelijk kreeg.

Op Gordejevs afdeling woedde de discussie in volle hevigheid toen Joera Korotkov de gang doorrende en bij iedere kamer zijn hoofd om de hoek stak. 'Jongens, naar Bolletje!'

Gewoontegetrouw begon Victor Gordejev de werkbespreking met een uitvoerige begroeting. Hij zei blij te zijn dat hij iedereen in goede gezondheid terugzag en merkte op dat Kolja Seloejanov er na zijn vakantie blakend van gezondheid uitzag. Gordejev was helemaal niet breedsprakig. Hij begreep gewoon dat zijn mensen, net terug op hun werk na het weekend, een ogenblik geleden nog hadden zitten praten, nieuwtjes hadden uitgewisseld en hoogstwaarschijnlijk aangelegenheden hadden besproken die niet direct met de dienst te maken hadden. Je moest ze de kans geven even te ontspannen om zich daarna te concentreren.

'We beginnen met de lopende gevallen,' bepaalde Gordejev. 'De moord op Plesjkov, directeur-generaal van de firma Parnassus. Korotkov, het woord is aan u.'

Bij die woorden zette Bolletje zijn bril af en stak een poot in zijn mond. Dit duidde bij hem de hoogste graad van aandacht en concentratie aan.

'De theorieën dat wraak, jaloezie of hebzucht mogelijk motieven zijn voor de moord op Plesjkov hebben nog niets opgeleverd. Niemand van degenen die toegang hadden tot Plesjkovs woning had een motief voor de moord. Er is nu een theorie ontwikkeld dat de moord te maken heeft met het zogenaamde Raskolnikovsyndroom. De dader wilde, net als de hoofdpersoon in *Misdaad en straf* van Dostojevski, bewijzen dat hij in principe in staat is een moord te plegen. Daarbij hoeft van een vijandige verhouding tussen dader en slachtoffer niet beslist sprake te zijn. Uitgaande van deze mogelijkheid is een tentatief psychologisch portret van de dader samengesteld. Alle personen die toegang hadden tot de woning worden meerdere malen nagetrokken. Er zijn tot nu toe twee personen uit gekomen als de meest waarschijnlijke verdachten. We voeren provocatieacties uit die de moordenaar ertoe kunnen brengen zich te verraden.'

'Hm. Het Raskolnikovsyndroom,' zei Gordejev. 'Interessant. En wanneer heeft u dat allemaal bedacht?'

'Zaterdag, kameraad kolonel,' antwoordde Joera Korotkov haastig. Hij wierp een voorzichtige blik op een gestalte die ineengedoken in de hoek zat.

'Wanneer verwacht u resultaat?'

'Hopelijk vandaag of morgen al.'

'Goed,' knikte Gordejev. 'En wat vond de officier van instructie van uw theorie? Of heeft u hem nog geen deelgenoot gemaakt van uw kennis op het gebied van de Russische literatuur?'

Korotkov zweeg. Het hoofd van de gestalte in de hoek zakte nog verder omlaag.

'Nee dus,' concludeerde de kolonel. 'Ik begrijp het. Met de officier van instructie moet je geen ruzie krijgen. Werkt u verder aan uw theorie. Er zit iets in. Een dergelijk motief is praktisch niet te bewijzen, daarom moet u uiterst nauwkeurig te werk gaan. Als een horlogemaker. En haast u niet. Het kan nog wel even lijden. Goed. Dan het lijk van de mannequin uit het Modepaleis. Wie?'

De jongste medewerker van de afdeling, Misja Dotsenko met zijn donkere ogen, begon verslag uit te brengen. 'We hebben zwaarwegende bewijzen tegen een dressman. Dit is gerapporteerd aan de officier van instructie. Er is besloten hem nog niet aan te houden; de verdachte voelt zich zeker van zijn zaak en niets wijst erop dat hij ervandoor wil gaan. Maar we houden hem onder observatie, natuurlijk.'

'Logisch dat hij zich zeker voelt,' bromde Gordejev. 'Over drie dagen zijn er twee maanden verstreken sinds de moord, en hij is zelfs niet één keer verhoord. Willen jullie het niet te mooi doen?'

De figuur in de hoek van de kamer leek samen te willen vloeien met de muur. Misja onderdrukte de neiging naar de hoek te kijken en antwoordde manmoedig: 'We hopen van niet.'

'Goed, we zullen zien wat de officier van instructie vindt van die zwaarwegende bewijzen. Dan de verkrachting van dat meisje van twaalf, Natasja Kovaljova. Wie?'

'Nog niets, kameraad kolonel,' meldde Igor Lesnikov timide. Hij was een ervaren rechercheur en gold op Bolletjes afdeling algemeen als de man met het knapste uiterlijk.

'Nog niets?' luidde Gordejevs zacht uitgesproken wedervraag. Hij legde zijn bril op tafel, een teken dat hij begon te koken van woede. 'Wat wil je daarmee zeggen? Dat "nog niets" duurt nu al drie weken. De laatste keer heb ik het vrijdagochtend gehoord. Wat is er in de drie etmalen daarna gedaan?'

'Kolonel, het meisje verkeert in een shocktoestand, ze heeft een zenuwinzinking. We hebben zelfs geen zeer globaal signalement. Alles is nagetrokken, onder andere de psychiatrische poliklinieken en alle scholieren uit nabijgelegen huizenblokken.

We hebben inmiddels een lijst van veertig personen die zich op die dag tussen 18.00 en 19.00 uur in de wijk hebben kunnen bevinden waar het incident heeft plaatsgevonden. Maar Natasja geeft geen antwoord als we vragen wat er is gebeurd. Of ze zwijgt, of ze krijgt een hysterische aanval. Ook de artsen kunnen ons niets concreets vertellen.'
Gordejev zweeg even. Hij nam zijn pen en tekende op een schoon vel papier een rechthoek. Vervolgens tekende hij daarin een ruit en begon de hoeken in te kleuren. Het drukkende stilzwijgen duurde ongeveer drie minuten. Plotseling hief hij het hoofd op en vestigde zijn blik op Lesnikov. 'Zo te merken heb je nog niet alles gezegd. Voor de draad ermee.'
'Er is ook een theorie dat deze verkrachting niet alleen de kenmerken vertoont van een seksueel misdrijf, maar ook van een wraakneming. De tragedie vond plaats op 24 mei. Vier jaar geleden, op 24 mei 1988, is door de volksrechtbank van Toesjino een zekere Sergej Sjoemilin veroordeeld. Hij werd ervan beschuldigd dat hij in beschonken toestand een auto-ongeluk had veroorzaakt waarbij twee mensen zwaar invalide zijn geraakt. Vitali Kovaljov, de vader van het verkrachte meisje, was bij die rechtszaak assessor.'
'Ik begrijp het,' knikte Gordejev en stak opnieuw een brillenpoot in zijn mond. 'En waar zit de zaak op vast?'
'Ziet u, kameraad kolonel, Kovaljov is iemand uit de omgeving van de vice-premier, en Sjoemilin is een neef van Vinogradov, de president van het Fonds ter ondersteuning van het ondernemerschap. Als die tegenover elkaar komen te staan...' Igor Lesnikov aarzelde.
Gordejev zweeg opnieuw even en kauwde op zijn bril. 'Hebben jullie Sjoemilin al nagetrokken?' Nu was het Victor Gordejev die een blik in de hoek wierp.
'Nog niet...'
'Begin daar dan mee. Maar heel discreet, zonder enige ophef. Ga deze theorie in haar volle omvang na. Ik bedoel: kijk ook naar de tweede assessor en de rechter. Als het werkelijk Sjoemilin is, zal hij ook die niet ongemoeid laten. Breng mij

over iedere stap verslag uit. Ik dek jullie. Als er iets scheef zit, zorg ik dat het ze allemaal de kop kost. Dat is voorlopig alles. Ga zitten, Igor. Dotsenko, vertel ons over Irina Filatova. Niet iedereen weet al dat er in de nacht van vrijdag op zaterdag een lijk gevonden is.'

'Op 13 juni om 3.05 uur kwam bij de meldkamer het bericht binnen dat het lichaam was aangetroffen van Irina Filatova, geboren 1956, majoor van politie, hoofdmedewerker bij het wetenschappelijk onderzoeksinstituut van het ministerie van binnenlandse zaken. Irina Filatova's lijk werd in haar woning aangetroffen door een man die haar in zijn auto had meegenomen van het vliegveld Vnoekovo. Het slachtoffer lag in haar keuken, naast een ingeschakeld elektrisch fornuis waaraan duidelijke defecten zijn geconstateerd. Het lichaam vertoonde echter niet de sporen die bij een elektrische schok ontstaan op de plaats waar de stroom het lichaam betreedt. Dit gaf aanleiding tot het vermoeden dat er een ongeluk, namelijk dood door elektrocutie, in scène was gezet. De verdachte is aangehouden op grond van artikel 122.'

Daarop deed Bolletje wat niemand had verwacht. Hij stelde geen enkele vraag, gaf geen opdrachten. Hij sloot eenvoudigweg de bijeenkomst. 'Ik begrijp het. Dank u wel. U kunt allemaal gaan, behalve Kamenskaja. Anastasia, kom uit je hoek.'

Met die woorden stond Victor Gordejev op van achter zijn massieve directiebureau en begon door zijn kamer heen en weer te lopen. Hij kon nooit lang achtereen stilzitten. Nastja verliet de hoek waarin ze tijdens de hele bespreking zwijgend had gezeten en nam plaats in een fauteuil bij het raam.

'Het Raskolnikovsyndroom. Jouw werk?' Bolletje bleef even stilstaan en keek Nastja Kamenskaja fronsend aan.

'Inderdaad,' bevestigde Nastja zachtjes. 'Bent u er ontevreden over?'

'En Sjoemilin, ook jouw werk?' De chef negeerde haar vraag, hoewel hij heel goed wist hoe belangrijk een woord van goedkeuring van hem voor Nastja was.

'Ja.' Nastja's stem trilde even.

'En die dressman in de mannequinzaak die jullie in zijn sop laten gaarkoken? Is dat jouw advies?'
'Kolonel, ik meende dat...'
'Weet ik,' onderbrak Gordejev. 'Dat heb je me al verteld. Ik heb nog geen aderverkalking.'
Nastja bedacht dat er weinig meer nodig was om haar in tranen te laten uitbarsten. Haar chef was kennelijk ontevreden, ze voldeed niet aan zijn verwachtingen. Iedere werkbespreking was voor Nastja een kwelling, een martelgang. Ze had het gevoel dat ze op een vaatje buskruit zat, dat bij de kleinste vergissing van haar kant zou ontploffen. Dan zou iedereen haar uitlachen en met de vinger nawijzen: moet je Anastasia Pavlovna Kamenskaja zien, blauw bloed, te goed om te posten, bemoeit zich niet met aanhoudingen, infiltreert niet in bendes. Zit lekker in haar warme kamertje koffie te lebberen en hangt de geniale Nero Wolfe uit! Nastja wist dat velen dat helaas niet alleen dachten, maar het ook achter haar rug vertelden. Anderzijds werkte ze nu al meer dan vijf jaar voor Gordejev, en in die tijd had ze heel wat bepaald goede vondsten en vernuftige oplossingen op haar naam gezet. Genoeg om trots op te zijn. Natuurlijk had ze ook fouten gemaakt, maar daarbij was de wereld niet vergaan en was het kruitvaatje niet ontploft.
Van buitenaf gezien, leek Nastja's werk inderdaad veel op rondhangen in een kamertje. Gordejev had haar uit een wijkbureau naar de Petrovka gehaald nadat ze, na zich twee dagen in de hoofdstedelijke misdaadstatistieken te hebben verdiept, had weten te melden dat in het noorden van Moskou een homoseksueel actief was met ongecontroleerde toegang tot narcotica. Die conclusie was gebaseerd op het feit dat in dat deel van Moskou het aantal door opgroeiende meisjes gepleegde diefstallen sinds kort sneller groeide dan het aantal diefstallen waarvan jongens de dader waren, waaruit de gevolgtrekking was gemaakt dat er daar ergens iets heel aantrekkelijks was voor minderjarigen, maar dat dat 'iets' voor jongens niet hetzelfde was als voor meisjes. Haar gedachtegang verder ontwikkelend kwam Nastja, naar haarzelf voorkwam deels intuïtief, uit bij de

wortel van het kwaad. Er werd heel wat afgelachen. Men dreef de spot met Nastja, de hele geschiedenis werd een goede mop en die mop kwam ook terecht op het adres Petrovka 38. Alleen Bolletje lachte niet. Hij ging een tijdje later op bezoek bij de drugsbestrijding en begaf zich daarvandaan linea recta naar de personeelsafdeling. De door Nastja gereconstrueerde man bleek inderdaad te bestaan.

Gordejev haalde Nastja naar zijn afdeling met maar één oogmerk: hij wilde zijn eigen analyticus hebben. Er was inderdaad heel wat dat Nastja Kamenskaja níét kon. Ze was niet sportief, ze rende niet, schoot niet, deed niet aan vechtsporten. Wat ze wel kon, was denken en analyseren. Er zijn er genoeg die menen dat iedereen dat kan. Dat zoiets helemaal geen specialiteit is. Dat je pas iemand bent bij de politie als je achtennegentig procent scoort op de schietbaan. Maar de lui die dat denken, zijn stommelingen. Gordejev, niet dom en vooral voor niemand bang, stelde Nastja aan in de functie van hoofdinspecteur. Hij had er nooit spijt van gekregen. Nastja analyseerde alle misdrijven waaraan Gordejevs rechercheurs werkten. Ze ontwikkelde theorieën en bedacht methoden om deze te toetsen, ze wist de weg te vinden in bergen informatie. Ze dacht en dacht en dacht. Ze bezat een fabelachtig geheugen én het vermogen daaruit in een oogwenk de benodigde inlichtingen op te diepen.

De rechercheurs van Gordejevs afdeling erkenden Nastja lang niet meteen. Het irriteerde ze vooral dat Gordejev erop stond dat ze een eigen kamer kreeg. Dat was aan de Petrovka nog nooit vertoond. Aanvankelijk gebruikten ze Nastja als een veredelde telefoniste, omdat ze toch maar de hele dag op haar kamer zat. De erkenning kwam langzaam en moeizaam. Maar degenen die rechtstreeks met haar werkten, wilden geen kwaad van haar horen. Toch maakte Nastja Kamenskaja zich voortdurend zorgen. Altijd was ze bang dat ze zou teleurstellen.

Ook nu weer, gezeten in een lage fauteuil met vlak voor zich haar chef, was ze voorbereid op een ijzig streng oordeel. Ze vergiste zich.

'Ik ben niet blij met de manier waarop ze de zaak-Irina Filatova aanpakken,' zei Gordejev plotseling. Heen en weer lopen begeleidde bij hem steeds het proces van nadenken en besluitvorming. Victor Gordejev hield op met ijsberen en ging naast Nastja zitten. Dat betekende dat zijn besluit genomen was. 'Er zijn van meet af aan veel fouten gemaakt en veel daarvan zijn onherstelbaar,' vervolgde hij. 'Ik zal je de essentie vertellen. Irina Filatova kwam in de nacht van de twaalfde op de dertiende terug van een dienstreis. De aangehouden verdachte verklaarde dat hij haar een lift had gegeven vanaf Vnoekovo. Het was geen omweg voor hem. Irina Filatova liet haar paspoort bij hem achter en ging naar boven naar haar woning om geld te halen. Na een kwartier of twintig minuten kreeg hij genoeg van het wachten. Hij zocht haar huisnummer op in het paspoort en ging haar achterna. De deur van haar woning was niet afgesloten, de schoot van het slot was ingeschoven en met de pal vastgezet. Irina Filatova lag in de keuken, naast haar fornuis, en gaf geen teken van leven. De bestuurder probeerde mond-op-mondbeademing toe te passen. Daarna belde hij een ambulance en de politie. Nu wordt het echt idioot. De dienstdoende rechercheurs Golovanov en Bazjov arriveerden ter plekke. Je kent ze. En je weet ook wat een hufters het zijn, vooral Bazjov. De bestuurder bleek helaas een ex-politieman te zijn, hij werkt nu bij een particulier bedrijf. En net wat je kunt verwachten: dat werkte bij Bazjov en Golovanov als een rode lap op een stier. Ze zetten hun tanden in hem, geloofden geen woord van wat hij zei en hebben hem voor tweeënzeventig uur in hechtenis genomen. Maar het ergste komt nog. De bestuurder wees hen op twee dingen. Ten eerste was er, terwijl hij op Irina Filatova wachtte, een man het huis uit gekomen. Ten tweede stond er op het fornuis een nog warme theeketel. Als de bestuurder de waarheid spreekt, werd Irina Filatova in haar huis door iemand opgewacht. Onze helden ontstaken in razernij omdat een verdachte zijn neus stak in het onderzoek van de plaats van het delict en begonnen tegen hem te brullen. In het proces-verbaal is die warme theeketel natuurlijk niet terug te vinden. De haat tegen een gewezen collega die nu meer verdient dan zijzelf, had ze volkomen verblind. Het onderzoek op de plaats van het delict was ondermaats. Ze klampten zich vast aan het feit dat het lichaam geen sporen vertoonde van elektrocutie, hoewel de forensisch geneeskundige hun er een paar maal op heeft gewezen dat dat vaker voorkomt.'

'Geloofden ze de deskundige niet?' vroeg Nastja verbaasd.

'Wat kan hun die deskundige schelen als ze een levensgrote verdachte hebben?'

'En die man die het huis uit kwam?'

'Hebben ze ook niets mee gedaan. Als de bestuurder niet liegt en die man inderdaad naar buiten is gekomen, dan kwam hij of uit Irina Filatova's woning, of uit een andere, maar op een voor ons belangwekkend tijdstip. Om drie uur 's nachts kun je een speld horen vallen. Als die man bestaat en hij is niet de moordenaar, dan had hij een waardevolle getuige kunnen zijn. Daar kunnen we nu naar fluiten!' Gordejev schopte geërgerd tegen een stoel. 'Kortom, Anastasia, ik wil dat je hierover nadenkt. Morgenochtend zijn de tweeënzeventig uur om en komt de bestuurder vrij. Ik weet zeker dat ze niets tegen hem kunnen vinden. Haal bij Misja Dotsenko de gegevens op die zaterdag en zondag zijn verzameld. En laat hij met de arrestant praten zoals jij dat nodig vindt.'

'Kan ik niet zelf met hem praten, kolonel?' stelde Nastja schuchter voor. 'Dat is simpeler dan wanneer ik Misja instructies moet geven. Hij is zo'n heethoofd.'

'Misja moet het leren, en anderen moeten niet zijn werk voor hem gaan doen,' kapte Gordejev af. 'En jou verbied ik met arrestanten te praten. Daarvoor werk je niet voor me.'

De kolonel had zelf waarschijnlijk niet eens met zekerheid kunnen antwoorden op de vraag waarom hij zo voorzichtig was met Nastja Kamenskaja, waarom hij haar zo van iedereen afschermde. Maar ergens diep in zijn bewustzijn, bijna op het niveau van het instinct, leefde de overtuiging dat Nastja zijn troefkaart was. Hij keek naar het ontdane gezicht van zijn ondergeschikte en glimlachte plotseling vriendelijk.

'Ga nu maar kindje, denk maar goed na,' zei Bolletje vriendelijk. 'En kom me morgen maar vertellen wat je allemaal bedacht hebt.'

Toen Nastja Kamenskaja weg was, begon Victor Alexejevitsj Gordejev opnieuw te ijsberen. Hij moest voor zichzelf een moeilijke kwestie oplossen: wat moest hij met de theorie over de betrokkenheid van de neef van de president van het Fonds ter ondersteuning van het ondernemerschap in de zaak van de verkrachting van de twaalfjarige Natasja Kovaljova? Op zich bood de theorie genoeg perspectief, maar hij had er heel weinig trek in zijn jongens in politieke intriges te laten verzeilen. Na enig nadenken besloot Gordejev de klap zelf op te vangen. Hij ging bij de telefoon zitten en koos een nummer. Hij belde zijn oude vriend Zjenja Samochin, voorlichter op het ministerie van binnenlandse zaken.

'Victor!' riep Samochin verheugd uit. 'De verloren zoon! Bel je van je werk?'

'Inderdaad,' bevestigde Gordejev.

'Een politiezaak dus,' concludeerde Samochin. 'Vertel me meteen wat je van me wilt, ik moet er over vijf minuten vandoor.'

'Zjenja, ik heb informatie nodig over Vitali Kovaljov, een medewerker van vice-premier Averin, en over Vinogradov van het financieringsfonds.'

'En een villa in Cannes en een limousine? Heb je die ook nodig?'

'Zjenja, alsjeblieft. Ik vraag helemaal niet veel. Ik hoef alleen maar te weten of ze elkaar kennen, en zo ja, wat voor relatie ze met elkaar hebben, en zo niet, in welke sfeer hun belangen elkaar kunnen kruisen. Dat is alles, Zjenja.'

'Hoef ik niet achter duistere zaakjes aan?' vroeg Zjenja Samochin wantrouwig.

'Nee. Alleen hun relatie. Doe je het?'

'Oké,' zuchtte Zjenja Samochin. 'Ik bel je vanavond thuis.'

Maar Gordejev zou Gordejev niet zijn als hij het hierbij had gelaten. Niet voor niets was zijn wantrouwigheid legendarisch. Het was niet dat hij de mensen niet vertrouwde. Hij vergat alleen nooit dat de waarheid vele gezichten heeft.

Nadat zij de kamer van haar chef verlaten had, begaf Nastja Kamenskaja zich naar de uniformdienst om de samenvattingen en het logboek van de wachtcommandant door te nemen. Niemand zou precies kunnen vertellen wat ze zocht in die reusachtige berg gegevens. Misschien wist Nastja het zelf ook niet. Niettemin sloeg zij iedere dag het dikke journaal open, schreef een paar dingen over op een vel papier en maakte notities die alleen zijzelf begreep.

Terug in haar kamer stopte ze een dompelaar in een hoge aardewerken beker vol water en koos een intern telefoonnummer. 'Misja, heb je zin om een kop koffie bij me te komen drinken?'

'Graag, majoor. Ik kom eraan.'

Een ogenblik later betrad Misja Dotsenko Nastja's kamer. In zijn hand had hij een kop en een doosje suiker.

Nastja schudde verwijtend het hoofd. 'Misja! Ik heb je toch uitgenodigd? Sinds wanneer neemt een gast zelf zijn proviand mee?'

'Ach weet u,' zei Misja verlegen, 'we leven in zo'n moeilijke tijd. Je moet echt uitkijken dat je geen klaploper wordt.'

Nastja schonk koffie in en schoof Misja een kop en een pakje koekjes toe. 'Misja, zou je me wat meer over de zaak-Filatova willen vertellen? Bij de bespreking klonk het een beetje... onsamenhangend. Ik begreep er in elk geval niet veel van, eerlijk gezegd.'

Misja Dotsenko zweeg gespannen, zonder zijn blik af te wenden van zijn dampende kop. Nastja wilde net haar vraag herhalen, toen haar een licht opging. Natuurlijk! Dat ze dat niet meteen had begrepen! Misja Dotsenko werkte nog maar kort op hun afdeling, maar had zich al een reputatie verworven als meester in de welsprekendheid. Hij kon voortreffelijk converseren, praatte iedereen onder de tafel, wist zijn gedachten raak te formuleren, ze helder en logisch uiteen te zetten. Een mededeling uit zijn mond kon eenvoudig niet onsamenhangend klinken. Tenzij... Tenzij hij dat zelf wilde. Het had er alle schijn van dat hij van Gordejev niet meer had mogen zeggen. Die wilde niet dat zijn medewerkers alle details over het incident in de woning van Irina Filatova zouden horen en dat zijn weinig vleiende oordeel over de rechercheurs Golovanov en Bazjov zich over alle gangen van de Petrovka zou verspreiden. Daarom had hij haar ook laten blijven na de bespreking en haar niet geïnstrueerd waar iedereen bij was. Slimme Bolletje! Hij hield ook zijn rancune zorgvuldig voor zich. Niemand kende zijn woede, zijn verbeten wrok tegen de jongens van het grote geld. Niemand mocht ook maar vermoeden dat Bolletje niets vergaf en niets vergat. De tijd zou komen dat hij zijn woede openbaarde. Je moest Bolletje nageven dat hij nooit als eerste attaqueerde. Maar om zijn jongens te beschermen, hield hij zijn machtig arsenaal aan woede en wrok achter de hand...

'Misja,' lachte Nastja, 'kolonel Gordejev heeft me verteld van de theeketel en van de man die de voordeur uit kwam. Je moest me alles vertellen wat je weet. En jij moet van hem met de arrestant praten. Dus geen geheimzinnigheden. Vertel me eerst eens wat die Irina Filatova voor iemand is.'

Misja rende naar zijn kamer, kwam terug met een aantekenboekje en begon Nastja alles te vertellen wat hij te weten was gekomen sinds hij op de zaak was gezet.

Irina Filatova, zesendertig jaar, academische studie rechten, gepromoveerd, werkte op het wetenschappelijk instituut van het ministerie van binnenlandse zaken vanaf de dag dat ze afstudeerde, dat wil zeggen dertien jaar. Ze bewoonde samen met haar vader, Sergej Filatov, een klein tweekamerflatje. Haar moeder is overleden. Ze is getrouwd geweest, maar niet lang, ze scheidde in 1984. Geen kinderen. De buren kunnen niets concreets vertellen: ze maakten weinig lawaai en er kwamen geen verdachte bezoekers. Haar vader verbleef sinds 4 juni in een sanatorium op de Krim, hij is zaterdag teruggekomen. Hij kende twee goede vriendinnen van Irina Filatova en in ieder geval vier mannen met wie ze ooit intiem bevriend was. We hebben nog met geen van hen kunnen praten, we troffen niemand thuis in het weekend. De vader verklaart dat er niets uit het huis vermist wordt. Alle geld en kostbaarheden liggen er nog. Overigens was Sergej Filatov zeer verbaasd over de defecten aan het fornuis. Toen hij naar het sanatorium ging, was alles nog in orde. Hij is ingenieur en kan erover oordelen. Alleen hij en zijn dochter hadden een sleutel van de woning. Bij zijn weten had Irina aan niemand anders de sleutel gegeven. Dat was althans niet hun gewoonte.

'Goed,' zei Nastja. 'Dan die aangehouden bestuurder. Wat is er over hem bekend?'

'In ieder geval dat niets van wat hij verteld heeft onwaar is gebleken. Hij heeft inderdaad iemand naar het vliegveld gebracht die op 13 juni om 2.45 uur van Vnoekovo is vertrokken. Het ticket was een week eerder gekocht, op 6 juni. Irina Filatova was voor haar werk naar het zuiden geweest, naar Krasnodar. Ze had de twaalfde moeten aankomen om omstreeks 19.00 uur, maar Moskou was gesloten voor binnenkomende vluchten, vanwege de regen. Daardoor landde het toestel pas om 1.40 uur 's nachts op Vnoekovo. Zacharovs ontmoeting met Irina Filatova kon dus onmogelijk gepland zijn.'

'Wie zei je?' schrok Nastja. 'Zacharov?'

'Dmitri Vladimirovitsj Zacharov, roepnaam Dima, medewerker bij een particulier beveiligingsbedrijf. Hij heeft tot 1990 bij de politie gewerkt, bureau 35.'

'Die Dima Zacharov toch. Wat spijt me dat.'

'Kent u hem?' vroeg Dotsenko verbaasd.

'Niet erg goed. Maar ik weet nog wel dat hij een waaghals was, een echte avonturier. En hij wilde altijd veel geld hebben. Hij kon zich flink in de nesten werken, maar niet omdat hij een slecht karakter heeft. Alleen uit overmoed en om het avontuur.'

'Wat is de wereld toch klein,' zei Misja hoofdschuddend. Hij liep naar het raam.

'Maar Misja, daar hoef je toch niet zo verbaasd over te zijn?'

relativeerde Nastja. 'Iedereen die langer dan vijf jaar bij de recherche werkt, komt in aanraking met praktisch alle rechercheurs en officieren van instructie van Moskou. Eigenlijk zijn we toch maar met een paar mensen? Over een jaar of twee zul je dat zelf ook ontdekken. Het is maar een klein wereldje. Goed, terug naar Zacharov. Hij ontkent natuurlijk dat hij Irina Filatova al kende?'
'Natuurlijk. Maar dat checken we wel als we haar vrienden en collega's ondervragen.'
'Wanneer wil je dat doen? Morgenochtend moeten ze Zacharov laten gaan.'
'Om twee uur heb ik een afspraak met Irina Filatova's baas op het instituut waar ze werkte.'
'Dan moet je het verhoor van Zacharov uitstellen tot vanavond. Heb je hem al gevraagd waar hij het met Irina Filatova onderweg over gehad heeft?'
'Nee. Ik heb hem zelfs nog helemaal niet gesproken. Ik heb het proces-verbaal van het verhoor gekregen dat is opgemaakt na de aanhouding, en ik heb opdracht gekregen zijn verklaringen na te gaan. Dat heb ik gedaan.'
'Ik begrijp het.' Nastja pakte een schoon vel papier. 'Ik schrijf voor je op wat je beslist te weten moet zien te komen op dat instituut en wat je Zacharov moet vragen. Mag ik je een goede raad geven? Probeer op het instituut alleen met vrouwen te praten. De mannen moeten maar gedaan worden door... Wie zitten er nog meer op deze zaak?'
'Korotkov en Lartsev.'
'Dan Joera Korotkov. Die ziet er onooglijk genoeg uit om geen gevoel van rivaliteit op te roepen bij mannen. En nog iets, Misja, neem je recordertje mee. Ik heb woordelijke verklaringen nodig, niet je indrukken. Oké?'
'Goed, majoor.'
'Je bent toch niet boos?' zei Nastja glimlachend. 'Niet boos zijn hoor. Geheugen en waarnemingsvermogen zijn heel selectief. Ik heb er alle vertrouwen in dat je je werk goed doet, maar dat selectieve zit nu eenmaal in ons, dat kunnen we niet meer

uitschakelen. Ook mij kan iets ontgaan. Daarom is die cassetterecorder noodzakelijk. Een laatste vraag. Heb je het rapport van de lijkschouwer al?'

'Dat zou vanmiddag klaar zijn. Maar de officier van instructie neemt het verslag meteen mee. Hij wil dolgraag dat het een ongeluk is.'

'Dat snap ik,' knikte Nastja. 'Wie heeft de schouwing gedaan?'

'Ajroemjan.'

'Goed, dan bel ik hem wel. Aan de slag, Misja. Kijk goed op mijn spiekbriefjes. We zien elkaar morgenochtend om acht uur. Ik wil alles weten voordat ze Zacharov laten gaan. O, voor ik het vergeet: wie is er van de technische recherche bij Irina Filatova geweest?'

'Oleg Zoebov.'

'Dan heeft de officier van instructie waarschijnlijk de foto's al. We zullen Zoebov moeten bidden en smeken om ze nog een keer af te drukken.'

'Ik heb al gebeden en gesmeekt,' zei Misja en haalde uit een map de foto's van de plaats van het delict te voorschijn. 'Houdt u ze maar.'

'Misja, je bent een schat.' Nastja wierp hem een kushand toe. 'Ga maar vlug. Tot morgen.'

Toen Misja Dotsenko weg was, begon Nastja de foto's te bestuderen die in Irina Filatova's huis gemaakt waren. Daar had je het slachtoffer zelf. Interessant gezicht, merkte Nastja op. Gelaatstrekken niet heel regelmatig, wel expressief. Waarschijnlijk had ze succes gehad bij de mannen. Een krap keukentje, ongeveer vijf vierkante meter. Het halletje, met naast de deur een telefoontafeltje. Een paar sportschoenen met lange, losse veters stond netjes onder de kapstok. Er klopt iets niet, dacht Nastja Kamenskaja. Ze moet vlug haar geld opzoeken en naar de bestuurder brengen. Maar in plaats daarvan maakt ze netjes haar veters los, zet haar schoenen op hun plaats en loopt naar de keuken om het fornuis aan te zetten. Als ze haar paspoort niet aan Dima Zacharov had gegeven, zou je kunnen denken dat ze niet van plan was geweest Zacharov zijn geld te brengen. Wat had haar naar de keuken gevoerd? Misschien bewaarde ze daar haar geld. Nastja maakte een notitie op een vel papier met bovenaan in grote letters ZOEBOV. Een andere mogelijkheid was dat het geld in de kamer lag en dat ze haar kletsnatte schoenen had uitgetrokken om de vloerbedekking niet vuil te maken. Ze maakte een tweede aantekening op het vel met ZOEBOV. Een overzichtsfoto van de woonkamer. Keurig opgeruimd, je kon zien dat er al een tijdje niemand thuis was geweest. De leunstoelen stonden streng symmetrisch aan weerszijden van een salontafel. Op elkaar aansluitende opnamen van de boekenplanken en een wandmeubel. Foto's die Irina zelf gemaakt had. Erg goed. Een vrouw van even in de veertig, waarschijnlijk haar moeder. Achter de glazen deurtjes in het wandmeubel, in plaats van servies, een verzameling glasfiguurtjes: een tijger, slang, haan, hond, kat. Twaalf in totaal. Verder geen snuisterijen, alleen meubels en boeken. De kleine kamer, duidelijk van Irina. Een slaapbank, een bureau met typemachine, een leunstoel met staande lamp. Meer paste er niet in de kamer.

Zonder haar blik af te wenden van de foto's op tafel, strekte Nastja haar hand uit om een sigaret te pakken. Opeens bleef haar hand in de lucht hangen. Ze voelde iets kouds in haar maagstreek. Dat betekende dat er iets niet klopte. Ze legde de foto's op elkaar en bekeek ze vervolgens een voor een. Opnieuw dat rare gevoel vanbinnen.

Nastja Kamenskaja twijfelde niet. Wat ze voelde bij het kijken naar de foto's, was een signaal dat er belangrijke informatie binnenkwam, die niet in het schema paste. Ze legde één foto opzij, op een vel met het opschrift AJROEMJAN. Voorlopig was het genoeg. Nu kon ze gaan bellen.

Oleg Zoebov was zwartgallig als altijd. Bovendien kon je merken dat ook hij van Gordejev zijn lippen op elkaar moest houden, waardoor het Nastja grote moeite kostte hem aan het praten te krijgen.

'Je moet inzien, Nastja, dat onze rechercheurs heel anders tegen de zaak aankijken dan de officier van instructie. Die is oud en heeft volop kwalen. Hij gaat binnenkort met pensioen, het is half juni en mooi weer en hij is nog steeds niet met vakantie geweest. Denk je dat hij op een moord zit te wachten? Hij wil dat het een ongeluk is. En die man met die warme theeketel zal hem worst zijn, zolang die zijn theorie van dood door elektrocutie niet bevestigt. Zo is hij nu eenmaal, hij heeft op zijn oude dag geen zin meer in gezeur aan zijn hoofd. Als je hem een koffer vol bewijzen brengt dat ze Irina Filatova vermoord hebben, dan wil hij heel misschien een gerechtelijk vooronderzoek instellen. Maar anders steekt hij geen vinger uit als het niet hoeft en sluit hij de zaak. Basta. En je weet ook hoe onze jongens zijn. Die willen juist dat het moord is, en die bestuurder moet de dader zijn en niemand anders. Ze mogen hem niet,' grinnikte Oleg. 'In een ander soort moord zien ze niets, en die man met zijn warme theeketel interesseert ze geen moer. Zo liggen de zaken.'

'Maar je hebt die beroerde ketel toch zelf in handen gehad?'

'Nou en of. Ik heb zelfs een schatting gemaakt van het tijdstip waarop hij aan de kook is gebracht. Plusminus 1.35 uur.'

Uit haar gesprek met Zoebov kwam Nastja te weten dat nergens in Irina Filatova's woning tapijt lag en dat ze haar geld bewaarde in een houten kistje in een la van het tafeltje bij de voordeur.

De Armeen Goergen Ajroemjan was, anders dan Zoebov, goedmoedig en breedsprakig. Bovendien was hij gek op Nastja Kamenskaja. Ze leek in niets op zijn temperamentvolle springin-'t-velds van kleindochters, die hij maar dwaas en lichtzinnig vond.

'Dag, gouden tovervisje van me,' loeide hij in de hoorn. 'Ben je oom Goergen nog niet vergeten? Het gaat zeker over Irina Filatova? Ik heb de schouwingsakte naar de officier van instructie gestuurd.'

'Ajroemjan, heel in het kort: wat stond erin? U weet dat ik van mijn chef niet naar de officier van instructie toe mag,' zei Nastja.

'Heel in het kort gezegd, weet ik niet waaraan Irina Filatova gestorven is.'
'Hoe kan dat nou?' vroeg Nastja verbluft.
'Dat zit zo. De dood is ingetreden als gevolg van een hartstilstand. Chronische of acute aandoeningen die de hartactiviteit hebben kunnen stilleggen, zijn bij de schouwing niet vastgesteld. Er zijn ook geen sporen van blootstelling aan elektriciteit. Maar dood door elektrocutie acht ik niettemin heel goed mogelijk. Zie je, zonnetje van me, in tien of vijftien procent van de gevallen zijn er geen sporen, dat staat in alle leerboeken. Dat was het, heel in het kort. Maar als het iets minder kort mag, dan kan ik je nog antwoord geven op een vraag die de officier van instructie vergeten is mij te stellen. Hij had zeker heel veel haast, of misschien had hij er geen zin in. Wil je het wel horen?'
'Natuurlijk!'
'Goed, mijn oogappeltje. Als je het boekje *Onderzoek van het lichaam op de plaats van het delict* ter hand neemt, editie 1989, dan kun je op bladzijde 157 lezen wat de officier van instructie mij had horen te vragen: vertoonde het lichaam van Irina Filatova ook sporen van letsel dat géén verband houdt met elektriciteit? En zo ja, van welke aard zijn deze sporen dan en door welk mechanisme zijn ze veroorzaakt? Dan zou ik hem geantwoord hebben dat het slachtoffer hoofdletsel had dat ik niet kon verklaren, en dat het niet het hoofdletsel was dat ik verwachtte aan te treffen. Dat was het, iets minder kort. Wil je het nóg iets minder kort, of heb je het zelf al geraden?'
'Inderdaad,' antwoordde Nastja. 'Ik heb hier een foto, en het viel me meteen op dat de keuken zo piepklein is. Als Irina Filatova gevallen was, was ze zeker tegen de tafelrand aangesmakt en had ze het krukje omgegooid. En juist dat soort letsel heeft u niet aangetroffen.'
'Ik hou van je, mijn parkietje, het is een genot met je te praten. Het letsel dat ik wel gevonden heb, was onduidelijk. Enerzijds was het net of ze op de grond gesmakt was. Maar an-

derzijds, als de valhoogte haar lichaamslengte was, had het letsel veel zwaarder moeten zijn, zelfs als je tafel en krukje even wegdenkt. Het tijdstip waarop de verwondingen ontstaan zijn, valt samen met het moment waarop de dood intrad. Dat ze haar hoofd al eerder heeft gestoten, is dus onwaarschijnlijk. Eén ding kan ik met nauwkeurigheid zeggen: de verwonding is ontstaan door aanraking met een plat oppervlak, niet met een stomp hard voorwerp. Nou, mijn sterretje, heb ik je mooie dingen verteld?'

'Prachtig,' gaf Nastja volmondig toe. 'Wat zou ik zonder u moeten beginnen? Ze hadden me er allang uit geknikkerd.'

Misschien overdreef Nastja niet eens. Iedere maand, op de twintigste, presenteerde zij Gordejev een analyse van alle opgeloste en onopgeloste moorden, zware mishandelingen en verkrachtingen. Een dergelijke analyse gaf inzicht in nieuwe tendensen bij het plegen van deze misdrijven. Bovendien toonden ze de typische fouten die werden gemaakt bij het oplossen ervan. En iedere maand ging Nastja, als ze met die analyse bezig was, bij Ajroemjan langs en luisterde dankbaar naar zijn breedvoerige raadgevingen, gelardeerd met talrijke 'tovervisjes', 'vogeltjes' en 'sterretjes'.

Goed, besloot Nastja. De informatie waarover ze beschikte was voldoende om zich een beeld te vormen van de omstandigheden rond Irina Filatova's dood. Motieven en de persoon van de dader waren nog niet aan de orde. Op dit moment was het belangrijk om te weten of er inderdaad iets in scène was gezet, of dat het toch een ongeluk was. En hoe alles in zijn werk was gegaan, en of Dima Zacharov er werkelijk bij betrokken was. Natuurlijk zou het ook geen kwaad kunnen om te praten met de elektrotechnicus die naar de woning van Irina Filatova ontboden was, maar eigenlijk was de precieze aard van de defecten aan het fornuis voor haar, vooralsnog, niet zo belangrijk. Het was glashelder dat het fornuis niet opeens kapot was gegaan in het uur dat was verstreken tussen halftwee, toen er volgens Zoebov water aan de kook was gebracht, en halfdrie, toen Irina een schok kreeg. Dat betekende óf dat het fornuis gedurende die tijd opzettelijk onklaar was gemaakt, óf dat die warme theeketel het resultaat was van een fantasie die tegelijkertijd was opgekomen bij Zacharov en bij Zoebov van de technische recherche, óf, ten slotte, dat degene die water gekookt had van het defect op de hoogte was geweest en voorzorgsmaatregelen had getroffen, bijvoorbeeld door stevige rubberhandschoenen aan te trekken. Meer mogelijkheden waren er niet.

Nu Nastja Kamenskaja een uitgangspunt had gevonden om verder na te denken, maakte zij aanstalten om aan de slag te gaan. Dat was een heel ritueel, dat alleen diende om het moment uit te stellen waarop ze 'in de zaak dook'. Nastja zette op haar gemak koffie, at er een van huis meegebrachte boterham bij en rookte een sigaret. Ze legde drie schone vellen papier klaar, die ze nauwkeurig voorzag van de opschriften FANTASIE, ONKLAAR GEMAAKT TUSSEN 1.30 EN 2.30 UUR, en EERDER ONKLAAR GEMAAKT. Ze deed haar deur aan de binnenkant op slot. Dat was het. Aan de slag.

Allereerst werd de mogelijkheid 'fantasie' uitgewerkt. Die was het eenvoudigst. Er was geen warme theeketel. Zacharov en Zoebov logen eensgezind, omdat Zacharov de moordenaar was en Zoebov dat wist, maar redenen had hem te dekken. Het leek te belachelijk voor woorden, maar Nastja had nu eenmaal de stelregel dat alle mogelijkheden bekeken moesten worden, hoe volslagen onzinnig ze er ook uitzagen. Zacharov als moordenaar dus, en Zoebov als medeplichtige. Zacharov gaat naar boven en doodt Irina Filatova in haar woning. Hoe? Begon hij voor haar ogen met het fornuis te rommelen? En als hij haar op een andere manier had gedood, hoe dan? Hoe kon hij een hartstilstand bewerkstelligen? Zenuwgas? Ajroemjan had niets gevonden in de longen. Maar dat niet alleen. In de woning waren, behalve Zacharov en Zoebov, ook nog de officier van instructie, twee rechercheurs van de Petrovka en eentje van het wijkbureau, de elektrotechnicus plus de verplichte twee getuigen aanwezig geweest. En die zouden allemaal solo of in koor moeten verklaren dat de warme theeketel een klinkklaar verzinsel was.

Opgelucht scheurde Nastja het vel met het opschrift FANTASIE doormidden en begon aan de volgende theorie.

Ze overwoog nogmaals haar argumenten tegen een spontaan defect geraakt fornuis. Als Irina Filatova een dodelijke val had gemaakt terwijl ze alleen in haar woning was, dan waren de buren vrijwel zeker wakker geworden van het geluid. Dit nog afgezien van het feit dat de forensisch geneeskundige geen verwondingen had geconstateerd die een dergelijke doodsoorzaak bevestigden. Als er iemand in de woning was geweest die haar opwachtte maar haar niet wilde doden, dan had hij haar gewaarschuwd als hij wist dat het fornuis kapot was. Als hij het niet wist, was het resultaat hetzelfde als wanneer ze alleen was: een val, verwondingen, rumoer. Misja Dotsenko had de buren ondervraagd, maar niemand had iets gehoord. Alleen twee oudjes in de woning ernaast waren wakker geworden toen Irina om halfdrie de deur van het slot draaide en deze vervolgens dichtsloeg. Oude mensen slapen licht en slapen moeilijk in. Als er in de daaropvolgende tien minuten lawaai was geweest in Irina Filatova's woning, hadden ze dat ook moeten horen.

Niets vergeten? Dan de volgende mogelijkheid: het defect was opzettelijk veroorzaakt tussen 1.30 en 2.30 uur.

Nastja tekende op haar papieren vierkantjes en pijltjes, schreef er losse woorden en complete zinnen bij, noteerde vragen voor de technische recherche, de buren, Irina's vader. Het aantal peuken in de asbak groeide, de hoeveelheid koffie in het pak slonk. Op tafel verschenen nieuwe vellen, met de opschriften GEPLAND, TOEVALLIG, SPORTSCHOENEN, SLOT. Ten slotte tekende zich voor haar ogen een beeld van de misdaad af, waar alles in paste wat ze op dit moment wist. Het ontgrendelde slot, de losgemaakte veters, het kapotte fornuis, de warme theeketel, de man die naar buiten kwam, de vreemde stilte, de 'verkeerde' verwondingen.

Nee, Irina, zei Nastja Kamenskaja bij zichzelf, terwijl ze naar een amateurfoto van Irina Filatova keek. Je bent niet verongelukt. Je bent vermoord. Met voorbedachten rade en koelbloedig. Je bent door een ervaren en omzichtig iemand vermoord. Hij kon niet weten dat Dima Zacharov beneden in zijn auto zat te wachten. Anders was je lijk pas vandaag ontdekt en dan was de theeketel allang afgekoeld. Hij kon ook niet vermoeden dat je tot die tien à vijftien procent uit het leerboek zou behoren, bij wie de elektrische schok geen sporen op het lichaam achterlaat, en dat er daarom mensen zouden zijn die niet geloofden in een ongeluk. Je moordenaar had alles juist berekend. Hij had alleen pech. Wat is er met je gebeurd, Irina? Je hebt iemands woede gewekt. Je stond iemand in de weg. Je hebt iemand iets misdaan. Maar wie?

Het was zo benauwd in de bus, dat Nastja Kamenskaja uitstapte voor ze bij haar halte was. Het scheelde weinig of ze was flauwgevallen. Nastja, die dagenlang zonder eten en slaap kon als ze in een interessant analytisch vraagstuk verdiept was, die zich al acht jaar niet ziek had gemeld, die met alles bleef doorlopen, diezelfde Nastja had twee aartsvijanden: mensenmassa's en benauwdheid. Daar kon ze niet tegen. Haar organisme weigerde te gehoorzamen en fluisterde pesterig: 'Je probeert me uit te hongeren met droge sneden brood, je vergiftigt me met nicotine, je behandelt me niet als ik ziek ben en verzorgt me niet. Je hebt lak aan me. Bekijk het nou maar lekker. Net wanneer je doodop bent en te laat dreigt te komen voor een belangrijke afspraak, dwing ik je te gaan lopen.' Nastja kende de sluwe streken van haar ongehoorzame bloedvaten al jaren en had geleerd zich ertegen in te dekken. In haar tasje zat altijd een ampul vlugzout, maar bovenal plande ze haar routes handig en zorgde ze altijd voor de nodige speelruimte. Nooit in haar leven was Nastja Kamenskaja ergens te laat verschenen.

Langzaam, alsof ze bang was haar spieren onnodig in te spannen, liep ze in de richting van haar huis, terwijl ze af en toe een etalage bekeek. Haar grote schoudertas werd steeds zwaarder, haar voeten, opgezwollen door het lange stilzitten in haar kamer, deden ondraaglijk zeer bij de aanraking met het vochtige leer van haar schoenen. Nastja had haar eigen methode om haar levensmiddelenbudget te beheren. Als ze haar salaris kreeg, legde ze geld opzij voor diverse 'doelgerichte uitgaven'. De rest, voor eten, verdeelde ze over het aantal dagen van de maand. Het quotiënt was tegelijkertijd een limiet die zij zichzelf verbood te overschrijden. Het resultaat was dat ze, naarmate ze minder vaak naar de winkel ging, meer lekkere en dure dingen kon kopen. Deed ze dagelijks boodschappen, dan betekende dat een menu van brood, melk en omeletten met tomaat. Maar verrichte ze die handeling één keer in de vijf dagen of, nog beter, eenmaal per week, dan kon ze zich gerookte kip veroorloven, kaas, varkensfricandeau of zelfs een watermeloen. Naast de mogelijkheid haar eigen kleine culinaire feestjes te bouwen, bood deze manier van huishouden nog een groot voordeel, misschien wel het belangrijkste. Nastja was namelijk ongewoon, om niet te zeggen ongelooflijk lui.

Op een bankje bij de voordeur zag ze een jongen met een rode, warrige haardos. Hij ging helemaal op in zijn boek. Naast hem lag een berg plastic tasjes waaruit groen uienloof en een goudbruin stokbrood staken. Door het plastic schemerde mat en appetijtelijk het rood van tomaten. Toen Nastja langs het bankje liep, schrok de jongen op uit zijn boek en begon krampachtig de tasjes bij elkaar te pakken.

'Nastja, wat is dat nou... We hadden toch afgesproken voor een gezellige avond? Je zei dat je er om zes uur zou zijn, en nu is het al bij achten.'

'Ach, vogelverschrikker,' zei Nastja zonder boosaardigheid, 'dat was vrijdag. Het is nu maandag. Vrijdag heb ik de hele avond op je zitten wachten.' Ze ging de voordeur binnen en hield de deur open voor de met pakjes beladen roodharige jongen.

'Vrijdag?' mompelde de jongen in verwarring, tegelijkertijd worstelend met de deur, het boek dat onder zijn arm vandaan glipte en de bril die hem van zijn neus gleed. 'Ik wist zeker dat het de vijftiende was. Is het nu de vijftiende? Echt waar? Hadden we echt vrijdag afgesproken? Dan ben ik weer helemaal in de war.'

43

Ze namen de lift naar de zevende verdieping. Nastja Kamenskaja maakte de deur van haar flat open, terwijl haar metgezel verslagen bleef klagen over zijn verstrooidheid.

'Goed,' zei Nastja vermoeid. Ze zakte krachteloos neer op een stoel in het halletje en strekte haar benen. 'Je hebt een slecht geheugen. Maar met je logisch inzicht zou het goed moeten zitten. Je bent toch wiskundige? Wie gaat er nou uitgebreid staan koken op maandag? Maar ik wil het er verder niet over hebben. Als ik geweten had dat je met tassen vol eten aan zou komen zetten, had ik mijn frêle lijfje niet afgebeuld door winkels af te sjouwen.'

De verstrooide en ietwat eigenaardige wiskundige Ljosja was ook weer niet zo wereldvreemd dat hij de opklarende stemming van zijn vriendin niet opmerkte. 'Mijn frêle lijfje,' daar klonk al weer humor in door. Ze was bereid te glimlachen en hem te vergeven.

Ljosja en Nastja kenden elkaar al bijna twintig jaar, ze hadden op de wis- en natuurkundeschool in dezelfde klas gezeten. Al die jaren had hij vol toewijding, en ook wel heel kinderlijk, van Nastja gehouden. Dat haar uiterlijk kleurloos was, interesseerde hem niet. Het leek wel of hij niet eens wist hoe zijn geliefde eruitzag. Bij tijd en wijle sperde Ljosja opeens zijn ogen open, zag overal om zich heen mooie en indrukwekkende vrouwen, werd meteen smoorverliefd en verloor zijn hoofd door alle verlangens die in hem woedden. Maar dat duurde tot het voorwerp van zijn redeloze hartstocht de roodharige wiskundige een audiëntie van tien minuten toestond. Zijn vurige gevoelens bekoelden dan op slag, want iedere keer weer merkte hij dat er maar een was met wie hij kon praten en wier gezelschap hij kon velen: Nastja. Bij alle andere vrouwen verveelde hij zich, net als bij de meeste mannen. Na zijn ongelukkige escapades kwam hij dan naar Nastja toe en vertelde haar lachend dat hij voor de zoveelste keer teleurgesteld was geraakt in mooie vrouwen. Nastja nam het hem niet kwalijk. Ze voelde zich op haar gemak bij hem.

Alles was die avond net als anders. Ljosja installeerde Nastja in de keuken met haar voeten in een teiltje koud water, ging handig met het eten aan de slag en vertelde intussen wat hij allemaal had gedaan in de paar dagen waarin ze elkaar niet gezien hadden. Hij dekte de tafel mooi, schonk Nastja een vermout met ijs in en maakte voor zichzelf een flesje bier open. Ze keken naar een aflevering van een detectiveserie op de televisie. Nastja luisterde met een half oor naar haar rode genie en bedacht vertederd hoe fijn het was dat er op de wereld mensen rondliepen als Ljosja, die niets van je eisen en er tegelijk voor zorgen dat je je geen oude vrijster voelt.

Ljosja was in slaap gevallen, moe van de hartstochtelijke betuiging van zijn gevoelens, maar Nastja lag in het donker te staren. Ze dacht na over Irina Filatova. Haar brein draaide op volle kracht en liet zich niet zomaar uitschakelen. Nastja stond voorzichtig op, sloeg een kamerjas om en liep naar de keuken. Ze opende haar tas en pakte er een foto van Irina Filatova's huis uit, die ze had meegenomen van haar werk. Ze zette de foto schuin tegen een aardewerken vaasje op de keukentafel. Er klopte iets niet aan de foto. Maar wat?

3

Vanuit het mortuarium aan de Rossolimostraat in Zuidwest-Moskou begaven degenen die Irina Filatova op haar laatste tocht begeleidden, zich op weg. Irina werd begraven op de Pjatnitskoje-begraafplaats, aan de andere kant van de stad. Haar moeder lag daar ook. Opvallend veel mensen bleken afscheid te willen nemen van Irina. In de stoet liep ook Joera Korotkov, stevig gearmd met Ljoedmila Semjonova, vriendin en collega van de overledene. Hij had iemand nodig die de omgeving van het slachtoffer goed kende en in staat was tijdens de droeve plechtigheid zijn vragen te beantwoorden zonder hysterisch te worden.

Volodja Lartsev, die samen met Misja Dotsenko de vrouwen had ondervraagd, had hem Ljoedmila Semjonova aangeraden, en Joera vertrouwde onvoorwaardelijk op Lartsevs oordeel.

'Waarschijnlijk vind je mij gevoelloos,' zei Ljoedmila zacht. 'Maar ik heb in mijn leven al zoveel dierbaren begraven, dat ik er nu een filosofische visie op de dood op nahoud. Wanneer sommigen zouden sterven en anderen niet, ja, dan zou je de dood een tragische onrechtvaardigheid kunnen noemen. Waarom is die en die gestorven en niet een ander, waarom heeft de een het eeuwig leven en de ander niet? Maar aangezien er nu eenmaal geen onsterfelijkheid bestaat, zullen we de dood moeten aanvaarden als een normaal en onvermijdelijk verschijnsel. Zo is het toch?'

'Dat weet ik niet,' antwoordde Joera Korotkov ernstig. 'Daar heb ik zo vlug geen antwoord op. Wie is dat daar, naast Irina's vader?' Hij knikte in de richting van een stevig gebouwde, donkere man met een snor en smalle oosterse ogen.

'Haar ex, Roeslan Basjirov. Naast hem loopt zijn nieuwe vrouw.'

Ljoedmila merkte de verbaasde blik van haar metgezel op en glimlachte even. 'Ja, zo was onze Irina. Ze had nooit met iemand ruzie. Het belangrijkste in het leven is goed omgaan met andere mensen, zei ze altijd. Als man en vrouw uit elkaar gaan, betekent dat niet dat een van hen niet deugt. Ze hadden het gewoon niet langer goed samen. Er kan zoveel misgaan. Maar als mensen niet langer kunnen samenwonen en in één bed slapen, wil dat niet zeggen dat ze niet met elkaar mogen omgaan. Roeslans nieuwe vrouw mag, ik bedoel mocht, Irina trouwens heel graag. Irina ging zelfs met haar aanbidders bij hen op bezoek.'

'Inderdaad wel wat ongebruikelijk,' beaamde Joera. 'En zijn hier, behalve haar ex, nog, hoe zeg ik het tactvol, mannen met wie Irina...' Hij aarzelde even. 'Naar bed ging' leek hem geen passende formulering, hier op de begraafplaats.

'Vraag maar gerust, Joera.' Ljoedmila Semjonova kneep hem even in zijn arm. 'Ik ben zelf officier van instructie geweest. Je kunt me alles vragen. En je kunt er zeker van zijn dat ik jou geen dingen ga vragen waar je niet op mag antwoorden.'

'Ljoedmila,' zei Joera Korotkov vol overtuiging, 'je bent een wonder. Als je niet al getrouwd was, deed ik je ter plekke een aanzoek.'

'Wat let je?' antwoordde Ljoedmila Semjonova.

'Je mag geen grapjes maken. We zijn tenslotte bij een begrafenis.' Joera streelde zacht haar vingers, die rustig op zijn bovenarm lagen.

'Ik maak geen grapje.' In de stem van de vrouw klonk verdriet door. 'Jij trouwt met mij en hij met zijn moeder. En dan gaan we bij elkaar op visite.'

Het oude liedje, dacht Joera Korotkov spijtig. Hij aanbidt zijn bedillerige en onverdraagzame moeder en vergelijkt zijn vrouw onophoudelijk met haar, waarbij zijn vrouw het altijd aflegt. Zo gaat het bij minstens de helft van de echtparen die ik ken. 'Waarom is Irina niet hertrouwd?' vroeg hij opeens.

'Voor zover ik begrijp, had ze over belangstelling van mannen niet te klagen.'

'De leeftijd, Joera. De leeftijd, helaas. Na haar dertigste moet een vrouw het doen met muffe vrijgezellen, die als de dood zijn dat ze naar de burgerlijke stand gesleept worden. Of met getrouwde mannen. Als je met de eerste categorie trouwt, moet je wel volslagen achterlijk zijn, en de tweede moet je zover zien te krijgen dat ze scheiden. Daarvoor heeft Irina nooit het enthousiasme opgebracht. En dan de ellende met de woonruimte. Moet je je man meenemen naar je piepkleine flatje, bij je oude, ziekelijke vader? Dat wilde ze onder geen beding. En hoe komt die gescheiden man aan woonruimte? Zijn huis heeft hij afgestaan aan zijn vrouw en kinderen.'

'Niet iedereen staat zijn woning af aan zijn vrouw. En er wordt veel geruild,' wierp Joera tegen.

'Een type dat overloopt naar zijn minnares en dan de boedel deelt met vrouw en kinderen, had Irina al helemaal niet gewild,' antwoordde Ljoedmila vol overtuiging. 'Ze verafschuwde hufters en vrekken. Op een gegeven moment was ze bijna lid geworden van een coöperatief, maar dat liep op het laatste moment spaak.'

'Waarom?'
'Ze liep een geldbedrag mis waarop ze gerekend had. En ze deed nooit iets op de pof. Ze leende zelfs niets aan het einde van de maand. Het was een principe van haar dat ze niemand tot last wilde zijn en tegenover niemand verplichtingen wilde hebben. Echt een beetje een obsessie. Haar leven lang heeft ze alles zelf gedaan. Nooit vroeg ze iemand om hulp. En dat niet uit trots hoor, zo van "kijk mij het eens knap in mijn eentje klaarspelen". Helemaal niet. Ze was bang voor iets anders. Soms vraag je iemand iets, en die durft dan niet goed te weigeren, hoewel het hem eigenlijk helemaal niet goed uitkomt. Hij helpt je dan wel, maar vervloekt in zijn hart zowel jou met je gezeur als zichzelf, omdat hij niet het lef heeft nee te zeggen. In zo'n situatie wilde Irina beslist niet terechtkomen. Terwijl ze zelf voor iedereen klaar staat, als er iemand geen nee durft te zeggen is zij het. Ze weigert nooit iets.' Ljoedmila verviel telkens per ongeluk in de tegenwoordige tijd, terwijl ze over haar vriendin sprak.

'Wat was dat precies met dat geld voor het coöperatief?' Het onderwerp leek Joera Korotkov belangwekkend. 'Had ze op een erfenis gerekend?'

'Weet ik niet,' zuchtte Ljoedmila. 'Dat was voordat ik op het instituut werkte. Ze liet een keer per ongeluk iets los, en ik wilde er niet verder naar vragen. Maar als je geïnteresseerd bent in haar mannen, die daar met dat grijze overhemd is haar laatste vlam. Hij werkt bij het Russische Interpol-bureau. En die lange, blonde man, tweede van rechts naast ons, werkt bij ons als docent. Met hem heeft Irina het vorig jaar uitgemaakt. Tenminste, hun relatie was voorbij. Ze gaan natuurlijk nog wel met elkaar om. Gingen,' verbeterde Ljoedmila Semjonova zichzelf weer. 'Koretski zie ik niet, die had er toch zeker moeten zijn.'

Joera spitste zijn oren. 'Waarom? Wie is Koretski?'

'Zjenja Koretski is chirurg in de polikliniek van ons departement. Dat was haar langste relatie. Die heeft nog langer geduurd dan haar huwelijk. Haar vader, Stepan Filatov, is patiënt van hem. Hij heeft last van zijn lever. Daarom komt Zjenja nog steeds bij ze over de vloer.'

'Hoor eens,' zei Joera Korotkov, 'je vriendin heeft toch hoop ik ook weleens verkering gehad buiten politiekringen? Of rekruteerde ze haar minnaars echt uitsluitend onder medewerkers van ons ministerie?'

'Waar moest ze iemand anders vandaan halen?' wierp Ljoedmila tegen. 'Haar hele leven zat ze of thuis of op haar werk. Ze kreeg de kans niet met anderen kennis te maken. Als je twintig bent, heb je discotheken en studentenfeestjes. Maar op onze leeftijd ga je alleen met collega's om. Irina bracht een keer een vriend mee van vakantie. Daar heeft ze toen gloeiend haar vingers aan gebrand. Intellectueel type, knappe vent. Bleek twee keer veroordeeld te zijn. Je had haar moeten zien!'

'Was ze erg van streek?' vroeg Joera geïnteresseerd.

'Totaal niet. Ze gaf hem meteen de bons. En niet vanwege die veroordelingen, het ging trouwens om verkeersdelicten, maar omdat hij het verzwegen had. En omdat hij zei dat hij wilde scheiden en met haar trouwen. Hij had toch moeten inzien dat zij, als majoor van politie, niet met een recidivist kon aankomen.'

'Hoe kwam ze dat te weten, van die veroordelingen, als hij het verzweeg?'

'Toevallig. En dat maakte haar razend. Irina kon het niet uitstaan als ze deden of ze achterlijk was. Die Valera is voor zover ik weet de enige man met wie ze niets meer te maken wil hebben. Ze heeft er echt een punt achter gezet. De anderen hebben vaak niet eens goed door dat het uit is. Ik zei immers al dat ze met niemand op slechte voet wilde staan. Dus gaf ze haar exen de illusie dat alles nog bij het oude was, maar dat alleen de omstandigheden tegenzaten: ze had het te druk, ze moest op reis, ze hadden nergens het rijk alleen. Ze had oprecht het beste met ze voor, alleen wilde ze niet meer met ze naar bed. Waarom denk je dat ze allemaal hier zijn, op de begraafplaats?'

De rouwbijeenkomst liep ten einde. Zes potige mannen tilden de kist op hun schouders en de stoet begaf zich richting

graf. Joera zocht met zijn ogen of hij de jongens van de technische recherche zag, die met een verborgen camera opnamen zouden maken.
'Kijk eens goed, Ljoedmila, zijn er veel mensen die je niet kent?' vroeg Joera Korotkov.
'Bijna niemand,' antwoordde ze haastig. 'Ze zijn haast allemaal van ons instituut. Daar heb je de meisjes van het informatiecentrum. Ze voorzagen Ira van statistisch materiaal. En daar, naast haar vader, dat is familie. Die man die achter ons afdelingshoofd loopt, ken ik niet. En die twee met die grote gladiolen, helemaal aan het eind, zie ik ook voor het eerst. Toch raar dat Koretski er niet is.'
Joera Korotkov bleef stilstaan. Hij wist zelf niet waarom het hem moeite kostte Ljoedmila Semjonova, die vertrouwelijk op zijn arm leunde, los te laten. Maar het zou niet correct zijn haar langer op te houden.
'Hartelijk bedankt, Ljoedotsjka,' zei hij zacht tegen Ljoedmila. 'Ik zal je niet langer kwellen. Ga maar afscheid nemen van Irina. Ik moet ervandoor.'
Langzaam liep Joera Korotkov door de zich langzaam voortbewegende stoet. Hij bleef een ogenblik stilstaan naast een korte, gebruinde man met een hoornen bril, en vervolgens bij het tweetal van wie het gezicht bijna schuilging achter enorme bossen gladiolen. Hij wist nu dat juist deze drie bezoekers in close-up zouden worden gefilmd met de videocamera.
Terwijl hij langzaam over de Krestovskibrug liep, een beetje kortademig van de drukkende hitte, probeerde Joera Korotkov zich te concentreren op de zaak-Plesjkov, waaraan hij zijn middag diende te besteden. Maar zijn gedachten dwaalden hardnekkig af. Telkens weer hoorde hij een zachte stem zeggen: 'Ik maak geen grapje. Trouw met me.'

'Ze nam het complete werkplan van de afdeling op zich. Voltooide haar eigen projecten en hielp vervolgens mee met die van anderen. Werkte als een paard. Ze zat hier op zaterdag en op zondag, en voor de feestdagen nam ze werk mee naar huis.

Ons afdelingshoofd aanbad haar. En dan durfde ze nog amper een keer vrij te vragen...'
'Ze hadden een heilig ontzag voor haar, vooral als ze haar hun teksten ter beoordeling gaven. Irina Filatova was ontzettend kritisch, lette op ieder woord. Toen ik mijn proefschrift van haar terugkreeg, stonden de kantlijnen vol potloodaantekeningen. Kunt u het zich voorstellen? Alle kantlijnen, van iedere bladzijde. Ze had er ook nog een paar vellen vol opmerkingen bijgedaan. Ik ben niet stommer dan een ander, ze las alle proefschriften op die manier. Maar iedereen wist dat als je haar verbeteringen en opmerkingen verwerkte, alles verder van een leien dakje ging. Veel mensen probeerden haar daarom hun proefschrift onder de neus te duwen en ze zei tegen niemand nee, hoewel ze het druk genoeg had met haar eigen werk. Natuurlijk had je er slimmeriken bij die hun proefschrift van haar terugkregen en dan tegen iedereen vertelden dat Irina het had gelezen, zonder er vervolgens een letter aan te veranderen. Haar reputatie was genoeg. Als zij een werkstuk gecorrigeerd had, hoefde je het niet eens meer te lezen, je kon gelijk bij de promotiecommissie je verdediging aanvragen. Eén keer ontdekte ze dat die truc was uitgehaald, en toen waren de poppen aan het dansen. Ze ging naar de verdediging, wierp zich op als onofficieel opponens en maakte de promovendus volkomen met de grond gelijk. Alles vergaf ze je, luiheid, domheid, maar bedriegers kon ze niet uitstaan. Daar werd ze onpasselijk van...'
'Vijanden? Irina? Nee, dat is uitgesloten...'
'Heel wat mensen hadden stiekem een hekel aan Irina. Maar vooral omdat ze haar niet begrepen. Oordeel zelf maar: nog jong, aantrekkelijk, heel veel aandacht van de kant van de mannen en toch altijd aan het werk. Dan deugt er iets niet. Waarom sloofde ze zich zo uit? Om te slijmen bij de leiding? Op haar vierendertigste werd ze al wetenschappelijk hoofdmedewerker, een functie waar je volgens de huidige eisen geen doctor-kandidaat maar doctor voor moet zijn. Waarom was ze zo'n streber? Maar wie haar beter kende, wist dat haar werk haar ge-

woon interesseerde. Ze vertelde me vaak dat ze als kind al gek was op de vraag "waarom?". Waarom gaat het zo, en niet anders? Waarom gebeurt dit en waarom gebeurt dat? En als criminologe bleef ze precies datzelfde waarom-vragertje. Ze liep voortdurend te denken, probeerde te begrijpen waarom de misdaad zich uitgerekend zo gedraagt en niet anders...'
'We wisten haar allemaal te vinden als we verdriet hadden. Ze kon luisteren. Troosten. Als je met haar praatte, ging het al beter. Ze was voor ons een soort psychotherapeut. Haar raad was altijd dezelfde: doe wat je zelf goedvindt, doe jezelf geen geweld aan. Forceer je niet...'
'Irina Filatova was rancuneus, ze vergaf niets. Niet dat ze wraak nam. Bewaar me, daar was ze veel te zacht voor. Ze trok haar conclusies en veranderde daarna niet meer van mening, al ging je op je kop staan. Had ze eenmaal iemand een etiket opgeplakt, dan hield hij dat zijn hele leven. Ze vond het ook volstrekt niet nodig daar voor de betrokkene een geheim van te maken. Iemand leende een keer een behoorlijk bedrag van haar voor een week, maar gaf het pas na twee maanden terug. Irina had hem er niet eenmaal aan herinnerd en er nooit naar gevraagd, hoewel hun kamers naast elkaar lagen en ze elkaar wel twintig keer op een dag zagen. Maar toen hij later nog eens wat wilde lenen, antwoordde ze: "Volodja, je bent een beste jongen, maar geld krijg je niet meer van me. Je houdt je niet aan je afspraken en ik vertrouw je niet meer." Dat zei ze waar iedereen bij was. In die dingen was ze...'
'We snapten geen van allen waarom Irina Filatova geen doctor werd. Niemand twijfelde eraan dat ze de capaciteiten bezat. Maar ze maakte zich ervan af met een grapje. Ze had nog geen zin om zichzelf te begraven, zei ze, ze had nog niet genoeg plezier gemaakt in het leven. Ergens wel te begrijpen, die fossielen die bij ons in de wetenschappelijke raad zitten, waren zelf allemaal vijftig toen ze doctor werden, die gunden Irina die titel niet. Zo'n piepkuiken! Maar toch leek het erop dat ons hoofd haar zover had gekregen, waarschijnlijk vooral omdat de eisen voor hoofdmedewerkers zwaarder werden. In ieder geval stond

in het beleidsplan van het instituut voor 1992 haar monografie aangekondigd...'

'Het zat Irina Filatova erg hoog dat ze op het ministerie van binnenlandse zaken geen cent gaven voor de wetenschap. Ze had een zelfbeheersing om u tegen te zeggen, maar was tegelijkertijd één brok temperament. Hoorde ze op het ministerie hatelijkheden aan het adres van haarzelf of het instituut, dan verbeet ze zich en gaf pas bij mij in mijn kamer lucht aan haar woede. Vooral de laatste twee, drie maanden had ze het moeilijk. Toen had ene Pavlov, een stafmedewerker van het ministerie, het ineens op haar voorzien. Hij stuurde haar een paar keer rapporten terug omdat ze niet goed waren. Aan haar, op wier werk nog nooit van haar leven iemand iets aan te merken had gehad. Geloof me, als er op de wereld één geniale criminoloog rondliep, dan was zij het. En die Pavlov is een analfabeet. Weet het verschil niet tussen criminologie en criminele opsporing. Maakt vier fouten als hij "academisch niveau" moet spellen. Als haar afdelingshoofd heb ik al het mogelijke gedaan om Irina tegen hem in bescherming te nemen, maar vergeet het maar. De stakker was helemaal gedemoraliseerd. Ze zei een keer tegen me: "Misschien heeft echt geen mens iets aan ons. Als mijn boek af is, ga ik in de journalistiek." '

Voor ze naar huis ging, liet Nastja Kamenskaja in de kamer waar de bureaus stonden van Volodja Lartsev en Joera Korotkov een laconiek briefje achter:

Pavlov, ministerie van binnenlandse zaken. Geen haast, alleen voor algemeen beeld. Kusje, A.K.

De Opdrachtgever voelde geen angst. Alleen een lichte ontevredenheid. Hij wist al dat na de uitvoering van zijn order onvoorziene complicaties waren opgetreden. Dat in plaats van een ongeluk een moordzaak werd onderzocht. Maar wat maakte hem dat uiteindelijk uit? Het onderzoek vormde voor hem persoonlijk geen enkele bedreiging. Het belangrijkste was dat Irina Filatova er niet meer was...

De Opdrachtgever herinnerde zich zijn eerste ontmoeting met haar, in januari, bijna een halfjaar geleden. Ze had rustig tegenover hem gezeten, geconcentreerd, bereid al zijn overwegingen aan te horen en te overdenken. Hij hoorde zichzelf amper praten, verhaspelde zijn woorden en kon zijn ogen niet afhouden van haar handen, terwijl hij trachtte enig teken van opwinding bij haar op te merken. Weet ze het of weet ze het niet? Dat was de vraag die de Opdrachtgever kwelde. Wie had kunnen denken dat ze elkaar zo zouden ontmoeten? Af en toe sloeg ze haar wimpers op en glimlachte, een tikje vreemd en veelbetekenend, meende de Opdrachtgever. Maar hij riep zichzelf tot de orde, probeerde te kalmeren en zich te bepalen tot de kern van de zaak die ze bespraken. Zij leek zijn opwinding niet op te merken en haar handen trilden niet.

Na die eerste ontmoeting was de Opdrachtgever zijn angsten snel vergeten. Hij wist zeker dat hij een vrouwenkenner was, en vrouwen kunnen zich niet lang inhouden en zwijgen. Had ze geweten wie hij was, had ze er ook maar een vermoeden van gehad, dan had ze zichzelf verraden.

Maar er volgde een tweede ontmoeting, en nog een. Het liep zo dat ze elkaar in februari bijna wekelijks zagen. Dan bestudeerde de Opdrachtgever haar gezicht en haar manier van lopen, hij beluisterde aandachtig haar kalme stem, bijna zonder intonatie, en kon daar geen tekenen van nervositeit in ontdekken. Ze weet het niet, zuchtte de Opdrachtgever opgelucht. Maar het volgende moment meende hij in haar grapjes een boosaardig sarcasme te horen, ontwaarde hij spot in haar glimlach en ingehouden woede in haar monotone stem. Toen hoorde hij dat Irina Filatova aan een boek werkte. Op dat moment begaven zijn zenuwen het bijna en werd hij naar deze raadselachtige vrouw toe getrokken als een nachtvlinder naar het vuur. Iedere gelegenheid, zelfs de onbeduidendste, greep hij aan om haar te ontmoeten, om nogmaals zijn kwellende twijfels te ondergaan en ten slotte weer opgelucht adem te halen. Nee, ze weet het niet... Ook Irina's boek bood gespreksstof.

'Wanneer wilt u het schrijven?' had de Opdrachtgever gevraagd. 'U zit toch tot over uw oren in uw werk voor het instituut?'
'Ik zal u een geheimpje verklappen.' Ze had hem openhartig en vriendelijk aangekeken. 'Het boek is al geschreven. Ik zag alleen geen kans het eerder te laten uitgeven.'
'Waarom niet? Staan er geheimen in?'
'Welnee,' had ze gelachen. 'Maar een boek uitgeven is praktisch onmogelijk als je niemand bent en niemand jou kent. Maar nu bezit ik een naam en een reputatie.'
'Hoe gaat uw schepping heten?'
'Ik heb alleen nog maar een werktitel: *Criminologie. Corruptie. Macht.* Iets in die geest wordt het.'
'En waar gaat het over, als ik zo onbescheiden mag zijn?'
'Dat is een lang verhaal.' Ze fronste even. 'Als u wilt, kan ik u beter het manuscript laten lezen. Dan kunt u me misschien meteen adviseren of ik het niet ergens tegen betaling kan uitgeven. Wij krijgen immers geen honorarium, zoals u weet. Afgesproken? Ik breng u meteen morgen de tekst.'
Ze was opgestaan en de Opdrachtgever wilde toesnellen om haar in haar bontmantel te helpen. Hij had onhandig met zijn elleboog tegen de asbak gestoten en de peuken waren op het bureau gevallen.
'Wat bent u nerveus, Vladimir Nikolajevitsj.' Irina Filatova pakte de deurkruk. 'Tot morgen.'
Het was zacht, vochtig februariweer. In de kamer was het benauwd, hoewel het bovenraampje wijd openstond. De Opdrachtgever voelde zijn handen ijskoud worden. Ze wist het toch...

De auto draaide van de drukke ringweg om het Moskouse stadscentrum de Kaljajevstraat in.
'En nu?' vroeg Dima Zacharov.
'Steeds rechtdoor. Ik ben blij dat je me gevonden hebt.' Nastja pakte hem even bij zijn schouder. 'Hoe is je dat gelukt?'
'Koud kunstje,' grinnikte Dima. 'Werkt die jongen met die

zwarte ogen bij jullie op de afdeling?'
'Misja Dotsenko? Ja. Wat is daar mis mee?'
'Aardige jongen.' Dima knikte goedkeurend. 'Goeie ondervrager ook. Korte zinnen, geen woord te veel, zet je niet onder druk. Een enkel woord om je op weg te helpen, maar zo dat je het bijna niet merkt. Hoe woedend ik ook was, ik wist me het gesprek in de auto nog bijna woordelijk te herinneren. Aardige jongen,' bevestigde hij nogmaals. 'Zo iemand moet je hebben als je met getuigen werkt.'
'Ja,' herhaalde Nastja verstrooid. 'Zo iemand moet je hebben. Maar vertel me toch eens waarom je mij eigenlijk hebt opgezocht.'
'Dat weet ik zelf niet.' Dima haalde zijn schouders op. 'Ik heb medelijden met haar.'
'Met wie?' vroeg Nastja verbaasd.
'Met die Irina Filatova. Is het niet idioot?' verzuchtte hij. 'Ik heb haar een halfuur gekend. Wat heet gekend, ik heb haar niet eens naar haar naam gevraagd. Om haar heb ik drie dagen in de cel gezeten, en opeens merkte ik dat ik medelijden met haar had.'
'Heb je twee uur buiten op me staan wachten om me dat te vertellen?'
'Heel eerlijk gezegd wilde ik je vertellen dat ik me graag nuttig wil maken. Natuurlijk zijn jullie daar bij de recherche allemaal heel kien en ervaren, maar je weet het maar nooit. Misschien kom ik van pas. Ik heb nog nooit zo met een slachtoffer te doen gehad als deze keer. Op de een of andere manier heeft ze me geraakt, snap je?'
'Bedankt. Ik ben diep ontroerd,' antwoordde Nastja nogal droogjes. 'Nu rechtsaf, de brug over. Je snapt toch hoop ik dat je zelf nog niet definitief buiten verdenking staat?'
'Het is niet anders,' antwoordde Dima berustend. 'Mooie wijk. Groen en rustig. Woon je hier?'
'Nee. Mijn ouders. Ik woon zelf in de Ssjolkovstraat.'
Bij het afscheid pakte Dima Nastja een ogenblik bij haar hand en keek haar aandachtig aan.

'Niets veranderd. Nog steeds hetzelfde grietje met een spijkerbroek en een lange paardenstaart. Hoe oud ben je nu?'
'Tweeëndertig,' glimlachte Nastja.
'Niet getrouwd?'
'Laat me niet lachen. Nogmaals bedankt voor de lift.'
Toen de kwestie van een woningruil zich aandiende, was het voornaamste argument van Nastja's stiefvader geweest dat je 'geen drie papierverkwisters in één huis moest zetten'. Toen Nastja nog op school zat en later op de universiteit, en Leonid Petrovitsj nog praktijkwerk deed, was de driekamerflat al half bedolven onder de papieren en manuscripten van Nastja's moeder, de vermaarde taalkundige. Vervolgens begon ook Nastja haar eigen hoekjes op te eisen voor haar ontelbare hoeveelheid blaadjes en ingewikkelde berekeningen. Maar het werd pas echt krap in het flatje toen Leonid Petrovitsj het 'veld' vaarwel zei en zijn functie als afdelingshoofd bij de Moskouse gemeentepolitie verruilde voor die van docent praktisch opsporingswerk aan de juridische hogeschool voor schriftelijk onderwijs van de politie.

Nu woonde Nastja op zichzelf, aan de andere kant van Moskou. Ze kwam echter vaak bij haar ouders, vooral nu haar moeder twee jaar lang als gasthoogleraar in Zweden werkte. In tegenstelling tot Nastja was Leonid Petrovitsj huishoudelijk ingesteld en zag hij er niet tegen op te koken. Maar het aantrekkelijkste was dat de woning van haar ouders veel dichter bij de Petrovka lag dan Nastja's eigen huis. Als ze bleef slapen, kon ze 's morgens drie kwartier langer blijven liggen.

Nastja had zich in een makkelijke stoel genesteld en keek toe hoe haar stiefvader een plastic tasje uitpakte. Bij gelegenheid gaf haar moeder een pakket met iemand mee. Leonid Petrovitsj haalde een plat doosje te voorschijn en reikte het Nastja aan.

'Hier, je speelgoed. Je hebt waarschijnlijk al een hele collectie?'

'Van het goede krijg je nooit genoeg,' zei Nastja gekscherend. Meteen daarop vroeg ze: 'Pap, wie is Bogdanov?'

'Bogdanov? Is alles in orde met je? Dat was de vorige korpschef.' Leonid Petrovitsj liet verbaasd het vaktijdschrift over technisch recherchewerk zakken dat zijn vrouw hem had gestuurd.
'Nee, die niet. Ik bedoel een Bogdanov die aan de academie werkt, bij de subfaculteit Organisatie van het opsporingsonderzoek.'
'O die.' Haar stiefvader haalde opgelucht adem. 'Natuurlijk ken ik die. We doceren verwante vakken en kennen elkaar allemaal. Waarom vraag je naar hem?'
'Zo maar, voor alle zekerheid. En Idzikovski van Interpol, ken je die?'
'Alleen van naam. Nog meer vragen?'
'Heb je Irina Filatova van het wetenschappelijk onderzoeksinstituut van ons ministerie weleens ontmoet?'
'Een paar keer. Ben je mijn doopceel aan het lichten? Nastja, hou op met je geheimzinnige gedoe en vertel wat er aan de hand is.'
'Irina Filatova is dood.'
'Wat?!' Leonid Petrovitsj ging even op de bank zitten om het nieuws te verwerken. 'Misschien heb je het over een andere Irina Filatova? Die van mij is nog jong. Een knappe vrouw.'
'Ja, die bedoel ik, papa. Ze is vermoord.'
Nastja kwam overeind uit haar stoel en ging naast haar stiefvader op de grond zitten. Ze legde haar hoofd op zijn schoot.
'Het enige waar je tegenwoordig over hoort, is moord uit jaloezie. En Irina Filatova had alleen maar relaties met officieren van het ministerie van binnenlandse zaken. En ik blijf hier als een trouwe hond aan je voeten zitten tot je me alles verteld hebt over onze wetenschappelijk medewerkers en docenten. Hoe leven ze? Wat doen ze? Waar maken ze ruzie over? Waarover gaan hun anonieme brieven? Wat doen ze om een ander een loer te draaien? Hoe vereffenen ze hun rekeningen? Enzovoort, enzovoort. Oké?'
Leonid Petrovitsj glimlachte een beetje treurig. 'Nou overkomt jou waar ik altijd bang voor ben geweest toen ik nog in het veld werkte. Een onderzoek naar je eigen collega's. Je hebt

er geen idee van hoe moeilijk dat is, zeker als je nog jong bent. De politie is een benauwd wereldje. Niet klein, echt benauwd. Je kunt je niet omdraaien of je botst tegen een kennis aan, familie van een kennis, een collega van een kennis, een vroegere leerling, de buurman van je superieur en ga zo maar door. In dat benauwde kringetje kun je niemand iets vragen, laat staan hem ondervragen. Wat kun je nou voor serieus gesprek voeren met je eigen mensen? Je praat met iemand omdat je hem van een misdrijf verdenkt, maar die iemand zegt bij alles: ja, ja, hou nou maar op, we zijn toch onder mekaar, snap dat nou toch. En hij geeft je een klap op je schouder en stelt voor een borrel te gaan drinken. En als het ze maar even niet zint, kun je rekenen op een telefoontje gepleegd met jouw Gordejev, met wie ze in hetzelfde vakantiehuis gezeten hebben of samen aan de wodka zijn geweest, of die ze weet ik waarvan kennen. Maar beste Victor, je mag die mensen van je weleens manieren leren, dit kan toch niet, zoals ik nou toch bejegend ben... Kortom, je zult het bezuren.'

Nastja schudde haar hoofd. 'Nee, ik zal het niet bezuren. Mij stuurt Bolletje niet op ze af. De jongens zullen het bezuren. Maar dwaal niet af papa, vertel me je wederwaardigheden als politieman en wetenschapper.'

Dinsdag 16 juni liep ten einde. De dag waarop Irina Filatova begraven was. De dag waarop Dima Zacharov, na tweeënzeventig uur vrijgelaten uit zijn cel, had besloten dat hij de moordenaar van zijn toevallige passagier wel eigenhandig kon wurgen. De dag waarop Joera Korotkov, sinds lang degelijk getrouwd, had gemerkt dat hij halsoverkop verliefd was geworden op getuige Ljoedmila Semjonova, tweeëndertig jaar oud, getrouwd en moeder van twee kinderen. De dag ook waarop aan de hemel boven een nietsvermoedende kolonel Gordejev een klein wolkje voorbij was gedreven.

De daaropvolgende dagen bleek Leonid Petrovitsj een profetische blik te hebben gehad. Joera Korotkov, Volodja Lartsev en Misja Dotsenko, die aan de zaak-Irina Filatova werkten en de theorieën natrokken dat hebzucht of jaloezie motieven waren geweest voor de moord, verschenen moe en geïrriteerd op hun werk.

'Laat ze allemaal doodvallen!' riep de kleine, grijzende Volodja Lartsev woedend na zijn onderhoud met Bogdanov, docent aan de academie van het ministerie. 'Ik vraag hem naar Irina Filatova. Hij kijkt me streng aan en sist me toe: "Waar heeft u eigenlijk gestudeerd? O, in Moskou! Dan heeft u uw colleges praktisch opsporingswerk waarschijnlijk van professor Ovtsjarenko gehad? Ik zie meteen dat hij u niet veel bijzonders heeft bijgebracht. U kunt absoluut niet ondervragen." Wat zeg je me daarvan?'

Joera Korotkovs verdenkingen aan het adres van de chirurg Koretski, die bij de begrafenis afwezig was geweest, bleken ongegrond. In zijn hoedanigheid van oude vriend des huizes was hij achtergebleven in het huis van de Filatovs en had daar geholpen het begrafenismaal voor te bereiden. Van allen die Joera Korotkov had nagetrokken op het motief 'jaloezie', was Koretski de aangenaamste gesprekspartner geweest. Maar dat kwam waarschijnlijk, dacht Joera, omdat zijn polikliniek geen recherchemedewerkers behandelde. Dat ontnam Koretski de mogelijkheid nonchalant te vragen: 'Wie is uw chef? Gordejev? O, die ken ik, die heb ik weleens behandeld.'

Alle mannen, onder wie ook Irina's gewezen echtgenoot en de hardhandig aan de dijk gezette Valera met zijn twee verkeersdelicten, hadden een deugdelijk alibi. Bij allen ontbrak ieder motief voor de moord. Ljoedmila Semjonova had niet overdreven toen ze zei dat Irina Filatova haar persoonlijk leven goed wist te organiseren en bij niemand jaloezie of wantrouwen opwekte.

Ook van roof als motief leek geen sprake. Irina en haar vader leefden beiden van hun salaris, hadden zich niet beziggehouden met commerciële activiteiten, waren geen rijke erfgenamen. Alle kostbaarheden die zich in huis bevonden, waren twee gouden kettinkjes, een van Irina en een – met steentjes – van haar moeder, alsmede drie trouwringen, van Irina zelf en van haar ouders. Haar vader vertelde dat zijn dochter meer van zilver had gehouden, maar ook daarvan bezat ze niet veel. Wel getuigden haar bezittingen van een verfijnde smaak. Veel geld had Irina Filatova uitgegeven aan boeken. Ook hield ze van dure geurtjes, vooral parfum. Haar kleren daarentegen waren, zoals Misja Dotsenko het uitdrukte, goedkope confectie. Nee, niets wees erop dat het gezin inkomsten bezat buiten de salarissen. Geen auto, geen datsja. Onopgehelderd bleef de kwestie met het geld voor het coöperatief, dat Irina op de een of andere manier had moeten ontvangen. Haar vader wist daar niets van. Hij wist trouwens helemaal niet dat Irina van plan was geweest lid te worden van een woningcoöperatief. 'Irina was erg gesloten. Heuglijke gebeurtenissen vertelde ze altijd pas achteraf. En over onaangename dingen zei ze al helemaal niets.' Die vraag bleef dus onbeantwoord, maar was volgens Volodja Lartsev en Misja Dotsenko ook niet meer actueel. De hele geschiedenis had zich afgespeeld in 1987, dus vijf jaar geleden.

Ze leken vast te zitten.

'Met de liefde en het geld, die drijfveren der vooruitgang, zijn we uitgepraat,' zei Volodja Lartsev diepzinnig. 'Laten we dus overgaan op minder spannende problemen.' Met die woorden legde hij Nastja's notitie voor Joera Korotkov neer. 'Wil jij dit doen? Nastja vraagt om een schets van Pavlov van Binnenlandse Zaken. Weet jij waarom?'

'Wat maakt dat uit? Als zij een schets wil, krijgt ze haar schets.'

Joera Korotkov pakte vlug het briefje en probeerde zijn vreugde voor zijn collega te verbergen. En of hij dat wilde doen! Een aanleiding om Ljoedmila te bellen! Kalm aan, stommeling, riep hij zichzelf in gedachten tot de orde. Ze denkt allang niet meer aan je. Alsof ze op jou zit te wachten. Maar hardnekkig bleef haar zachte stem in zijn hoofd klinken: 'Ik maak geen grapje. Trouw met me.'

Geld zoekt geld en een ongeluk komt nooit alleen – zou je zoiets ook kunnen zeggen van de liefde? In elk geval was het uitgerekend de op zijn getuige Ljoedmila Semjonova verliefde rechercheur Joera Korotkov die in zijn gesprek met haar aanleiding vond om opnieuw de vraag te stellen die afgedaan leek: kon een onbeantwoorde liefde de aanleiding zijn geweest tot de moord op Irina Filatova?

Alexander Pavlov, kolonel van politie en stafmedewerker bij het Russische ministerie van binnenlandse zaken, had volgens de verklaringen van Ljoedmila Semjonova Irina het hof gemaakt, en dat op een drieste en hoogst eigenaardige manier.

Aanvankelijk waren er de vrijwel dagelijkse bezoeken aan het instituut, met bloemen en geschenken, de handkussen waar iedereen bij was, de uitnodigingen aan alle medewerkers van haar afdeling om zich het heerlijk verse gebak dat hij had meegebracht goed te laten smaken, en de uitroepen: 'Irotsjka, ik ben je slaaf! Irotsjka, je bent volmaakt!' Irina was er openlijk door geamuseerd geweest, ze had beminnelijk gelachen, grapjes gemaakt over haar Don Juan. Hij toonde zich daar niet in het minst door beledigd.

Maar opeens veranderde alles. Het was afgelopen met de bloemen, het theedrinken en de complimentjes. Pavlov kwam niet langer op visite. Hij veranderde in het wrokkige jongetje dat juist het meisje dat hij het leukst vindt, knijpt en aan haar vlechten trekt. Hij terroriseerde Irina letterlijk, had onophoudelijk iets te vitten op de door haar verzorgde stukken, ontbood haar eindeloos op het ministerie. Zij beheerste zich en verdroeg het allemaal. De staf van het ministerie was de voornaamste opdrachtgever voor wetenschappelijk onderzoek van haar afdeling. Men mocht niet gebrouilleerd raken met de hoogste ambtenaren daar. De verliefde Pavlov werd het gesprek van de dag en Irina een martelares. Iedereen voelde met haar mee.

'Ik weet nog dat ik een keer tegen haar zei: "Geef hem anders een keertje zijn zin, misschien laat hij je dan met rust." '

'En wat zei zij toen?' vroeg Joera Korotkov.

'Ze keek me zo woedend aan dat ik er verbouwereerd van was. Ze ging nog liever met een bedelaar in een voetgangerstunnel naar bed dan met hem. En dat,' voegde Ljoedmila er-

aan toe, 'terwijl Pavlov er best imposant uitzag. Er was niets afstotelijks aan hem. Bogdanov, die Karpatenkop van de academie, is voor mij tien keer zo erg. Maar ja, ieder zijn meug.'
'Misschien was het een principekwestie. Maar wat voor principe?' Joera schoof zijn lege koffiekop opzij en strekte zijn hand uit naar de asbak. Ze zaten op het terras van een groot hotel. De avond begon te vallen en ze verheugden zich op de verkoeling die deze zou brengen. 'Ljoedmila, heb je nog even tijd?' vroeg Joera. 'Vertel nog eens wat meer over je vriendin.'
'Ik heb de tijd. Mijn man zit met de kinderen aan de Zee van Azov, bij familie in Marioepol. Op 10 juli krijg ik vakantie en dan ga ik hem aflossen.'
Joera dacht na over wat hij zojuist had gehoord en overwoog hoe hij gebruik zou kunnen maken van die informatie. Onverwacht voegde Ljoedmila eraan toe: 'Joerotsjka, pijnig je hersens niet. Je gezicht spreekt boekdelen. We hebben allebei een opgroeiend gezin. Ik ben minstens vijf jaar ouder dan jij. Jij bent doodmoe van je werk en ik van de eindeloze ruzies thuis. Ben je het ermee eens dat er in het leven ook lichtpuntjes moeten zijn? Dan kun je tot 10 juli op me rekenen.'
'En daarna?' vroeg Joera Korotkov onnozel, niet in staat zijn blik van haar ogen af te wenden.
'Laten we het niet hebben over "daarna". Niemand weet wat de toekomst in petto heeft. Dat was trouwens Irina's lievelingsuitspraak.'

4

Op vrijdag 19 juni ontbood Gordejev Igor Lesnikov. 'Hoe staat het met de zaak-Kovaljova?'
'We weten inmiddels dat de rechter en de tweede assessor nog door niemand zijn lastig gevallen. In het vonnis worden de namen genoemd van drie personen die tijdens de rechtszaak tegen Sjoemilin hebben getuigd. Op 24 mei 1989 is een zoon van getuige Kalinnikov mishandeld. Die zaak is behandeld door bu-

reau 100 en niet opgelost. Op 24 mei 1990 is de veertienjarige dochter van getuige Todorova beroofd. Ze hebben haar een gouden kettinkje en oorbellen afgepakt, al het geld dat ze op zak had, haar Amerikaanse jack en haar geïmporteerde sportschoenen. De zaak staat nog open bij bureau 74. Op 24 mei 1991 is een kleinzoon van getuige Pozjidajev mishandeld en beroofd. Bureau 170, ook onopgelost. En dit jaar dus Natasja Kovaljova. Geen twijfel mogelijk, kolonel, dit is geen toeval meer.'
'Daar ben ik het mee eens. Die Sjoemilin is een smeerlap, maar hij is niet stom. De getuigen zelf raakt hij niet aan, hij is veel te bang dat ze hem herkennen. Ze hebben hem immers tijdens de rechtszaak gezien en bij het ongeluk zelf. Hij had ook de echtgenoten kunnen kiezen. Maar nee, hij pakt de kinderen. Weet je waarom? Omdat die zullen zeggen dat hij een grote, volwassen man is. Voor hen is iedereen boven de vijftien stokoud en iedereen die langer is dan zijzelf een reus. Heb jij die Sjoemilin gezien?'
'Uit de verte,' grijnsde Lesnikov. 'En u hebt helemaal gelijk. Hij is drieëntwintig, klein en mager, een miezerig ventje. Hij zat trouwens achter het stuur, hoewel hij nog een ontzegging heeft. Dat zal zijn oom wel voor hem hebben geregeld.'
'Goed dan, Igor. We zitten tussen twee vuren. Vitali Kovaljov is adviseur van vice-premier Averin en zou niets liever willen dan dat het parlement het aftreden van de premier eist. Zijn baas, Averin, maakt dan een goede kans zelf minister-president te worden. En dan maakt Kovaljov samen met hem promotie. Of Averin ervan op de hoogte is weet ik niet, maar Kovaljov is actief aan het lobbyen in het parlement, met steun van een fractie die ijvert voor het slechten van alle barrières die westers kapitaal ontmoet op weg naar ons land. Daarvoor heeft hij geld nodig, zoals je begrijpt. Dat geld krijgt hij van onze vriend Vinogradov, de president van het Fonds ter ondersteuning van het ondernemerschap. Gezworen kameraden in de politieke strijd dus. En ga Kovaljov nu maar eens vertellen dat zijn dochtertje is verkracht door de bloedeigen neef van Vinogradov... Wat denk je dat hij dan zegt?'

'Dat ze ons er ter plekke uit moeten donderen. Dat we niet in staat zijn misdrijven op te lossen en daarom maar de eerste de beste pakken. Dat er in onze gevangenissen alleen maar onschuldigen zitten en dat de zware jongens vrolijk vrij rondlopen. De bekende borreltafelpraat.'
'Goed zo. En hoe zal de officier van instructie reageren?'
'Dat hangt af van de bewijzen die we hem kunnen bezorgen. De zaak is onder Olsjanski, dat is geen slappeling. Misschien is hij niet bang voor Kovaljov.'
'Misschien niet.' Gordejev kauwde op zijn brillenpoot. 'Misschien niet,' herhaalde hij in gedachten. 'Goed, ga naar de officier van instructie en vertel hem het hele verhaal van Sjoemilins vendetta. Hij moet met de slachtoffers uit de vorige zaken aan de gang. Die kinderen zijn natuurlijk bang en het is al een tijd geleden, maar wie weet levert het iets op. We laten de naam Vinogradov nog niet vallen. Voor Olsjanski is Sjoemilin iemand die eerder veroordeeld is, verder niet. Die officier van instructie mag dan geen slappeling zijn, we hoeven hem niet eerder bang te maken dan nodig is. Laat hij je zelf maar vertellen wat voor bewijzen hij nodig heeft om Sjoemilin te beschuldigen en zich zeker te voelen van zijn zaak. Dan bedenken we hier wel hoe we aan die bewijzen moeten komen.'

Toen Lesnikov vertrokken was, sprong Victor Gordejev op en begon als een rubberballetje door zijn kamer te stuiteren, om de lange vergadertafel heen. Was het geen vergissing van hem om informatie voor de officier van instructie verborgen te houden? Eigenlijk was die informatie niet noodzakelijk voor het opsporingsonderzoek, maar toch... Zou hij Olsjanski zo niet aan een onverwachte aanval blootstellen? Maar wat voor aanval? Wat had Olsjanski eigenlijk te duchten? Een onaangenaam gesprek met de vader van het slachtoffer? Dat was helemaal niet gezegd. Kovaljov kon best een fatsoenlijk man blijken die helemaal niet voor complicaties zou zorgen tijdens het onderzoek. Waarom had hij, Gordejev, eigenlijk zo'n vooroordeel tegen hem? En Olsjanski was inderdaad niet bang uitgevallen, daar had Igor Lesnikov gelijk in. Waar zou hij trouwens eigenlijk benauwd voor moeten zijn? En als het niet Sjoemilin was? Als ze zich vergisten? Als het toch allemaal toeval was? In de kwart eeuw dat hij bij de recherche werkte, had Gordejev geleerd hoe onwaarschijnlijk, hoe ongelooflijk toevallig gebeurtenissen konden zijn. En door dat toeval kan het leven van een eerlijk mens aan een zijden draadje komen te hangen. En helaas, soms knapt dat draadje.

Gordejev stuiterde naar zijn stoel en pakte de telefoon. Nee, hij moest de klap zelf opvangen.

'Spreek ik met Konstantin Olsjanski? Goedendag, met Gordejev.'

'Goedendag, kolonel. Blij uw stem te horen,' klonk Olsjanski's enigszins brouwende stemgeluid in de hoorn.

'Meneer Olsjanski, Lesnikov van mijn afdeling is naar u onderweg in verband met Natasja Kovaljova. We hebben een ideetje en daar wil hij het met u over hebben. Het is allemaal nog heel voorlopig. Ik wil vragen of u een ondervragingsbevel voor mij wil uitschrijven voor de vader van het slachtoffer. Lesnikov kan het dan gelijk meenemen. Het blijft een erg wankele theorie en ik wil er zelf de verantwoordelijkheid voor nemen. Dan hoeft u niet te blozen als we ons vergist hebben.'

'Het blozen heb ik allang afgeleerd, mijn beste Gordejev,' grinnikte Olsjanski in de hoorn. 'Maar Kovaljov doe ik u met plezier cadeau. Iedere dag die God geeft, belt hij me op om tekst en uitleg te vragen over onze speurtocht naar de verkrachter. U kunt hem dan in één moeite door tevredenstellen. Ik heb vandaag naar de kliniek gebeld waar het meisje is opgenomen. De arts zei dat de prognose gunstig is. We hebben goede hoop dat ze ieder moment kan gaan praten.'

'Ik begrijp het,' zei Gordejev. 'Ik zorg dat er een van mijn jongens klaar zit om de kans niet voorbij te laten gaan. Bedankt.'

Gordejev legde de hoorn neer en taxeerde hoeveel tijd hij nodig zou hebben om het bezoek van Kovaljov voor te bereiden. Het verzoek om een ondervragingsbevel was alleen maar een slimmigheid geweest. Bolletje had helemaal geen behoefte aan

een verhoor. Maar hij moest Kovaljov hier hebben, in zijn eigen kamer, om te zien hoe hij reageerde op de naam Sjoemilin. En hoe had hij Kovaljov ooit kunnen ontbieden zonder open kaart te spelen met de officier van instructie?
  Victor Gordejev besloot eerst een paar andere dringende zaken af te handelen, waaronder de theorieën in de zaak-Filatova. Omdat niemand van degenen die aan die zaak werkten binnen bleek, liet Gordejev Nastja Kamenskaja bij zich komen. Ze bracht hem gedetailleerd verslag uit.
  'Roof hebben we vandaag kunnen uitsluiten, jaloezie nog niet helemaal. Daar is Misja Dotsenko op dit moment mee bezig.'
  'En dan?'
  'Dan gaan we naar een tweede niveau van complexiteit.'
  'Heb je al ideeën?'
  'Eh...,' Nastja aarzelde. 'Wel iets. Irina Filatova's laatste vriend werkt bij Interpol. Drugs, wapens, smokkel, allemaal serieuze zaken. Misschien was Irina een instrument om druk uit te oefenen op Idzikovski. Iedereen merkte dat ze de laatste twee of drie maanden gedeprimeerd was. Er zat haar iets dwars. Haar directe superieur weet het aan een verstoorde verhouding met een hoge ambtenaar op het ministerie. Maar we moeten niet vergeten dat Irina Filatova een zeer gesloten iemand was. Haar stemming kan ook zijn veranderd doordat zij of Idzikovski bedreigd werd. Of misschien gechanteerd.'
  'Klinkt plausibel,' knikte Gordejev goedkeurend. Dotsenko is klaar met zijn mannequin, dus laten Volodja Lartsev en hij Idzikovski doen. Joera Korotkov is nog wel even zoet met Plesjkov,' besloot Gordejev. 'Nog iets?'
  'Ik zit ook nog te denken aan wetenschappelijke *jalousie de métier* als oorzaak van het drama.'
  'Ga daar zelf mee aan de gang. Ik bel naar het instituut dat ze je alle paperassen van Irina Filatova moeten brengen.'
  'Maar dan ook echt alles, kolonel. Uit haar kluis, uit haar bureau, uit haar huis. Ieder snippertje. En haar bureau-agenda. En haar notitieboekjes.'
  'De duvel en zijn ouwe moer,' lachte Gordejev. 'Ga nu maar.'

Terwijl kolonel Gordejev zich voorbereidde op zijn onderhoud met Vitali Kovaljov, de adviseur van de vice-premier, en Nastja de laatste hand legde aan haar maandelijkse analyseverslag, in afwachting van het moment waarop men haar de papieren van Irina Filatova zou bezorgen, reed de lange, knappe Misja Dotsenko van het gebouw van het ministerie van binnenlandse zaken aan de Zjitnajastraat met de metro terug naar de Petrovka. Hij had zojuist een onderhoud gehad met Alexander Pavlov, de afgewezen aanbidder van Irina Filatova, en was uiterst ontevreden.

Allereerst was hij erg boos op zichzelf omdat hij zijn dictafoon niet te voorschijn had durven halen. Kolonel Pavlov was ook wel heel erg arrogant geweest. Het was natuurlijk wat anders geweest als de rechercheurs een minirecorder zouden hebben met een gevoelige microfoon, zo'n ding dat je zelfs kon gebruiken zonder het uit je zak te halen. Maar met de prehistorische apparatuur die zij hadden, maakte je je alleen maar belachelijk.

Bovendien was hij boos op Irina Filatova. Die had, zo was uit het onderhoud gebleken, een intieme relatie met Pavlov gehad. Misja was nog te jong om zich geheel te hebben ontworsteld aan een romantische opvatting over vrouwen en over de liefde. Hij vond de welwillende intellectueel Idzikovski van Interpol bijzonder sympathiek en was oprecht verontwaardigd dat de overledene zo'n prima vent had bedrogen met de zelfingenomen en gladde Pavlov.

En ten derde was de fijngevoelige Misja Dotsenko boos op Pavlov zelf. Niet alleen had deze hem zonder enige gêne verteld dat hij een 'intieme betrekking' had gehad met Irina Filatova, hij leek er zelfs prat op te gaan dat hij de feeks had getemd. In het bijzonder wond Misja zich op over het feit dat Pavlov doctor-kandidaat in de rechten bleek te zijn. Hij wist van Dima Zacharov hoe Irina had gedacht over ministeriële ambtenaren met een wetenschappelijke graad.

Het was zo heet dat het zelfs in de doorgaans koele metro onaangenaam vochtig en benauwd was. Misja's overhemd plakte aan zijn rug en onder zijn lichte zomerbroek liepen straaltjes zweet kriebelend langs zijn benen. Weggedoken in een hoek van de wagon probeerde Misja zijn ongenoegen van zich af te zetten. Hij herhaalde bij zichzelf Pavlovs verklaringen, zodat hij Nastja Kamenskaja zo nauwkeurig mogelijk verslag zou kunnen uitbrengen. Misja Dotsenko vereerde Nastja. Hij noemde haar 'majoor', want het leek hem heiligschennis deze intellectuele godin 'Nastja' te noemen.

Stuitend type, die Pavlov! 'Toen Irina aan haar proefschrift werkte, kwam ze vaak bij ons in Siberië materiaal verzamelen. Natuurlijk hielp ik haar naar beste kunnen, want u begrijpt dat niemand haar inlichtingen zou geven zonder mijn telefonische toestemming. Een strafkolonie zou ze al helemaal niet binnenkomen, en ze wilde gesprekken voeren met veroordeelden. En toen ik zelf het plan had opgevat een proefschrift te schrijven, ik was toen al hoofd van een afdeling vooronderzoek, gaf Irotsjka mij adviezen en raadde mij boeken aan. We waren dus echt oude bekenden. En vorig jaar, toen ik naar Moskou was overgeplaatst, hernieuwden we onze vriendschap. Niet meteen, niet meteen, moet ik toegeven, ik moest echt om Irotsjka vechten...'

Ik, ik, ik! Alsof Misja Dotsenko niet was gekomen om over een omgekomen vrouw te praten maar om de biografie te schrijven van Alexander Pavlov, de eminente misdaadbestrijder. Maar naar jaloezie rook het ook hier niet. Die op zichzelf verliefde reu kwam niet eens op het idee dat ze hem zouden kunnen bedriegen. Hij had eerlijk gevochten om zijn prooi, en die prooi behoorde nu hem toe, en hem alleen. Nog even natrekken wat hij in de nacht van 12 op 13 juni had uitgespookt, en dan konden ze de theorie 'jaloezie' met een gerust hart ten grave dragen.

Terwijl Misja Dotsenko alle bijzonderheden van het gesprek vertelde aan Nastja Kamenskaja, verstrakte haar gezicht.

'Dan heb ik me blijkbaar alweer vergist. Bedankt, Misja.'

Het zat Nastja niet dwars dat haar hoop op Pavlov als moordenaar uit jaloezie ongerechtvaardigd was gebleken. Het speet haar dat ze zich in Irina Filatova had vergist. Nastja legde

69

een foto van Irina voor zich neer en bestudeerde nogmaals nauwgezet haar gezicht. Kort, donker haar, in model geknipt, hoge jukbeenderen, mooi gevormde ogen, een korte neus, een bekoorlijke, onregelmatige mond, een hypervrouwelijke glimlach. Heb jij me echt bedrogen, Irina?, dacht Nastja. Ik meende je te kennen, ik voel je aan alsof je al jaren mijn vriendin bent. Ik heb vijf dagen over je nagedacht, ik wist zeker dat ik je karakter begreep. Ik praatte in gedachten met je, stelde je vragen en luisterde naar je antwoorden. Ben je dan echt heel iemand anders? Je hield niet alleen je vriendjes handig voor de gek, je hebt ook gelogen tegen je hartsvriendin Ljoedmila Semjonova, toen je tegen haar zei dat je nog liever naar bed ging met een bedelaar in een voetgangerstunnel dan met Pavlov. Je hebt je afdelingshoofd bedrogen, toen je zogenaamd van streek terugkwam van het ministerie en zei dat Pavlov je razend had gemaakt. Waar was je echt geweest, beste meid? Van wat voor ontmoetingen kwam je terug op je werk in een toestand die grensde aan hysterie? Wat is je ware gezicht, Irina Filatova?

Nastja borg zuchtend de foto weg en begon de twee reusachtige papieren tassen uit te pakken waarin men haar de inhoud van Irina Filatova's kluis en bureau had gebracht. Er restten nog twee uur van haar werkdag.

Er restten nog twee uur van die werkdag, vrijdag 19 juni. Gordejev had het bezoek van Kovaljov voorbereid en besloot, na een blik op de klok, dat het er vandaag vermoedelijk niet meer van zou komen. Hij wilde Kovaljov niet bellen om hem uit te nodigen. Deze zou zich, na zijn zoveelste telefoontje naar Olsjanski, zelf wel aandienen.

En Vitali Kovaljov diende zich aan. Een magere, correcte man wiens dikke, naar achter gekamde haar de kleur had van rijpe tarwe. Elegant en ondanks de hitte onberispelijk in het pak. Heeft niet alleen airconditioning in zijn kamer maar ook in zijn auto, dacht Gordejev. Hem maakt de hitte niets uit. Wacht maar, in mijn kamer begin je wel te zweten.

'Meneer Kovaljov,' begon Gordejev voorzichtig, 'ik meen dat u er als vader van het slachtoffer recht op heeft te weten wat wij doen om de dader te vinden en te ontmaskeren. Dat hij nog steeds niet is aangehouden, betekent niet dat wij hier stilzitten en niet naar hem zoeken.'

'Nee, nee,' protesteerde Kovaljov haastig, 'dat beweer ik ook absoluut niet. Ik heb inderdaad iedere dag de heer Olsjanski opgebeld, maar u moet begrijpen, ik ben haar vader...'

'Dat begrijp ik,' beaamde de kolonel vriendelijk. 'Ik heb waardering voor uw fijngevoeligheid, dat kom je weinig tegen, weet u. Ik weet dat u niet heeft geklaagd over de manier waarop Olsjanski het vooronderzoek leidt, noch over mij. U staat kennelijk begripvol tegenover onze problemen. Gebrek aan mankracht, een uitermate zware belasting van het hele opsporingsapparaat... Daarvoor zijn we u zeer erkentelijk.'

Bolletje, die gewend was te spreken in korte, kernachtige zinnen, had deze hoffelijke tekst van tevoren geschreven en ingestudeerd. Hij wilde Kovaljov sussen en een sfeer creëren van intellectuelen onder elkaar.

'En daarom,' ging Gordejev verder na een blik op het voor hem liggende spiekbriefje, 'zal ik u informeren over de opsporingsmaatregelen die worden genomen in het onderzoek naar de verkrachting van uw dochter... Ten eerste...'

Consciëntieus en langdradig somde Victor Gordejev alles op wat in de afgelopen drie weken was gedaan door het team onder leiding van Igor Lesnikov. Hij strooide met getallen over het aantal nagetrokken jongeren, seksueel geperverteerden, asociale elementen, lieden die voorkwamen in allerhande registers. Om het niet bij woorden alleen te laten, haalde de kolonel zelfs een dikke envelop uit zijn kluis en zwaaide die heen en weer voor Kovaljov.

'Hier hebben we foto's van alle potentiële verdachten van het misdrijf in kwestie. Zodra uw dochter voldoende is hersteld om een verklaring te kunnen afleggen, wordt ze met de foto's geconfronteerd. Ziet u wat een dik pak het is? Er is een gigantische hoeveelheid uiterst nauwgezet werk verzet.' Gordejev

maakte een onhandige beweging en een deel van de foto's viel uit de envelop op het gladgeboende oppervlak van zijn bureau, vlak voor Kovaljov. Vitali Kovaljov keek nieuwsgierig naar de gezichten op de foto's voor hem.
'Ach, zou u zo vriendelijk willen zijn me de foto's aan te reiken, ik kan er net niet bij.' Verlegen met zijn onhandigheid ruimde Bolletje vlug de foto's op.
De eerste horde hebben we genomen, stelde Gordejev voor zichzelf vast. Je hebt de foto van Sjoemilin in handen gehad en hem niet herkend. Blijkbaar herinner je je hem niet. Geen wonder, het is vier jaar geleden en types als Sjoemilin heb je als assessor minstens tien keer voor je gehad. De truc met de foto's die per ongeluk uit de envelop vielen, had Victor Gordejev in zijn leven al talrijke malen uitgehaald.
Gordejev borg de envelop weg in de kluis en plantte zijn bril weer op zijn neus. 'Maar onder al deze lieden is er één tegen wie de aanwijzingen bijzonder sterk zijn.' Hij pauzeerde even. 'Dat is een zekere Sergej Sjoemilin, geboren in 1968, een neef van Vinogradov, de president van het Fonds ter ondersteuning van het ondernemerschap.'
Kovaljov verstarde. Op zijn jukbeenderen verschenen rode vlekken, zijn ogen schoten krampachtig heen en weer. 'Bent u daar zeker van?' bracht hij uit.
Gordejev zweeg en deed of hij papieren op zijn bureau ordende.
'Nee,' klonk Kovaljovs stem weer, 'dat moet een vergissing zijn. Ik ken Sergej... Serjozja al jaren. Een heel goede jongen. Serieus, aardig, eerlijk. Ik ben in feite bevriend met Vinogradov... Wij en onze gezinnen... Nogmaals, ik ken Serjozja heel goed.' Zijn stem werd vaster, hij had zich vermand en zijn gedragslijn bepaald. 'Ik ben ervan overtuigd dat dit een tragische vergissing is. Het kan eenvoudig niet waar zijn.'
Jij kent hem helemaal niet, dacht Gordejev. Je hebt misschien weleens van zijn oom gehoord dat hij een neef heeft die Serjozja heet. Maar Vinogradov heeft je vast nooit verteld dat neeflief veroordeeld is, al is het dan voorwaardelijk, wegens rijden

onder invloed. Anders had je me niet wijsgemaakt dat die Serjozja van je zo'n serieuze en eerlijke jongen is. Hardop zei Victor Gordejev echter: 'Het is zeer wel mogelijk dat u gelijk heeft, meneer Kovaljov. De theorie is om zo te zeggen nog ruw materiaal, er is nog helemaal niets wat we zeker weten. Ik had u dit ook níét kunnen vertellen, dan had u zich niet nodeloos ongerust hoeven maken. Zeker niet als onze veronderstellingen onjuist blijken.'
'Ik weet zeker dat ze niet juist zullen blijken,' zei Kovaljov, even opstuivend.
'Maar ik meende,' zette Gordejev zijn betoog afgemeten voort, 'dat u, als vader van het slachtoffer, het recht heeft te weten in welke richting het onderzoek zich beweegt. Met andere woorden, ik zie geen reden enige informatie voor u verborgen te houden. Geloof me, ik voel oprecht met u mee, het is niet gemakkelijk te aanvaarden dat een familielid van een goede vriend verdacht wordt van een misdrijf. Maar ik beklemtoon nogmaals dat onze theorie zéér voorlopig is. We hebben vooralsnog meer verdenkingen dan concrete bewijzen. Herkent uw dochter hem, dan wordt het natuurlijk een andere zaak. Daarom wil ik u één ding vragen, meneer Kovaljov. Laat u Vinogradov voorlopig buiten de zaak. Hij heeft genoeg invloed om het vooronderzoek te belemmeren. Hij zal tot elke prijs zijn neef willen redden en hij zou acties kunnen ondernemen die ons verhinderen de verkrachter op te pakken. Hij kan onze handen binden en het kleed onder ons vandaan trekken. En stel dat Sjoemilin inderdaad onschuldig is. Dan ontneemt Vinogradov ons met zijn ondoordachte handelingen misschien de mogelijkheid de werkelijke dader aan te wijzen. Ik reken op uw verstandig optreden, meneer Kovaljov.'
Gordejev was aan het einde van zijn vooraf bedachte monoloog. Hij was blij dat het hem gelukt was niet eenmaal zijn tekst kwijt te raken.
'En toch ben ik ervan overtuigd dat Serjozja met deze hele zaak niets te maken heeft,' zei Kovaljov nogmaals, al bij de deur.

Gordejev, die beleefd was opgestaan om zijn bezoeker uitgeleide te doen, knikte sereen. 'Dat hoop ik oprecht, meneer Kovaljov, dat hoop ik oprecht.'
Weer achter zijn bureau keek Victor Gordejev met voldoening naar het door Olsjanski uitgeschreven bevel tot ondervraging. Prima, kameraad Kovaljov, dacht hij. Ik zal je ondervragen zodra ik last van je krijg. *Als* ik last van je krijg.
De kolonel deed zijn kamer van binnen op slot. Hij deed opgelucht zijn das af, zette zijn tafelventilator aan en bracht zijn verhitte, vochtige lichaam vlak voor de veerkrachtige verkoelende luchtstroom.
Alvorens naar huis te vertrekken, ging Gordejev gewoontegetrouw na waar iedereen van zijn team op dat moment aan werkte. Nog steeds bleek alleen Nastja Kamenskaja op haar kamer aanwezig; alle anderen waren ervandoor. Victor Gordejev vernam van haar onder andere dat Joera Korotkov de moord op Plesjkov nagenoeg had afgerond en dat Misja Dotsenko en Volodja Lartsev zich op Interpol hadden gestort. Ze probeerden uit te zoeken of de internationale mafia iets te maken had met de dood van Irina Filatova.
'Zou je niet eens naar huis gaan, Anastasia? Waarom zit je hier nog als je acht uren erop zitten? Verhef je achterwerk van je stoel, dan pakken we de benenwagen.'
Nastja stopte twee dikke mappen uit Irina's instituut in haar reusachtige tas. Ze wilde ze thuis doornemen.
Kolonel Gordejev en majoor Kamenskaja wandelden kalmpjes de Ringboulevard af en bespraken de stelling dat een halve waarheid de beste leugen is. En boven hen, aan een hemel die kleurloos was van de hitte, dreef een wolkje, hetzelfde dat al een paar dagen boven Victor Alexejevits Gordejev hing. Alleen was het wolkje wat minder licht en wat minder doorzichtig dan eerst. Maar Gordejev noch Nastja merkte het wolkje op.

Nadat Nastja die zaterdag de zoveelste portie had doorgelezen van de uit Irina's instituut gebrachte stukken, liep ze niet als gewoonlijk richting metro. In plaats daarvan streek ze neer op het terras van een paviljoentje bij het kruispunt Petrovka-Petrovskiboulevard. Sinds ze een keer ongelukkig was gevallen toen het ijzelde, had ze af en toe last van haar rug. Het dragen van zware dingen kostte haar moeite. Ze had haar tas volgestouwd met papieren van Irina Filatova, om zondag niet naar haar werk te hoeven en geen kostbare tijd te verliezen. Ljosja zou haar oppikken met zijn auto. In tegenstelling tot zijn vriendin had hij er geen slag van zijn routes te plannen en zijn tijd in te delen. Daarom haalde Nastja een kop koffie en een glas vruchtensap bij het paviljoentje, opende een dik, van bandjes voorzien manuscript en stelde zich in op lang wachten.

Het manuscript bleek Irina's proefschrift. Nastja merkte met waardering op dat het glashelder en toegankelijk geschreven was. Van de weg die informatie aflegde vanaf het moment waarop het misdrijf was gepleegd tot aan het moment dat deze in de misdaadstatistieken terechtkwam, maakte Irina een meeslepend avonturenverhaal. In dat verhaal werd de protagonist op weg naar zijn doel belaagd door sluwe vijanden: gebrek aan wetskennis, gebrek aan vertrouwen in de politie, medelijden met de dader enzovoort, enzovoort. Zo goed en duidelijk kon alleen iemand schrijven die helemaal thuis was in de problematiek en er bovendien veel geestdrift voor kon opbrengen. Nastja bladerde de als aanhangsel bijgevoegde tabellen door, en een vage onrust bekroop haar van de hitte smeltende hersenen. Ze kreeg geen gelegenheid zich verder bewust te worden van haar onrust, omdat haar aandacht werd opgeëist door een vrouw die aan een naburig tafeltje ging zitten. Nastja, die aan haar eigen onooglijkheid was gewend, was gevoelig voor andermans schoonheid. Daar kon ze van blijven genieten. Ook nu weer sloeg ze de onbekende opmerkzaam gade, terwijl ze bovendien aandacht schonk aan haar metgezel.

De vrouw was werkelijk heel mooi: lang, slank, met kastanjebruin, bijna rood haar, dat als een deken over haar schouders en rug lag. Haar bewegingen waren abrupt, alsof ze slechts met moeite haar energie en temperament in toom kon houden.

Ze sloeg haar benen over elkaar, en in die handeling leek een belofte te liggen, een onbepaald verlangen. Haar metgezel boog zich met zijn hele lichaam naar voren, maar beheerste zich. In plaats daarvan zakte hij ontspannen terug tegen de rugleuning van zijn gammele stoeltje. De vrouw bracht een hand naar haar haar en bewoog de lange, gemanicuurde nagels van boven naar beneden. Haar bronskleurige nagellak schitterde in de zon. Het leek alsof er vuurtongetjes opvlamden in de weelderige, donkerrode haardos. Af en toe schudde de vrouw haar hoofd. Dan ging er een vloeiende golfbeweging door haar lange haar, langs haar rug en, naar het Nastja toescheen, helemaal langs haar benen tot aan haar in open schoentjes gestoken voeten. De hartstochtelijke vrouw had een soort vlammende aureool om zich heen. Ze deed Nastja denken aan een jonge, vurige merrie met lange rode manen, wier spierbewegingen zichtbaar waren onder de glanzende, welverzorgde huid. Gretig nam Nastja iedere handbeweging van de schoonheid in zich op. Met haar scherpe gehoor ving ze een hees lachje en een ietwat vreemde intonatie op. Nastja, die een feilloos gehoor bezat en goed thuis was in vreemde talen, bedacht dat alleen Engelsen zo intoneren, hoewel de vrouw haar Russisch snel en zonder enig accent uitsprak. Waarschijnlijk heeft ze lang in het buitenland gewoond, dacht ze. Met enige spijt zag ze dat Ljosja er op dat moment op een drafje aankwam.

De rest van de zaterdag en de hele zondag bracht Nastja op de grond liggend door. Zelfs de paar honderd meter die ze met de loodzware tas had gesleept, waren al genoeg geweest om haar een hevige rugpijn te bezorgen. Ze had zich omringd met de documenten, manuscripten, kladversies en berekeningen van Irina Filatova. Irina was een secuur iemand geweest. Haar handschrift was mooi en regelmatig. Zelfs haar voorlopige grafieken en schetsen waren langs de liniaal op millimeterpapier getekend. Nastja nam een vel papier op met het opschrift VOORONDERZOEKSACTIVITEITEN PROVINCIE VLADIMIR. Met verschillende kleuren viltstift waren vier lijnen ingetekend: GERECHTELIJK VOORONDERZOEK GESTART, VOORLOPIG STOPGEZET, ZAAK VOORGEKO-

MEN, IN OPENBAARHEID GEBRACHT. De lijn die het aantal afgeronde zaken weergaf, was bijna recht. De lijnen ZAAK VOORGEKOMEN en IN OPENBAARHEID GEBRACHT, die tot 1985 parallel liepen, liepen vanaf dat tijdstip echter sterk uiteen. De eerste ging omlaag, de tweede omhoog. Onderaan een aantekening, in kleine lettertjes: 'Bezetting Openbaar Ministerie gewijzigd in 1985? Zo niet, dan fiches fig. 2 opvragen.' Goed zo Irina, dacht Nastja goedkeurend. Je hebt je geen dag met gerechtelijk vooronderzoek beziggehouden, maar je weet waar de schoen wringt. Als een strafzaak geseponeerd wordt, maar men wel de publiciteit zoekt, dan betekent dit dat de schuldige geen groot gevaar voor de maatschappij vormt; dat de officier van instructie weet dat hij zwak staat met zijn bewijzen en zijn zaak voor de rechter in elkaar zakt als een kaartenhuis; of dat het OM strengere eisen is gaan stellen met betrekking tot de bewijsvoering.

Nastja nam alle papieren aandachtig door. Vreemd, nergens viel uit op te maken dat Irina Filatova aan een doctorsmonografie werkte. Het boek stond in het instituutsplan voor volgend jaar, het was al half juni, maar ze zag geen kladversies, geen onderzoeksopzet, geen schetsen. Toen ze het proefschrift dat ze gisteren gelezen had nog eens opensloeg, herinnerde Nastja zich weer wat haar voor merkwaardigs was opgevallen.

'Ljosja, geef me het telefoonboek eens aan?' riep ze. 'Het ligt op de koelkast.' Ljosja, die verzot was op patience, rukte zich los van 'het graf van Napoleon' waarop hij al een paar uur tevergeefs zijn krachten beproefde, pakte het dikke telefoonboek en kwam de kamer binnen.

'Zal ik je even omhoog helpen?' vroeg hij bezorgd. Hij wist dat Nastja, als ze het in haar rug had, kon liggen en staan, maar dat het haar alleen met andermans hulp lukte de ene positie voor de andere te verwisselen.

'Hoeft nog niet. Wil je me gelijk even dat stapeltje boekjes van de tafel aangeven?'

Nastja keek in het telefoonboek en begon langzaam Irina's adresboekje en zakagenda's door te bladeren. Irina Filatova was kennelijk nogal eenzelvig geweest. Ze had niet erg haar best gedaan haar kennissenkring uit te breiden. Te oordelen naar het dienstnummer van een hoofd van het politie-informatiecentrum die al sinds 1981 met pensioen was, had ze al minstens tien of vijftien jaar nummers in het boekje genoteerd. Alle kennissen die Irina in die jaren had opgedaan, pasten er met gemak in.

Toen Nastja niet vond wat ze zocht, bepaalde ze zich tot de agenda's. De gewone aantekeningen: werkbesprekingen, mensen die ze moest bellen, verjaardagen. Eén bladzijde was helemaal bedekt met de zorgvuldig uitgeschreven woorden 'Vladimir Nikolajevitsj', in hoofdletters, blokletters, kleine letters, met krulletjes en versieringen. Zoals iemand doet die tijdens een vervelende vergadering net doet of hij aantekeningen maakt. Wie zou die Vladimir Nikolajevitsj zijn? Haar zoveelste aanbidder? Irina, Irina... Toch vreemd, dacht Nastja. Voortdurend komen er onverwachte dingen te voorschijn, maar wat er beslist moet zijn, vind je niet.

'Ljosja, help me eens overeind,' vroeg Nastja. Toen ze eenmaal stond, met de ellebogen steunend op een kastje in de keuken, vroeg ze opeens: 'Wat denk jij, kan iemand gesloten en in zichzelf gekeerd zijn en tegelijkertijd door en door leugenachtig?'

'In theorie wel, denk ik,' knikte Ljosja, 'maar in de praktijk nauwelijks. Het is niet economisch.'

'Verklaar je nader,' zei Nastja.

'Als iemand gesloten en in zichzelf gekeerd is, waarom zou hij dan liegen? Dat is een enorme energieverspilling. Het is eenvoudiger om niets te zeggen. Geslotenheid en openlijke leugenachtigheid zijn twee manieren om een en hetzelfde doel te bereiken: je omgeving niet laten weten wie je werkelijk bent. Je niet blootgeven. Gewoonlijk kiest iemand maar één manier, afhankelijk van zijn karakter en denkwijze. De twee manieren passen gewoon slecht bij elkaar,' zei Ljosja, zonder op te kijken van zijn kaarten.

'Ik denk er precies zo over.' En bij zichzelf voegde Nastja er-

aan toe: Waarom zit je te liegen, Pavlov? In Irina's proefschrift wordt met geen woord gerept over de provincie Ensk, waar jij de eer had te wonen en te werken. In haar adresboekje staat geen enkel nummer met het netnummer van Ensk. En jouw naam staat er ook niet in. Jouw naam en adres staan op de omlegkalender, op de bladzijde van 15 oktober vorig jaar. Maar dat zijn je nieuwe gegevens, uit Moskou. En ze zijn voorzien van een groot vraagteken. Dus waarom lieg je ons wat voor? Tegen de avond was haar rugpijn bijna over en Nastja stuurde Ljosja naar huis. Hij woonde in Zjoekovski, even buiten Moskou. Ze bezwoer hem dat ze zich wel zou redden met naar bed gaan en 's morgens opstaan.
Plat liggend onder een deken reconstrueerde Nastja in gedachten de moord op Irina Filatova. Irina gaat naar boven naar de achtste verdieping, slaat de liftdeur dicht en opent haar huisdeur. Haar bejaarde buren worden wakker. Irina loopt het donkere halletje in. Wat er dan gebeurt, is niet helemaal duidelijk, maar daar kwam ze zo meteen wel op terug. Irina verliest het bewustzijn, de moordenaar legt haar op de vloer in het halletje, trekt haar schoenen uit en zet die onder de kapstok – er waren geen sporen van natte sportschoenen in de keuken gevonden. Dan draagt hij Irina naar het fornuis en drukt haar hand tegen de juiste plaats. Zelf draagt hij rubberhandschoenen en hoeft hij niet bang te zijn voor elektriciteit. Irina krijgt een schok en is op slag dood. De moordenaar heeft duidelijk de liftdeur gehoord en de luide klik van het slot. Hij begrijpt dat er iemand wakker geworden kan zijn. Onnodig lawaai is gevaarlijk voor hem. Daarom laat hij Irina's lichaam niet zomaar op de vloer ploffen. Hij brengt haar een slag op het achterhoofd toe met de zitting van het keukenkrukje om een klap op de vloer te imiteren, maar berekent de kracht van de slag niet goed. Die valt te zacht uit. Voorzichtig legt hij het lijk op de grond in de juiste houding. Hij vertrekt. Natuurlijk had hij sleutels waarmee hij zich toegang tot de woning had verschaft. Bij het onderzoek zijn aan het slot geen sporen van braak aangetroffen. Hij had bij zijn vertrek de woning af kunnen slui-

ten, maar daar was het moment niet naar. Iemand zou het geluid van het slot kunnen horen. Daarom zet hij de schoot vast en laat de deur goed gesloten, maar niet op slot, achter.

Rest de vraag waardoor Irina Filatova het bewustzijn verloor, meteen na het betreden van haar woning. Ze moest meteen bewusteloos zijn geraakt, anders had ze het op een gillen gezet, als ze de moordenaar tenminste niet kende. En kende ze hem wel, dan was ze in ieder geval haar schoenen niet gaan uittrekken. Dima Zacharov zat immers op zijn geld te wachten. Wat had de moordenaar gedaan? Chloroform? Goergen Ajroemjan had er geen sporen van gevonden. Een klap op haar hoofd? Daar waren ook geen sporen van. Een soort zenuwgas? Allemaal onmogelijk. Ajroemjan was een te ervaren specialist om zoiets over het hoofd te zien. Maar wat was het dan wel?

5

Op maandag 22 juni, hij had net zijn werkbespreking afgerond, werd Gordejev bij zijn superieur geroepen. Aan diens gezicht zag Gordejev al dat hem weinig goeds te wachten stond.

De generaal begon hem onmiddellijk toe te blaffen. 'Wat spoken jullie verdomme uit?! Mijn telefoon staat roodgloeiend. Alle officieren van instructie beklagen zich over jouw jongens. Ze gedragen zich eigenmachtig en brutaal. Zetten een grote bek op!'

Petrakov, dacht Victor Gordejev. Is kwaad dat hij de zaak-Filatova niet mocht sluiten. Dat is duidelijk. Maar de rest?

'Dat hangt rond op de academie en op het instituut, dat houdt fatsoenlijke mensen van hun werk,' vervolgde de generaal zijn donderpreek. 'De moord op de medewerkster van het Modepaleis hebben ze te elfder ure met pijn en moeite rond gekregen. Het regent trouwens helemaal klachten tegen die lui van jou, en tegen jou in het bijzonder. Wie is die griet die daar zo gezellig bij je zit? Moet zeker thee voor je zetten en haar rok van haar kont sjorren zodra je daarom vraagt? Je hebt het goed voor mekaar, Gordejev, petje af. Een minnares onder handbereik. Met een officierssalaris op staatskosten. Nou, waarom zeg je niets? Schaam je je soms?'

'Kameraad generaal,' begon Gordejev voorzichtig, 'heeft iemand een anonieme brief over mij of over Anastasia Kamenskaja geschreven?'

'Wat anonieme brief,' voer de generaal uit. 'De hele Petrovka heeft het over niets anders. Mensen zien nachtenlang hun bed niet, sjouwen zich de blaren op hun poten, kweken maagzweren, en zij zit uit haar neus te vreten! Jij hebt geen geweten, Gordejev, dat zeg ik je. Of kan je me één voorbeeld geven van iets nuttigs dat ze heeft gedaan? Nou? Eén voorbeeld.'

Had dat meteen gevraagd, dacht Gordejev nijdig. De hele Petrovka zit helemaal niet de hele dag op Nastja te kankeren. En de paar die dat wel doen, doen al jaren niet anders. En jij, mijn beste generaal, kent al die verhalen allang. Maar iemand heeft jou de afgelopen dagen de duimschroeven aangedraaid. Iemand die ontzettend graag wil weten wat wij allemaal doen en die mij in een moeite door een beetje wil pesten. En jij, kameraad generaal, bent een marionet. En als je maar genoeg tegen mij tekeergaat, begin ik me vanzelf te verdedigen en je van alles te vertellen. Je wilt voorbeelden? Ik wil Nastja niet aan je uitleveren, God weet dat ik dat niet wil, maar je hebt me wel erg grof beledigd door me te betichten van overspel.

'Nou, wat sta je daar stommetje te spelen?' dramde de generaal. 'Heb je niets te antwoorden? Of sta je ter plekke te verzinnen wat je voor goeds kunt zeggen over dat mokkel van je?'

In 's hemelsnaam dan maar, zei Gordejev bij zichzelf. Haastig en geagiteerd, net of hij zich rechtvaardigde en onder invloed van de hem toegevoegde beledigingen met tegenzin zijn kleine geheimen prijsgaf, begon hij zijn meerdere het een en ander te verhalen over Nastja Kamenskaja's rol bij het oplossen van de verkrachting van Natasja Kovaljova, over Interpol en nog veel meer...

Op weg naar zijn kamer keek Victor Gordejev even bij Nastja

naar binnen. Die zat verdiept in de papieren van Irina Filatova en probeerde geconcentreerd de logica ervan te doorgronden. 'Hoe voel je je, Stasjenka?'

Nastja huiverde. Dat koosnaampje gebruikte Bolletje maar heel zelden, alleen op de moeilijkste en meest beslissende ogenblikken.

'Goed. Zie ik er zo slecht uit?'

'Nee hoor.' Gordejev zweeg even. 'Er zwemt een snoek om ons heen. Ik zie hem nog niet, maar hij slaat met zijn staart en doet het water golven. We gaan hem aan de blinkerd slaan.'

'Zwemt hij om ons beiden of om ons allemaal?'

'Dat moeten we uitzoeken. Doe de deur eens op slot en zet een pot koffie. We gaan met zijn tweeën nadenken.'

De Opdrachtgever staarde lang naar de mappen die voor hem lagen. Drie groene en een rode. De groene bevatten de in het net getypte exemplaren van Irina Filatova's monografie, de rode was het persklaar gemaakte exemplaar. Maar dit boek zou nooit het licht zien. Niemand zou het lezen. Hoeveel zenuwen, hoeveel inspanning had het hem gekost deze vier mappen op zijn bureau te krijgen...

De dag waarop de Opdrachtgever begreep dat Irina de waarheid kende, had hij nog gehoopt dat ze alles zou vergeven. Had ze niet gesproken over een uitgever die haar een honorarium zou geven voor het boek? Diezelfde avond nog had hij al zijn connecties in de uitgeverswereld gemobiliseerd. Hij had Irina omstandig aangeprezen als een zeldzaam knappe kop met een briljante pen (hij wist waarover hij sprak!) en zich verzekerd van toezeggingen. Hij had gedacht haar de volgende dag blij te maken als ze het manuscript kwam brengen. Een eerste stap naar verzoening! Maar ze was niet gekomen. Ze had een map laten afgeven door haar assistent. Zelf had ze zogenaamd een spoedklus. En hij, de Opdrachtgever, had de eerste bladzijde gelezen en de grond onder zich voelen wegzinken. Zonder een moment te verliezen was hij spoorslags naar het instituut gesneld.

'Waarom doe je dit?'
'Waarom niet?' had Irina schouder ophalend gevraagd. 'Ik heb het boek geschreven, waarom zou ik het dan niet mogen publiceren? Ik heb een monografie nodig voor mijn doctorstitel. Wat heeft u daar eigenlijk op tegen?'
'Irina, ik smeek je... Je kunt alles krijgen. Hoeveel wil je?'
'Geld?' Ze had nauwelijks verbaasd geleken, alsof ze voorbereid was geweest op dit gesprek. 'U betaalt toch niet.' Een spotlachje had haar lippen doen krullen.
'Ik betaal wel. Hoeveel?'
'Ik geloof u niet. U bent gierig. Zoveel geld heeft u trouwens niet. Wat vijf jaar geleden tienduizend roebel kostte, kost nu een miljoen. Heeft u een miljoen?'
'Geen probleem, daar kom ik wel aan.' Het hart van de Opdrachtgever had zwaar en onregelmatig geklopt. 'Je wilt een miljoen?'
'Nee. Van ú – ze legde de klemtoon op dat woord – hoef ik niets. U heeft me al een keer bedrogen, ik kan u niet meer vertrouwen. Mijn gezond verstand laat het niet toe.'
'Wat voor gezond verstand?'
'Tóén had u geld. Steekpenningen. Want u had toch steekpenningen aangenomen? Maar u was te gierig. En nu betaalt niemand u meer smeergeld. Nergens voor. Uw oude reserves heeft u allang uitgegeven aan de inrichting van uw nieuwe flat en aan uw buitenhuis. Waar haalt u een miljoen vandaan?' Haar lippen hadden opnieuw getrild, alsof zelfs het woord 'miljoen' haar amuseerde. 'Met de oude vertrouwde methode? Steekpenningen? Van wie denkt u die te krijgen? En ook al verzint u wél iets, ze hebben u al ingerekend voordat u de eerste honderdduizend bij elkaar heeft. Aan corruptie wordt tegenwoordig heel zwaar getild. Dat weet u beter dan wie ook.'
'Je moest je schamen, Irina! Ik heb nooit steekpenningen geaccepteerd.' Hij deed zijn best er verontwaardigd uit te zien, maar bracht er niet veel van terecht.
'Echt niet? Moet ik u de namen noemen van de officieren van instructie die met uw zegen hebben geseponeerd, op grond

van vervalste verklaringen over de ongeneeslijke ziekte van de verdachte? En die vervolgens de opbrengst met u deelden? Goed dan. Droezjko, Maslinski, Galaktonov, Kozlov. En Nedovesov, die weigerde uw spelletje mee te spelen en een hoge piet liet voorkomen, wat voor u reden was hem te ontslaan... Of is dat allemaal niet waar?'

'Wie heeft je al die onzin op de mouw gespeld, Irina? Je kunt toch niet alles geloven wat de mensen kletsen? Irotsjka, Irotsjka, je bent toch een serieuze vrouw...'

'En of ik een serieuze vrouw ben,' onderbrak ze hem koel. 'Daarom geloof ik inderdaad niet wat de mensen vertellen. Ik geloof wat de cijfers en documenten vertellen.'

'Wat voor cijfers en documenten?' had de Opdrachtgever gestameld. 'Mijn god, hoe durf je, Irina, wat zeg je daar?'

'Ik kan het u niet kwalijk nemen.' Ze had plotseling geglimlacht. 'Haast iedereen bij u denkt dat wij nergens voor deugen, dat we hier voor niets onze broek zitten te verslijten. Als u en uw mensen de moeite hadden genomen zich in ons werk te verdiepen, had u begrepen wat we hier allemaal kunnen. Dan was u nu niet verbaasd geweest.'

'Je kunt niets bewijzen,' had de Opdrachtgever vastbesloten uitgebracht. 'Wat je zegt kan allemaal best waar zijn, maar je kunt het nergens mee staven.'

'Ik ben helemaal niet van plan iets te bewijzen,' had het onverschillige antwoord geluid. 'Ik wil alleen dat u weet wat de nabije toekomst in petto heeft. Wanneer rond uw persoon een schandaal losbreekt, zal men zich onherroepelijk ook gaan interesseren voor uw doen en laten in díé tijd. En dan zal men vinden wat ik heb gevonden. Voor u is dat nauwelijks een ramp. U neemt als een haas ontslag en begint iets commercieels. Dat doen ze allemaal tegenwoordig. De betrekking die u nu hebt, stelt niets voor. U gaat vijf of misschien wel tien keer zoveel verdienen. Kortom, u hebt zich amper misrekend. Er is voor u alleen één onaangename kant aan de zaak. Onder degenen die steekpenningen hebben betaald voor een onwettig sepot zijn er twee die inmiddels wel érg hoog zijn gestegen. Hun strafzaken

zijn in de archieven niet terug te vinden. U bent wel zo verstandig geweest de stukken te laten vernietigen. Ze waren zogenaamd gestolen en de verantwoordelijke archiefmedewerkster heeft een berisping gekregen. Alleen heeft ons informatiecentrum destijds fiches gemaakt van die zaken, en dat was u vergeten. Op die fiches staan de namen van officier van instructie en verdachte. Dat heeft u zich te laat gerealiseerd. Toen op uw bevel de fiches werden gelicht, waren er al fotokopieën van gemaakt. Dus wanneer rond uw persoon een schandaal losbarst, zijn zij de eerste slachtoffers. En dat zullen ze u niet vergeven.'
'En als er geen schandaal komt?' had hij met droge lippen gevraagd. Alles wat ze zei was waar, dat wist de Opdrachtgever heel goed. 'Misschien komt uw boek uit en gebeurt er vervolgens niets.'
'Daar is geen sprake van, dat garandeer ik u. Ik heb het recht als promotor op te treden. Twee van mijn leerlingen hebben al met succes hun proefschrift verdedigd. En ik heb wetenschappelijk assistenten. Ze lezen gewetensvol alles wat ik ze aanraad. En het boek van hun eigen promotor lezen, zien ze al helemaal als een heilige plicht. Als de een niet opmerkt wat u zo angstvallig probeert te verbergen, dan doet een ander het wel. Tja, Vladimir Nikolajevitsj, zo gaat dat in de wetenschap...'
'Wil je mij chanteren?'
'Nee.' Ze had verbaasd met haar wimpers geknipperd en haar ogen opengesperd. 'Nee, dat in geen geval.'
'Wat wil je dan? Waarom?'
'U staat mij tegen.' Het klonk neutraal, als antwoordde ze op de vraag: 'Hoe laat is het?' 'Ik haat u omdat u mij bedrogen heeft. Ik ga u vernietigen.'

'Majoor, begrijpt u mij alstublieft goed. Een van onze medewerkers is omgekomen, een officier, een getalenteerd geleerde. Het is dus heel natuurlijk dat ik me interesseer voor het verloop van het vooronderzoek, temeer daar ik Irina Filatova persoonlijk heb gekend.'
Nastja luisterde aandachtig naar de man die tegenover haar

zat. Hij begint dik te worden en kaalt al een beetje, registreerde ze. Kringen onder zijn ogen. Toch een knappe man met zijn gebogen neus, zware kin, wilskrachtige mond. Misschien was Misja Dotsenko te heetgebakerd geweest. Deze Pavlov gedroeg zich heel fatsoenlijk en had bovendien een aangenaam uiterlijk. Het leek alsof hij besefte dat hij in zijn onderhoud met Misja niet de juiste toon had getroffen en was gekomen om dit recht te zetten.

'Ik kan u voorlopig helaas weinig vertellen, kolonel. Wel kan ik met zekerheid zeggen dat Irina Filatova niet uit jaloezie en niet vanwege haar geld is vermoord. Maar dat is helaas vooralsnog alles wat we zeker weten. Natuurlijk kunnen er nieuwe feiten naar voren komen. Dan komen we terug op die theorieën.'

'Het staat misschien opdringerig, maar vindt u het goed als ik vaker bij u langskom om te vragen hoe de zaak ervoor staat?' Hij keek Nastja recht in de ogen. 'Weet u, ik hield van Irina. Heel veel. Ik was bereid voor haar te scheiden, maar daar wilde ze niet van horen. "We hebben niet eens woonruimte," zei ze.'

'Kolonel Pavlov,' glimlachte Nastja vriendelijk, 'u hebt Irina jarenlang gekend. Vertel mij over haar. U begrijpt hoe belangrijk iedere kleinigheid, ieder detail voor ons is.'

'Wat moet ik u vertellen?' Pavlov zuchtte. 'Irotjska was... Moet ik dat echt vertellen? Ze was fantastisch, verrukkelijk, teder...' Hij was zichtbaar geëmotioneerd. Zijn handen trilden, zijn adamsappel bewoog krampachtig boven zijn dasknoop. 'Ik kan het niet, het spijt me.' Hij stond op, keek op zijn horloge, glimlachte gekweld naar Nastja. 'Laten we een kleine overeenkomst sluiten, majoor. U staat mij toe u te bezoeken en te informeren hoe het met de opsporing gaat, en ik vertel u over Irotsjka. Akkoord?'

'Goed. Komt u vooral, ik zie met spanning uit naar uw verhalen.'

Plotseling stormde een razende Gordejev Nastja's kamer binnen, in de deuropening ternauwernood een botsing met Pavlov

vermijdend. 'Weet je waar Sjoemilin nou zit? In een neurotenkliniek. Kovaljov is natuurlijk naar zijn vrindje gerend om hem alles te vertellen.
Vinogradov is niet eens gaan informeren; hij weet natuurlijk goed wat voor een stuk ongeluk dat familielid van hem is en wat hij van hem kan verwachten. Hij heeft hem veilig in het gekkenhuis gestopt, zodat wij er niet bij kunnen.'
'Weet Kovaljov er eigenlijk van? Het blijft een pikante situatie. Vinogradov, zijn vriend, neemt de verkrachter van zijn bloedeigen dochter in bescherming. Vanuit Kovaljovs gezichtspunt staat alleen al het feit dat die jongen toestemt in opname eigenlijk gelijk aan een schuldbekentenis.'
'Dat is waar,' beaamde Gordejev. 'Als het goed is, hoort Vinogradov dat voor Kovaljov verborgen te houden.'
'Eens kijken of we iets meer aan de weet kunnen komen.' Nastja koos een telefoonnummer. 'Mag ik Ella Leonidovna?' Ze bedekte de hoorn met haar hand en zei ter verduidelijking tegen Gordejev: 'Een vriendin van me. Werkt in de psychiatrische kliniek. We hebben samen colleges psychodiagnostiek gelopen bij Berjozin. Ellotsjka? Dag, met Nastja Kamenskaja.'

Nadat ze enige vriendelijkheden hadden uitgewisseld, vroeg Nastja aan haar vriendin of die misschien kon uitzoeken op wiens voorspraak Sergej Sjoemilin, geboren in 1968, was opgenomen. Ella beloofde terug te bellen.

Nastja moest tot laat in de middag wachten tot er werd teruggebeld. Ze praatte even met Ella en liep verbaasd hoofdschuddend naar Gordejev. 'Sjoemilins opname is door Vitali Kovaljov hoogstpersoonlijk geregeld.'

'Schoelje,' gromde kolonel Gordejev zacht. 'Maar we zullen zien wie het laatst lacht.'

Die maandag, 22 juni, was het net zo heet als de voorafgaande dagen. En weer sjokte Nastja Kamenskaja, licht slepend met haar opgezwollen voeten, langs de bushaltes langzaam huiswaarts. Diep in gedachten verzonken, merkte ze de kleine, gebruinde man met de bril niet op die haar al vanaf de Petrovka was gevolgd. Als Joera Korotkov naast Nastja had gelopen, zou hij de man zeker hebben herkend. Maar Joera was er niet en Nastja was niet getraind in het opmerken van een 'staart'.

Op dinsdag spitste de situatie zich onverwacht toe. Nastja werd gebeld door Dima Zacharov, die meedeelde dat het beveiligingsbureau waar hij werkte opdracht had gekregen inlichtingen te verschaffen over Irina Filatova. De opdracht was vanzelfsprekend verstrekt via een tussenpersoon. Ook de naam van die tussenpersoon zou zijn baas zeker niet willen noemen. De identiteit van een cliënt is beroepsgeheim.

De zich gewoonlijk lui en langzaam bewegende Nastja vloog als een speer Gordejevs kamer binnen. 'Kolonel, ik heb die Dima Zacharov aan de lijn, die eerst verdacht werd, van het beveiligingsbureau. Iemand is geïnteresseerd in de biografie van Irina Filatova.'

'Werkelijk?' Bolletje stak een poot van zijn bril in zijn mond. 'Merkwaardig. Wat doen we ermee?'

'Het is zo'n buitenkansje dat ze bij Zacharov terecht zijn gekomen, daar moeten we gebruik van maken. We verzinnen een prachtig verhaaltje voor ze.'

'Gij zult geen onwaarheid spreken, Anastasia,' grapte Bolletje.

'Dat is geen onwaarheid, dat is desinformatie. Waarom zouden we een hoop moeite doen om die cliënt te identificeren als we ook gewoon kunnen kijken waar dat verhaaltje van ons weer opduikt?'

Samen met Dima Zacharov maakte Nastja een begin met het verzinnen van Irina's levensloop, waarbij ze algemeen bekende feiten harmonieus probeerden te combineren met elegante verzinsels. En Gordejev ontbood Victor Kovaljov.

'Meneer Kovaljov, ik meende dat we elkaar vorige keer hadden begrepen. Maar u hebt mij om de tuin geleid en onze afspraak geschonden. Hoe zit dat?' begon Bolletje op mierzoete toon.

'Ik begrijp u niet,' antwoordde Kovaljov uit de hoogte.

'Dus u hebt Vinogradov niets meegedeeld over onze verden-

kingen aan het adres van zijn neef?' informeerde de kolonel onschuldig.
'Ik achtte het niet mogelijk dit voor hem verborgen te houden,' sprak Vitali Kovaljov waardig.
'En mag ik informeren wat Vinogradov heeft geantwoord?' 'Is dit een verhoor?' zei Kovaljov verontwaardigd. 'Waarom zou ik u verslag uitbrengen van hetgeen mijn vrienden privé tegen mij zeggen?'
'Dat hoeft ook niet,' beaamde Gordejev vreedzaam. 'Maar vond u het niet vreemd dat Vinogradov zijn neef meteen liet opnemen met een diagnose die rechtsvervolging uitsluit?'
'Ik begrijp u niet,' zei Kovaljov nogmaals. 'Serjozja is ziek. Erg ziek zelfs, hij heeft een zeer ernstige depressie. Hij heeft behandeling en medisch toezicht nodig.'
'Ik begrijp het,' knikte Gordejev instemmend. 'En wat mag wel de oorzaak zijn van die zware depressie?'
'Een persoonlijke tragedie.' Kovaljovs stem klonk zelfverzekerd. 'Een meisje van wie hij hield heeft hem onverdiend wreed behandeld. En op die leeftijd, dat weet u, stort met de liefde ook de wereld in.'
Victor Gordejev klakte meevoelend met zijn tong. 'Tjongejonge, hoe is het mogelijk. Zo'n knappe, rijzige en breedgeschouderde jongen. De meisjes moeten toch gek op hem zijn.'
'Ja, ja,' viel Kovaljov hem enthousiast bij, 'zo is het anders ook altijd. Maar hij aanbad uitgerekend dit meisje en toen lag zijn hele wereld in puin.'
Gordejev zweeg en vroeg toen heel zacht: 'Meneer Kovaljov, voelt u zich hier zelf niet onbehaaglijk bij?' In werkelijkheid had hij hem zo hard hij kon willen toeschreeuwen: 'Schaam jij je niet?!'
'Onbehaaglijk? Hoezo?' Kovaljov sloeg zijn ene been over het andere, kennelijk in de veronderstelling dat hij de gevaarlijke klip had omzeild en zich nu kon ontspannen.
'De vorige keer heb ik mijn vertrouwen uitgesproken in uw begrip voor de problemen die ons werk met zich meebrengt. Ik heb u daar zelfs voor bedankt. Nu beken ik dat ik u heb voor-

gelogen. Ik weet dat u geen respect heeft voor politiemensen, dat u geen stuiver voor ons geeft. Maar misschien strekt die houding zich alleen uit tot mij? U vindt mij misschien maar een raar, dik sufferdje? Vrijdag heeft u voor mijn ogen een foto zitten bekijken waarop die Serjozja van u prijkte, zonder hem te herkennen. U heeft die hele neef van uw vriend Vinogradov nog nooit gezien. Bovendien is Vinogradov nu ook weer niet zo'n heel goede vriend van u, als hij het niet nodig vond u te vertellen dat deze Serjozja onder invloed achter het stuur zat toen hij twee mensen invalide maakte, en dat hij daarvoor veroordeeld is. U bezwoer mij dat hij zo'n serieuze en goede jongen is. U kunt tegenwerpen dat een auto-ongeluk iets is dat ook heel fatsoenlijke mensen kan overkomen. In een andere situatie zou ik dat met u eens zijn. Maar daar gaat het nu niet om. U heeft de vorige keer niet alleen tegen mij gelogen. U vond uzelf zo slim en mij zo dom dat u de afgelopen drie dagen zelfs niet de moeite heeft genomen om een blik te werpen op diezelfde Sjoemilin die u eigenhandig in een ziekenhuis heeft laten afleveren, op veilige afstand van ons. Sjoemilin is nooit een rijzige, knappe jongen geweest en de meisjes waren nooit gek op hem. Dat had u moeten weten als u uw verhaal wat consequenter bij elkaar had verzonnen. En nu, meneer Kovaljov, wil ik dat u mij uitlegt waarom u dit doet. Vanwaar deze opeenstapeling van leugens?'

'Als dit geen verhoor is, ben ik zo vrij u te groeten,' zei Kovaljov ijzig en stond op.

'Nee, u blijft nog even hier. Ik ben nog niet klaar. Serjozja Sjoemilin is vier jaar geleden veroordeeld, op 24 mei 1988. Sindsdien zijn er elk jaar op de vierentwintigste mei misdrijven begaan tegen kinderen en kleinkinderen van getuigen die verklaringen hebben afgelegd tijdens de rechtszaak. Dit jaar was het slachtoffer de dochter van assessor Vitali Kovaljov. Ik wijs erop dat de misdrijven van jaar tot jaar gevaarlijker worden, van mishandeling tot verkrachting. In het verschiet liggen nog de gezinnen van de rechter en de tweede assessor. Bent u niet bang, meneer Kovaljov? Als Serjozja Sjoemilin deze misdrijven ge-

pleegd heeft, redt u een gevaarlijk man van gerechtelijke vervolging. Iemand die volgend jaar opnieuw een verkrachting pleegt. Of misschien een moord.'
'Ik wens die onzin niet langer aan te horen!' Lijkbleek liep Kovaljov naar de deur.
'Wacht u nog even,' riep de kolonel hem na. Kovaljov draaide zich langzaam om, alsof elke beweging hem ondraaglijke pijn bezorgde.
'Ik begrijp dat een beroep op uw burgerzin nutteloos is. Maar bedenkt u dan tenminste dat u vader bent.'
Met nauwelijks bewegende lippen bracht Kovaljov uit: 'Jullie krijgen Serjozja niet.'

Het werk aan Irina Filatova's levensbeschrijving verliep geïnspireerd. Dima Zacharov was naar de Petrovka gekomen en boog zich nu samen met Nastja over een lange lap papier, bestaande uit aan elkaar geplakte vellen en voorzien van een lange, in jaren verdeelde lijn.
'Ik wou dat ik wist wat onze cliënt precies wil,' zuchtte Dima. 'Haar hele leven of alleen een concrete periode. We doen vast een heleboel overbodig werk.'
'Je moet niet zo lui zijn,' wees Nastja hem terecht.
'Moet je horen wie het zegt,' zei Dima spottend. Hij rekte zich met een kreunend geluid uit. 'Moet je jezelf zien. Waterkoker, kluis, typemachine, allemaal binnen handbereik, om vooral niet voor niets op te hoeven staan. Jij bent nog te lui om je asbak leeg te gooien in de prullenbak.'
Nastja gierde het uit. 'Dat is waar. Mijn luiheid is legendarisch. Maar die strekt zich niet uit tot mijn geestelijke activiteit. Maar even serieus, Dima Zacharov. We hebben de werkelijkheid ingevuld, dat zijn de coupletten. Nu gaan we er zelf de refreinen bij verzinnen. Die zetten we hier neer.' Nastja zette een rood kringetje om een punt op de tijdlijn. 'En hier.'
'Waarom juist daar?'
'Laten we zeggen dat ik daar zin in heb,' antwoordde Nastja ontwijkend. 'En jou maakt het toch niet uit?'

Natuurlijk, Nastja Kamenskaja was lang niet zo wantrouwend als Bolletje. Daarentegen was ze veel berekenender. Ze had niet de mogelijkheid gehad Dima Zacharovs verhaal over zijn mythische cliënt te checken en bouwde daarom een stevige veiligheidsmarge in, voor het geval Dima zat te liegen. De episodes uit het leven van Irina Filatova die zij de coupletten noemde, waren lang niet allemaal in overeenstemming met de werkelijkheid.

Bij het componeren van het refrein probeerde Nastja zich strikt aan twee regels te houden. Ten eerste mochten de verzonnen bijzonderheden niet vreemd of in tegenspraak met Irina's karakter lijken. Ten tweede mochten ze onder geen beding toevallig waar blijken.

Het werk was in volle gang toen Misja Dotsenko belde. Hij was bezig met Interpol. 'Majoor, volgens mij ben ik warm. Idzikovski werkt sinds februari aan een interessante groep, met lijnen naar nationalisten in Nagorny Karabach en naar Turkije. Het gaat om Russische staatsburgers die lang in het Nabije Oosten hebben gewerkt en daar een uitgebreid netwerk aan hebben overgehouden. Maar Interpol heeft alleen met informatie te maken, ze doen geen zuiver opsporingswerk. Idzikovski zelf zegt overigens dat hij niets van druk heeft gemerkt en dat hij bovendien nooit iets aan Irina heeft verteld.'

'Hij kan zoveel beweren,' zei Nastja rustig. Ze probeerde ervoor te zorgen dat Dima Zacharov niet kon volgen waarover het gesprek ging. 'Trek dat na. Je mag niemand zomaar geloven, Misja.'

Toen ze afscheid had genomen van Dima, die vertrok in het bezit van de half waarheidsgetrouwe, half verzonnen biografie van Irina Filatova, wist Nastja bijna zeker wie het lied met het valse refrein zou zingen, en waar.

En búíg en strék, trek óp dat béén, en hóófd naar réchts en búíg en strék... Dat is niets, nog eens van voren af aan. En búíg en strék... Nastja plofte vermoeid op haar bank en pakte de hoorn van de telefoon.

'Dag, met mij.'
'Nastja, meid, wat ben jij aan het doen?'
'Ik probeer een raspaardje van mezelf te maken. Zo'n mooie rooie merrie.'
'En lukt het?' informeerde Leonid Petrovitsj serieus.
'Niet erg,' zei Nastja eerlijk. 'Ik ben bang dat het onbegonnen werk is. Sommige dingen zijn blijkbaar niet voor mij weggelegd.'
'Verlies de moed niet,' zei haar stiefvader opbeurend, 'we kunnen niet allemaal schoonheden zijn. En jij hebt weer een gezegend stel hersens.'
Nastja legde de hoorn neer en liep weer naar de spiegel. Nee, zo mooi als die rode vrouw op de boulevard zou ze nooit worden. Rotmens, dacht Nastja jaloers. Ze stak haar vingers als een kam in haar haar en probeerde het gebaar van de vrouw te imiteren. Langzaam betastte ze haar gezicht, streelde over haar jukbeenderen en wangen, bestudeerde haar spiegelbeeld. Het is allemaal vlak, dacht ze, allemaal kleurloos. Als een wit vel papier.
Toen het licht in Nastja's flat uit was, ging in een andere flat de telefoon. De kleine, gebruinde man met de hoornen bril luisterde naar de mededeling en maakte een notitie.

6

Die woensdag vond op het ministerie van binnenlandse zaken een informatieve bijeenkomst plaats, gewijd aan de bestrijding van corruptie. Er bevonden zich maar weinig journalisten in de zaal: de belangstelling van de kranten voor de werkzaamheden van het ministerie was de laatste tijd weggeëbd. De eerste plaatsvervangend minister had het woord.
'En dan het laatste waarover ik u wil informeren,' begon hij aan de afronding van zijn inleiding. 'Ons ministerie werkt actief mee aan de totstandkoming van een wet op het werken in rijksdienst en van een wet op de corruptiebestrijding. Dit alles

vindt plaats onder leiding van mijn assistent, en als wetenschappelijk adviseur treedt kolonel Alexander Pavlov op. Hij houdt zich al heel lang bezig met deze problematiek.'
Pavlov glimlachte en knikte even toen hij werd voorgesteld. Meteen ging op een van de achterste rijen een hand de lucht in.
'*Continent-Expres*. Ik heb een vraag aan deskundige Pavlov. Heeft u een wetenschappelijk concept voor de corruptiebestrijding?'
'Uiteraard. Weliswaar is er veel dat nog ter discussie staat, maar ik heb goede hoop dat ik mijn collega's kan overtuigen.'
'Kunt u enige basispunten van uw theorie noemen?'
'Dat is moeilijk in een paar woorden uit te leggen, maar in grote lijnen komt het erop neer dat het verschijnsel corruptie gezien wordt als een economische categorie. Corruptie is in wezen een handelstransactie, met goederen, verkoper en koper. Er is een kostprijs, een consumptiewaarde, een verkoopprijs. Dat is het heel in het kort. Wanneer u in bijzonderheden geïnteresseerd bent, nodig ik u graag uit om er na afloop verder met mij over te praten.'
Dit laatste was een doordachte zet van Pavlov. Hij had de journaliste die de vraag gesteld had goed kunnen zien, en had er niets op tegen de kennismaking met haar voort te zetten. Ook een uitvoerig interview zou niet gek zijn. Alexander Pavlovs schot had doel getroffen, want meteen na de bijeenkomst stapte de journaliste op hem af.
'Lebedeva,' stelde zij zich voor en stak haar hand uit. 'Ik stelde u zojuist die vragen.'
'Aangenaam.' Terwijl ze wegwandelden, kuste Pavlov galant een welverzorgde hand met lange bronskleurige nagels.
'Ik maak graag gebruik van uw invitatie. Kunt u mij zeggen wanneer het u schikt?' De lange vrouw hield gemakkelijk gelijke tred met Pavlov. Ze leek zich zelfs te moeten inhouden om er niet vandoor te sprinten.
Alexander Pavlov dacht even na, keek op zijn horloge en glimlachte. 'Als u wilt, heb ik nu wel even tijd. Zullen we?'

'Graag.'
'Wat mag ik u aanbieden?' vroeg Pavlov gastvrij. 'Thee? Koffie? Cognac?'
'Koffie met cognac, graag,' besliste zijn gast gedecideerd. Alexander Pavlov zette het koffiezetapparaat aan en haalde cognac, kopjes en kleine glaasjes te voorschijn. 'Hoe heet u? Wat, mag ik Larisa zeggen? Op onze kennismaking dan maar, Larisa. Waar zullen we het over hebben, schone Larisa?'
De journaliste lachte. Ze had een lage stem en haar lach was een tikje hees. Ze schudde haar roodbruine manen, waar een golf doorheen liep. 'Maar kolonel, ik ben hier om over corruptie te spreken en u maakt er een gezellige visite van!'
'Goed, laten we het dan over corruptie hebben,' antwoordde Pavlov bereidwillig. 'Je bent dus geïnteresseerd in mijn theorie?'
'Niet alleen dat. Maar ik wil daar wel graag mee beginnen, als u er geen bezwaar tegen heeft.' Larisa Lebedeva haalde een notitieboekje en een pen te voorschijn en sloeg haar ene been over het andere met een beweging die Pavlov even de adem benam.
'Ik ga ervan uit,' begon Alexander Pavlov rustig te doceren, 'dat iemand die steekpenningen betaalt, acuut behoefte heeft aan een concrete handeling van de zijde van een hoogwaardigheidsbekleder of, op bescheidener niveau, van een ambtenaar. Deze handeling, laten we haar een dienst noemen, vertegenwoordigt in de ogen van de persoon in kwestie een bepaalde waarde. De consumptiewaarde. Voor deze dienst is de betrokkene bereid een prijs te betalen die in zijn ogen de aangegeven consumptiewaarde niet overschrijdt. Is mijn betoog te volgen?'
Larisa Lebedeva knikte zonder van haar notitieboekje op te kijken.
'Verder ga ik ervan uit dat de ambtenaar die beschikt over monopolies die het hem mogelijk maken te produceren, dat wil zeggen de gevraagde dienst te verlenen, een beslissing moet nemen: produceert hij of produceert hij niet? Met andere woorden, hij moet een zuiver economische opgave oplossen. Wat

wordt de kostprijs van het product en welke verkoopprijs kan hij ervoor vragen? De kostprijs hangt af van de mate van effectiviteit van de interne en externe controle, eenvoudiger gezegd, van zijn risico ontmaskerd te worden. Wel, op deze theoretische basis berust mijn concept van corruptiebestrijding. Het hoofddoel is verstoring van de markt voor corrupte dienstverlening door de kostprijs voor de producent en de consumptieprijs voor de koper uiteen te drijven. Het eerste moet omhoog, het tweede omlaag. Dan is de productie niet langer rendabel. Je ziet, het is heel eenvoudig.'

'Kolonel.' De journaliste sloot haar notitieboekje, legde het op de rand van de tafel en stak haar vingers in haar dichte haarmassa. 'Wat ik zojuist heb opgeschreven, komt in het interview. Maar ik wil ook nog persoonlijk een vraag stellen. Vindt u dat goed? Ik ben altijd geïnteresseerd geweest in het wetenschappelijke denkproces. Ik wil zo graag begrijpen hoe nieuwe inzichten en nieuwe theorieën ontstaan. Kunt u mij vertellen hoe u tot uw concept gekomen bent? Dit is *off the record*.'

'Maar Larisa!' zei Pavlov smekend. 'Moet ik werkelijk aan zo'n mooie vrouw gaan zitten vertellen hoe ik nachtenlang over de economie- en criminologieboeken gebogen heb gezeten? Nee, nee en nog eens nee. Het is jouw oren onwaardig om over mijn saaie leventje te horen.'

'U bent anders dan de anderen, kolonel Pavlov,' zei Larisa. 'Ik heb die vraag aan velen gesteld, en zij beantwoordden haar niet alleen graag, ze hadden er zelfs meer plezier in dan in het vertellen over hun nieuwe theorie. Net als ik vonden ze het proces van hun wetenschappelijke speurtocht interessanter dan het resultaat.'

'Dan waren dat waarschijnlijk echte geleerden. Ik ben niet meer dan een praktijkman met een wetenschappelijke graad,' zei Pavlov, verontschuldigend de armen spreidend. 'En bovendien Larisa, jij lijkt toch zeker ook niet op anderen? Je bent niet alleen uitdagend mooi, je spreekt ook heel vreemd. Hoe komt dat?'

De journaliste was een ogenblik in verwarring, maar herstelde zich snel. 'Ziet u, ik heb nogal lang in het Verre Oosten gewoond, mijn man werkt bij Buitenlandse Zaken. Daarbij komt dat mijn moeder een Turkse is, uit Azerbeidzjan. Ik heb als kind veel in een Turkstalige omgeving verkeerd. Hoort u echt een accent?'
'Alleen in de intonatie. Maar je spreekt heel correct. Buitengewoon correct zelfs,' beklemtoonde Pavlov grootmoedig.

Was woensdag de vierentwintigste juni voor kolonel Pavlov een aangename dag geworden met een veelbelovende kennismaking, voor Nastja Kamenskaja bracht deze dag een nieuw probleem. Temidden van Irina Filatova's papieren, die doorgaans zo nauwkeurig beschreven en van gedetailleerde commentaren voorzien waren, ontdekte zij een vel met onbegrijpelijke getallen, in acht kolommen, zonder enige verdere aanduiding. Bovenaan in de kolommen stonden de jaartallen 1983 tot en met 1990, maar dat was ook het enige begrijpelijke. Links stonden codes waarin Nastja tot laat in de avond een systeem trachtte te ontdekken. Voor de eerste regel stond R, voor de tweede O, voor de derde GV, en vervolgens de cijfers 5 tot 10, en daarna 1 + 3, 2 en TOTAAL. Nastja voerde in gedachten een reeks rekenkundige bewerkingen uit en kwam tot de slotsom dat de getallen in de regel TOTAAL niet de uitkomst waren van alle opgetelde getallen in de corresponderende kolom, maar alleen van de beide voorlaatste. Naast de absolute cijfers waren in Irina's kleine, duidelijke handschrift breuken geschreven, sommige met de aanduiding P^1 en andere met P^2. Ze had kennelijk heel wat tijd over dit stuk papier gebogen gezeten. De ruimte die niet door cijfers in beslag werd genomen, was helemaal volgekrabbeld met vernuftige geometrische figuren, en met de door krullen verbonden letters V en N.

Nastja slaagde er betrekkelijk snel in twee dingen vast te stellen. Ten eerste dat de breuken percentages aangaven: die met P^1 van de getallen in de regel TOTAAL, die met P^2 van de getallen in de regel GV. Ten tweede liepen in de met rode viltstift gemarkeerde regel 2 de breukgetallen opmerkelijk snel op, hetgeen in de andere regels niet het geval was, met uitzondering van regel 10. Maar regel 10 had blijkbaar niet Irina's aandacht getrokken, want hij was niet gemarkeerd. Eén ding wist Nastja zeker: het vel papier beviel haar niet. Ze was verbaasd over de slordigheid van de anders pijnlijk nauwkeurige Irina, die niet op haar geheugen had vertrouwd en al haar berekeningen gedetailleerd had uitgeschreven. Ze wist niet wat ze aan moest met de letters V en N, die onontkoombaar deden denken aan dezelfde Vladimir Nikolajevitsj die, te oordelen naar de met zijn naam volgekrabbelde bladzijde in haar agenda, Irina's denken in niet geringe mate in beslag had genomen, maar die door geen van de vrienden en collega's van de omgekomene werd genoemd. Ook was Nastja, die de logica achter Irina Filatova's manier van denken en werken had leren begrijpen, verontrust over de zonder aanduiding gebleven regel 10. De dynamiek daarin, in vergelijking met de tamelijk stabiele getallen in de andere regels, kon Irina onmogelijk ontgaan zijn. Maar ze was alleen geconcentreerd geweest op regel 2. Waarom?

Het vel papier bleef in Nastja's hoofd spoken, en ze kon niet in slaap komen. Ze lag lang te woelen in haar bed en nam het zichzelf kwalijk dat ze niet op tijd haar slaapdrankje had ingenomen. De lichtgevende cijfers van haar elektrische wekkerklokje gaven aan dat het al drie uur was geweest, en nu was het te laat om nog iets in te nemen. Er was te weinig tijd over voordat ze moest opstaan. Ze ging haar bed uit, deed de koelkast open en goot vermout in een hoog glas. Het alsemaftreksel daarin werkte bij haar beter dan alle pilletjes.

's Morgens, toen ze onder de douche stond en haar hersenen had opgedragen de zin 'orde moet er zijn' in allerlei Europese talen te vertalen, merkte Nastja werktuiglijk op dat sommige talen verschillende woorden gebruikten, waar het Russisch alleen 'porjadok' had, afhankelijk van wat je wilde zeggen. Het viel dan uiteen in bijvoorbeeld 'orde', 'volgorde', 'manier', 'procedure'. Ze rende de badkamer uit zonder de kranen dicht te draaien, gooide in het voorbijgaan een badhanddoek over haar schouders en snelde, terwijl ze een nat spoor achterliet, de kamer in. Ze greep het *Wetboek van strafvordering*, bladerde er een halve minuut in en begon toen luid en vrolijk te lachen.

Had zich op dat moment de nieuwsgierige journaliste Larisa Lebedeva in haar nabijheid bevonden met haar geliefkoosde vraag 'Hoe bent u daar opgekomen?', dan had Nastja kort en cryptisch geantwoord: 'Procedure in strafzaken'.

Voordat ze de deur uit ging, op weg naar haar werk, wierp Nastja een blik in de spiegel. 'Niet gek meid! Je kunt het nog! Als jij je gelukkig voelt, veranderen zelfs je ogen van bleekgrijs in helderblauw,' zei ze hardop tegen zichzelf.

Victor Alexejevitsj Gordejev kwam met een gezicht als een donderwolk op zijn werk. Gisteravond had zijn vrouw een lang telefoongesprek met haar vader gevoerd. Ze was uit het veld geslagen de kamer weer binnengekomen.

'Papa is razend.' Ze was naast haar man op de bank gaan zitten en had hem liefkozend over zijn schouder geaaid. 'Ze hebben het geweigerd. Vorige week liep alles nog op rolletjes. Ze hadden hem maandag een definitief antwoord beloofd. Maandag stelden ze het uit tot dinsdag, dinsdag beloofden ze woensdag hun antwoord, maar het klonk al wat koeltjes. En vandaag vertelden ze dat ze geen mogelijkheden zagen om zijn hartcentrum te sponsoren. Papa weet zich geen raad, nu ze hem hebben behandeld als een kwajongen. Een wereldberoemde cardioloog!'

Gordejevs schoonvader, Andrej Vorontsov, droomde ervan een onafhankelijk cardiologisch centrum op te zetten, naar het voorbeeld van de reusachtige en wereldvermaarde oogkliniek van Fjodorov. Daar had hij sponsors voor nodig die hem de eerste anderhalf, twee jaar financieel zouden steunen, tot hij zich kon bedruipen. Vorontsov had verscheidene aanbiedingen gehad van de belangrijkste ziekenhuizen en medische centra in het buitenland, maar hij had ze hardnekkig afgeslagen. De gezondheid van zijn landgenoten was hem te dierbaar. Hij had

zijn plannen gekoesterd en laten rijpen, en gehoopt zijn centrum vlak voor zijn zeventigste verjaardag te openen. Hij had sponsors gevonden en was als een kind zo blij geweest dat alles van een leien dakje ging. En nu opeens...'
'Wacht eens even.' Gordejev draaide zich om naar zijn vrouw. 'Ze hadden hem toch van twee kanten hulp beloofd? Wie heeft het laten afweten?'
'Dat is het hem juist. Allebei tegelijk,' had Nadezjda bedroefd geantwoord.
'Vader is zeker razend?'
'Hij is wanhopig, en dat is veel erger. Als hij maar niet ziek wordt.'
Allebei tegelijk! Vinogradov liet er geen gras over groeien. Want dat die erachter zat, daaraan twijfelde Victor Gordejev geen seconde.

De kolonel belde eerst zijn vriend Zjenja Samochin, de voorlichtingsambtenaar van het ministerie. Vervolgens belde hij nog iemand. Daarna beende hij lange tijd door zijn kamer, terwijl hij over zijn kale hoofd wreef. Een paar maal liep hij naar de deur en wilde al naar de kruk grijpen, maar bedacht zich, maakte een scherpe draai en vervolgde zijn chaotische handelingen.

Igor Lesnikov kwam langs. 'Kolonel, Goltsov heeft uit het ziekenhuis gebeld. Natasja Kovaljova...'
'Wat? Wat is er?' vroeg Gordejev opgewonden.
'Vannacht heeft ze een zeer zware hysterische aanval gehad. Huilen, spartelen. Ze was amper tot bedaren te brengen. En vandaag is ze gaan praten.'
'Waarom trek je dan zo'n begrafenisgezicht?'
'Haar vader verbiedt politiemensen bij haar toe te laten.'
'Hoezo "verbiedt"?' Gordejev verslikte zich bijna. 'Wie is hij eigenlijk? De grootste psychiater van het land?'
'Hij zei dat het meisje te zwak is om een verklaring af te leggen. Ze kan wel opnieuw een zenuwinzinking krijgen als ze de traumatiserende gebeurtenissen in haar geheugen moet oproepen. Dan slaat ze weer dicht. Hij eist, als vader, dat het kind met rust wordt gelaten. Haar moeder waakt constant bij haar

bed op de ziekenkamer. Kortom, ze ligt achter slot en grendel.
Goltsov probeert hem ervan te overtuigen dat ze tenminste een algemeen signalement van de verkrachter moeten zien te krijgen, maar Kovaljov heeft over de hele afdeling lopen brullen dat voor zijn part tien verkrachters vrij blijven rondlopen als dat voor de gezondheid van zijn dochter noodzakelijk is.'
'Welja,' knikte de kolonel nadenkend. 'Laat de verkrachters maar vrij rondlopen. Laat ze andermans kinderen maar verkrachten en vermoorden, als zíjn kind maar gezond blijft. Dat is zijn sprookje voor zijn vrouw en voor de artsen. In werkelijkheid wringt hij zich in alle bochten om Vinogradov te helpen. En die zal dat niet onbeloond laten. Als Averin premier wordt, zit Kovaljov achterop en zal de nieuwe eerste minister hem eeuwig dankbaar zijn. Als hij de zaak niet verpest, heeft Vinogradov al een mooi plekje voor hem op het oog bij een internationale maatschappij. Zonder Vinogradov kan Kovaljov geen kant uit. Hij is tot alles bereid om maar zijn aanhankelijkheid te demonstreren. De smeerlap.'
Vastbesloten schoof Gordejev zijn bril weg en drukte rustig maar krachtig zijn handpalmen op de tafel. 'Ga maar aan je werk, Igor. Geef me een dag of twee, drie, dan kunnen de officier van instructie en jij alles doen wat jullie noodzakelijk achten. Ik vertel het je wel als ik klaar ben. Ga nu maar, en roep majoor Kamenskaja even hier.'

'Kom binnen, Anastasia,' begroette Victor Gordejev Nastja opgewekt. 'Vertel.'
'Wat is er met u, kolonel?' vroeg Nastja verbaasd. 'Heeft u iets te vieren?'
'Nee, ik heb gewoon een besluit genomen, en dat maakt me vrolijk. Je weet toch dat ik nooit als eerste begin te knokken en dat het altijd lang duurt voor ik terugsla? Ik ben voorzichtig geworden op mijn oude dag. Maar neem ik eenmaal een besluit, dan valt er een last van mijn schouders. Hoe staat het met Irina Filatova?'
'Ik moet naar het centraal informatiecentrum, kolonel.'

'Nou, wat let je?'
Nastja zuchtte berouwvol. Wat ze nu ging zeggen, was gruwelijk brutaal tegenover een meerdere. Maar ze hield juist van Bolletje omdat hij haar nam zoals ze was.
'Geen zin.'
De luxueuze kantoorflat waarin het centraal informatiecentrum van het Russische ministerie van binnenlandse zaken was ondergebracht, bevond zich niet bepaald naast de deur. Je moest er helemaal voor naar Nieuw-Zuidwest. En telefonische inlichtingen verstrekten ze niet, behalve via een strikt geheim nummer waarover alleen de afdelingshoofden mochten beschikken.
'Wat een luiwammes!' zei Gordejev lachend. 'Vooruit, omdat ik in zo'n goeie bui ben. Noteer het telefoonnummer maar.'
'Ik onthoud het wel.'
De kolonel noemde het nummer. 'Vraag naar Jelena Konovalova, en zeg maar dat je van mij mocht bellen. Jelena herinner ik me nog als ukkie, ik heb vroeger veel met haar vader te maken gehad. Een schat, ze zal voor je doen wat ze kan. Als je het haar vriendelijk vraagt, natuurlijk. Verder nog iets?'
'Ik zit met twee onopgehelderde vragen. Een daarvan hoop ik op te lossen met de hulp van het informatiecentrum. Het andere is iets waar ik niet goed uit kom: als Irina Filatova een monografie wilde schrijven, waar is haar materiaal dan? Ik heb in haar papieren geen woord gevonden dat betrekking had op de monografie. Geen spoor ervan. En volgens het plan moest ze het in oktober laten beoordelen op haar eigen afdeling en in het net getypt inleveren bij de afdeling redactie en uitgeverij.'
'Goed, zie zelf maar hoe je je problemen te lijf gaat.' Gordejev zweeg even en kauwde op zijn bril. 'Zeg Anastasia, heb jij *All the King's Men* van Robert Penn Warren gelezen?'
'Ja.'
'Dan weet je misschien nog wat gouverneur Willie Stark tegen zijn medewerker Jack Burden zei toen die niet naar belastend materiaal wilde zoeken over een lelieblanke rechter?'
Prompt reciteerde Nastja zonder haperen: 'De mens is in zonde verwekt en geboren in vuil, en zijn levensweg loopt van stin-

kende luier tot stinkende lijkwade. Er is altijd iets.'
'Goed zo!' zei Gordejev bewonderend. 'Ken je de hele roman uit je hoofd?'
'Nee,' glimlachte Nastja, 'alleen deze passage. Maar die herinnert u zich immers ook. Ons vallen blijkbaar dezelfde dingen op. Wat een wonder, we werken elke dag samen.'
'Dat is waar,' beaamde Gordejev. 'Nu moet je goed naar me luisteren, Stasjenka. Vitali Kovaljov heeft mij beledigd. Mij persoonlijk. Bovendien heeft hij zich tegenover ons allemaal respectloos gedragen. En nu dreigt Sjoemilin met zijn hulp ook nog zijn straf te ontlopen. Gedeeltelijk is dat misschien wel onze eigen schuld. Wij wilden Sjoemilin niet aanhouden zolang we geen overtuigende bewijzen hadden. Ik heb altijd gewild dat onze afdeling strikt volgens de regels te werk ging en dat we nooit in conflict zouden komen met officieren van instructie en officieren van justitie. Dat is ons heel lang gelukt. De laatste jaren hebben we geen enkele arrestant na tweeënzeventig uur vrij hoeven te laten. We hebben nooit problemen gehad met het OM. Ik heb mijn best gedaan medewerkers aan te trekken die hun vak tot in de puntjes beheersen. Of die in ieder geval leergierig zijn. Natuurlijk hebben we veel fouten gemaakt. Maar onze voornaamste kwaliteit is dat we die fouten tijdig onderkennen en rechtzetten. We zijn allemaal in staat kritisch naar ons eigen werk te kijken. We proberen eindeloos onze eigen conclusies te weerleggen. Dat is de stijl van werken waarvoor ik jarenlang geknokt heb. En dat is gelukt. Daarom is onze afdeling de meest eensgezinde. Daarom hebben we onder elkaar nooit wrijvingen. Wat ze bij anderen kritiek noemen, heet bij ons onderlinge analyse. Ik vertel je dit niet omdat je het nog niet wist. Je begrijpt het misschien wel beter dan ikzelf. Ik wil dat je voelt hoe diep Kovaljov me heeft gegriefd. Hij heeft mijn idee beledigd, mijn troetelkind, mijn levensideaal. Hij heeft misbruik gemaakt van onze integriteit. De laatste slag deelde hij gisteren uit, en toen heb ik mijn besluit genomen. Hij had het niet op mij voorzien, maar op mijn familie, op mijn schoonvader, die er niet op uit is dollars te vergaren door buitenlandse

miljonairs te opereren, maar die zijn landgenoten wil helpen. Mijn geduld is op, Stasjenka. En ik reken heel erg op jou.'
Zoveel onvervalste pijn, zo'n oprecht verdriet had Nastja nog nooit gehoord in de stem van haar meerdere.
Intussen vervolgde Gordejev: 'En gouverneur Willie Stark had gelijk: er is altijd iets. Ik geloof er niet in dat iemand die maling heeft aan het recht, aan andermans leven en aan zijn eigen kind, een eerlijk leven leidt. Dat geloof ik niet. En daarom hoop ik de middelen te vinden om hem tot staan te brengen. Wij beschikken noch over de macht, noch over de tijd om die middelen zelf te zoeken. Maar vergeet niet dat we het hebben over een politicus. Dat betekent dat hij vijanden heeft, politieke tegenstanders, zo je wilt. Zij hebben zich de middelen die wij nodig hebben al verschaft. Zij wachten het juiste moment af. Maar ze overhandigen ons hun wapens niet zomaar. Ze met geweld afnemen kan ook niet, niemand is nog bang voor ons. Er rest maar één uitweg. Er is iemand die vast en zeker beschikt over het wapen tegen Kovaljov dat wij nodig hebben. De parlementsmedewerker Boris Roednik.'

Bolletje had niets te veel gezegd. Toen Nastja dankzij het door hem verstrekte telefoonnummer Jelena Konovalova te pakken had gekregen, toonde die zich onmiddellijk bereid te helpen. Ze stelde Nastja Kamenskaja, die wat onzeker was omdat ze zelf niet precies wist wat ze moest zoeken, zelfs op haar gemak.
'Weet je, Jelena, ik heb een bepaald getal, maar ik weet niet wat het aanduidt. Ik kan er alleen naar raden. Het lijkt me een bepaald aantal geregistreerde misdrijven. Maar ik weet zelfs niet in welke regio.'
'Is het een groot getal? Hoeveel cijfers? We zullen eens proberen vast te stellen of het om een stad gaat of om een provincie.'
Nastja dicteerde de getallen over acht jaar uit de regel R.
'Dat is een provincie,' stelde Jelena vast. 'Van de steden zouden alleen Moskou en Sint-Petersburg zulke cijfers kunnen opleveren, maar daarvan ken ik de gegevens uit mijn hoofd, die

zijn het niet. Momentje. Ik heb de gegevens van de Russische provincies over de laatste vijf jaar in de computer zitten, ik probeer ze te zoeken.'

Terwijl ze met de hoorn tussen oor en schouder geklemd op het antwoord wachtte, schonk Nastja water uit een karaf in een beker en begon koffie te zetten. Een paar minuten later kwam Jelena weer aan de telefoon.

'Nastja, ik heb treffers bij 1987, 1988, 1989 en 1990. Het is de provincie Ensk. Heb je meer bijzonderheden nodig of is dit genoeg?'

Het nieuws kwam zo onverwacht dat Nastja een abrupte handbeweging maakte en koffie op tafel morste. Ze moest het verkeerd verstaan hebben! 'Je zei toch niet Ensk?!' Nastja had alles verwacht, maar dat niet.

'Hoezo?' vroeg Jelena een beetje ongerust. 'Kan dat niet? Moet ik de voorafgaande jaren ook nagaan?'

'Duurt dat lang?' Nastja had hete koffie op haar hand gespat. De hand gloeide, maar ze voelde de pijn niet.

'Ik moet ervoor naar het archief, daar worden de statistieken over de voorgaande jaren bewaard. Een kwartier, twintig minuten.'

'Lenotsjka,' zei Nastja smekend tegen Jelena. 'Ik vind het zo vervelend om je lastig te vallen. Maar als je eens wist hoe belangrijk dit voor me is!'

'Kom nou, Nastja, wat een onzin. Natuurlijk loop ik er even heen.'

Twintig minuten later wist Nastja Kamenskaja dat ze de gegevens over de provincie Ensk in handen had. En nog eens twee uur later had Irina's vel papier zijn geheimen aan haar prijsgegeven.

Joera Korotkov kuste Ljoedmila teder op haar schouder en begon zich aan te kleden. Hij had helemaal geen zin om te gaan, maar kon onmogelijk langer blijven.

Toen hij zijn broek had aangetrokken, schoof hij een stoel naar het raam en ging naast de bank zitten waarop de vrouw

lag. 'Hoor eens, Ljoesja,' begon hij opeens. 'Weet je heel zeker dat Irina niet met Pavlov naar bed is geweest?'
'Ljoedmila kwam met een rukje overeind van haar kussen. 'Irina? Met Pavlov? Je bent gek! Je moet haar echt helemaal niet kennen om zoiets stoms te veronderstellen.'
'Ik ken haar toch ook niet?' merkte Korotkov zachtmoedig op. 'Weet je, Pavlov beweert dat ze een verhouding hadden en dat hij praktisch op het punt stond te scheiden.'
'Flauwekul,' zei Ljoedmila gedecideerd. 'Vergeet het maar.'
'Hij zegt dat hij heel veel van Irina hield,' ging Joera hardnekkig door. 'Waarom zou hij liegen?'
'Nou, wat hield hij ontzettend van haar!' snoof de vrouw. Ze stond op en wikkelde een laken als een sarong om zich heen. 'Gisteren was ik op het ministerie en daar zag ik hem met de een of andere schoonheid. Zoals hij naar haar keek!' Ze zette demonstratief grote ogen op. 'Irina is net een week begraven en hij was in staat die merrie ter plekke naar zijn stal te slepen.'
Ze woelde liefkozend door zijn haar. 'Maak jezelf niets wijs, jochie. Irina werd gemakkelijk verliefd. Maar ze was ook heel, heel kieskeurig.'
Joera hield haar hand vast en drukte die tegen zijn wang. 'Wat was dat dan voor schoonheid? Iemand van het ministerie?'
'Te zien aan de manier waarop ze met de hele meute de zaal uit stormden na een informatiebijeenkomst, is ze journaliste. Een ontzettend opvallend type. Had ze bij ons op het ministerie gewerkt, dan hadden de heren haar allang in de peiling gehad en hadden de dames allang al haar botten gebroken. Wil je wat eten?'
'Graag,' antwoordde Joera dankbaar. Als je om één uur in de nacht thuiskomt, kun je je beter zachtjes uitkleden en in bed kruipen dan dat je in de keuken gaat staan rommelen en je vrouw wakker maakt, die kribbig is omdat je zo lang bent weggebleven.
In het halletje bij de voordeur zei Joera: 'Ljoesja, laten we

wachten tot de kinderen groot zijn en dan trouwen.'
'Daar heb jij toch geen geduld voor,' lachte Ljoedmila. 'Maar ik zal erover nadenken.'

In de Pizza Hut, waar je met westerse valuta moest betalen, zaten de Opdrachtgever en de Organisator te eten. De Opdrachtgever was zakelijk en energiek. De Organisator daarentegen was afwezig en zag ziekelijk bleek.

'Die prutser van jou heeft het zaakje niet al te netjes afgewerkt.' Zo was de Opdrachtgever: ook als hij je prees of bedankte, vond hij altijd wel iets om op te vitten.

'Hij is niet mijn prutser. Ik heb hem nooit gezien. Alles ging via tussenpersonen.'

'Het is morgen twee weken geleden en alles is nog rustig. Min of meer. Dus laten we hopen dat het goed is afgelopen.' De Opdrachtgever sprak in korte zinnetjes, terwijl hij met smaak zijn hete pizza verorberde.

'En de fiches?'

De Organisator keek zijn metgezel aan met ogen waarin de wanhoop te lezen was. De ogen van een zieke. Voor de Opdrachtgever was het manuscript het belangrijkst geweest. Hij kon gerust zijn, want dat hadden ze buitgemaakt. Maar voor hem, de Organisator, waren alleen de fiches belangrijk, en niet eens allemaal. Eén was er, eentje maar, waarop levensgroot zijn naam stond. O god, wat een schande, wat een schande wachtte hem als ze het te weten kwamen... Was het nou maar een economisch delict, dan kon hij zich er wel uit bluffen. Hoeveel plegers van economische delicten werden er niet gerehabiliteerd tegenwoordig? Ze waren zogezegd hun tijd vooruit geweest...

'Waar zijn de fiches?' vroeg hij nogmaals.

Die vraag beviel de Opdrachtgever niet. Hij begreep dat die fiches zijn nalatigheid waren geweest. Maar moesten ze hem met die onbenulligheid lastig blijven vallen? De stukken had hij uit het archief gehaald en aan die fiches had hij pas een paar maanden later gedacht. Dat rotwijf had hem bang gemaakt met fotokopieën. Kom er maar eens achter of ze had zitten liegen.

Misschien waren er helemaal geen kopieën. Om die te maken had ze het hele kaartsysteem moeten doorploegen, die onafzienbare hoeveelheid kaarten van een paar jaar. En ze had het moeten klaarspelen om alleen te zijn in de cartotheek, zonder getuigen. Dat was te ingewikkeld. Misschien was het toch bluf geweest. En ook anders kon het hem, de Opdrachtgever, niets schelen. Al vonden ze die kopieën. Al kwam er een schandaal. Het schandaal zou in elk geval niet door zijn schuld losbarsten, hij zou de eerste golf niet veroorzaken. Hem maakten ze niets. En die volgevreten politicasters moesten zelf maar de prijs betalen voor hun vroegere zonden. Ze interesseerden hem kortom geen moer, die fiches. Bij Irina Filatova thuis had de Uitvoerder ze niet gevonden. Degene die ze hadden omgekocht om in haar brandkast en haar bureau te snuffelen, was ook met lege handen teruggekomen. Nou ja, niet helemaal, hij had het manuscript meegebracht. Maar fotokopieën had hij niet gevonden. Waarschijnlijk bestonden die hele fiches niet.

'Maak je niet ongerust,' zei hij troostend en zelfverzekerd tegen de Organisator. 'Daar gaat geen mens naar zoeken. Zolang het gevaar bestond dat dat boek uitkwam, bestond ook het gevaar dat ze zouden gaan graven. Maar het boek komt niet uit. Dus slaap maar rustig, ouwe viespeuk,' schaterde de Opdrachtgever tevreden en verzadigd.

'Wie heeft het over slapen,' mompelde de Organisator. Hij schoof vol afkeer zijn bord van zich af en schonk zich een glas Franse witte wijn in. 'Kovaljov en zijn trawanten laten ons niet met rust. De helft van de afgevaardigden heeft hij al geronseld. Die gaat op het congres zijn baas naar voren schuiven als premier. En het is onze taak om de huidige premier te houden. Dat is onze ploegmaat. Daar vechten we voor.'

'Hoe is het met je blondje? Is het nog steeds aan? Kan ik haar niet van je overnemen?' informeerde de Opdrachtgever vilein. 'Ze is aan de rijpe kant voor je, jij houdt meer van jong vlees.'

'Houd in godsnaam op,' zei de Organisator zacht en terneergeslagen. 'Ik ben al misselijk genoeg.'

7

Vrijdag vereerde Alexander Pavlov de Petrovka opnieuw met een bezoek. 'Heeft u nog nieuws voor me, majoor? Ik houd me aan mijn woord, ik heb vandaag geen haast. Vertelt u me dus over het onderzoek, dan vertel ik over Irina.'
Nastja deed uitvoerig verslag van de interessante ontdekkingen die Misja Dotsenko en Volodja Lartsev allemaal hadden gedaan bij hun werk aan de Interpol-theorie. Turkse terroristen hadden uit Nagorny Karabach wapens gekregen, waarvoor ze met drugs hadden betaald. Het was heel wel mogelijk dat men Irina Filatova had vermoord om Idzikovski te intimideren, omdat deze de Russen te dicht op de huid zat die als tussenpersonen optraden.
Als antwoord gaf Pavlov zich over aan lyrische herinneringen. 'Irotsjka leed erg onder de breuk met haar man. Ze wilde zelfs ophouden met haar proefschrift, hoewel ze al bijna zover was dat ze dat kon verdedigen. Alles, werk en liefde, was zinloos voor haar geworden. Ze schreef gedichten, wist u dat?'
'Nee, dat heeft niemand ons verteld.'
'Ziet u, zo gesloten was ze. Haar verdriet deelde ze met niemand. Pas jaren later, toen we elkaar echt na stonden, liet ze me het een en ander lezen uit die periode. Bijvoorbeeld dit:

Alleen ben ik, ik haat de dagen:
Een oceaan die kustloos is.
En mijn schip is veel te stevig,
'k Heb geen hoop dat het ooit zinkt.

O hoe droevig, o hoe moeilijk,
O hoe pijnlijk, o hoe vreemd,
Nergens kan ik 't anker werpen,
Op een reis die doelloos is.'

'Mooi gedicht,' knikte Nastja goedkeurend.
'Het is niet alleen mooi,' viel Pavlov haar geestdriftig bij. 'Het

is gewoonweg voortreffelijk. Irotsjka had aanleg voor alles, niet alleen voor de wetenschap. Luister, dit schreef ze nadat ze haar moeder had begraven:

> Moge God u sparen voor die duisternis,
> Waar u een huivering bevangt van kou en angst,
> Waar hopeloos en nutteloos de morgen is,
> Weg zonder hoop, een weg naar het schavot.'

'Dank u wel, kolonel Pavlov,' zei Nastja hartelijk aan het einde van hun gesprek. 'Komt u vooral terug. U begrijpt hoezeer het ons werk vergemakkelijkt wanneer wij Irina's karakter beter begrijpen! Alleen wil ik u dan bij Gordejev uitnodigen. Zelf ga ik met vakantie.'

Zodra ze Pavlov buiten gehoorsafstand wist, schaterde Nastja het uit. Wie had kunnen denken dat de gedichten die zij zelf ooit geschreven had en waar geen mens iets in had gezien, haar nog eens zo'n goede dienst zouden bewijzen? Ze hadden weerklank gevonden, en dat nog wel bij iemand die ze niet alleen goed vond, maar 'gewoonweg voortreffelijk'. Die man had misschien overal verstand van, maar niet van poëzie. Op dat punt kon je hem alles wijsmaken.

Je bent dus betrapt op een leugen, Alexander Pavlov. Je hebt er geld voor neergeteld, en niet weinig ook, om ons ervan te overtuigen dat je Irina Filatova al lang en goed kent. Je bent hardnekkig geïnteresseerd in het verloop van het onderzoek en komt ons trakteren op een taartje dat we zelf hebben gebakken. Wat wil jij bereiken?

Laten we het eens van de andere kant bekijken. Als we de afdeling coördinatie en planning van haar instituut mogen geloven, is Irina in de dertien jaar dat ze daar zat nog nooit voor haar werk naar jouw eigen Ensk geweest. Of zou ze er op eigen kosten naartoe zijn gegaan? Noch haar vader, noch haar vriendinnen noch haar vriendjes kunnen zich daar iets van herinneren. Maar dat is niet onmogelijk, gezien Irina's geslotenheid. Als het wel zo is, vanwaar dan die geheimzinnigheid?

Waarom zou ze een geheim maken van haar reizen, gesteld dat ze die gemaakt heeft? Hoe het ook zij, de provincie Ensk hield haar bezig, en dat niet vanwege de totale criminologische situatie aldaar. Nee, het ging haar om één specifiek probleem. En het leek erop dat zij, Nastja, had ontdekt wat dat probleem was.

Nastja pakte het geheimzinnige blad papier van Irina Filatova, waarvan alle gegevens op hun plaats waren gevallen. R waren de geregistreerde misdrijven, O stond voor 'opgelost', GV waren delicten die geleid hadden tot een gerechtelijk vooronderzoek. De regels met de getallen 5-10 gaven het aantal delicten aan die door officieren van instructie waren geseponeerd op grond van de artikelen 5-10 van het *Wetboek van strafvordering*; 1 en 3 waren de zaken die waren stopgezet op grond van artikel 195 lid 1 en 3 (identiteit dader niet vastgesteld of verblijfplaats onbekend); en de geheimzinnige regel 2 gaf het aantal strafzaken aan dat was geseponeerd op grond van datzelfde artikel 195, maar dan lid 2, zijnde 'wegens ernstige ziekte van de strafrechtelijk te vervolgen persoon'. En overschreed tot 1986 het aandeel van laatstgenoemde zaken in vergelijking met alle sepots niet de drie procent, toen jij hoofd werd van de afdeling vooronderzoek bij de regiopolitie van Ensk, mijn beste Alexander Pavlov, steeg dit aandeel razendsnel tot niet minder dan achttien procent. Welke conclusie had Irina Filatova daaruit getrokken? Dezelfde als ik, neem ik aan, want ik heb nu wel door hoe zij redeneert. Zij heeft begrepen dat zich ergens in jouw buurt een corrupte arts had gevestigd die, niet zonder jouw medeweten, valse diagnoses stelde die het mogelijk maakten de zaak op te schorten 'tot herstel was opgetreden'. Dus voor altijd. Op minstens drie plaatsen werden steekpenningen betaald: aan de arts, aan de officier van instructie en aan jou. Misschien ontving je ze niet persoonlijk maar lieten de arts en de officieren van instructie je delen in de opbrengst. Een verheffend schouwspel!

Maar zelfs als dat allemaal waar is en jij inderdaad niet deugt, blijft het onbegrijpelijk waarom de provincie Ensk de belang-

stelling van Irina opwekte. Een belangstelling die ze bovendien zorgvuldig verborgen hield: het blad papier voorzag ze zelfs niet van een titel. Die belangstelling kan niet met jou persoonlijk verbonden zijn, want je hebt mij er volledig van weten te overtuigen dat je Irina voor je komst naar Moskou nooit gekend of gezien hebt, al beweer je ook nog zo ijverig het tegenovergestelde. Maar er moet een verband zijn. Dat kan niet anders!
Of stel dat het zo in elkaar zit, dacht Nastja. Alles wat Irina Filatova's collega's beweren, is waar. Pavlov maakt Irina vruchteloos het hof, daarna zet hij, zoals haar afdelingshoofd het had uitgedrukt, 'zijn tanden in haar'. Hij tergt Irina. Drijft haar tot razernij. En zij probeert iets te vinden dat hem kan doen ophouden. Een van haar collega's moet naar Ensk, en zij vraagt hem of hij statistieken voor haar mee wil brengen over de behandeling van strafzaken aldaar. Die statistieken zijn openbaar, daar is niets geheims aan, je kunt ze bij ieder regionaal informatiecentrum opvragen. Het lijkt waarschijnlijk, maar toch klopt er iets niet. De conflicten met Pavlov waren in het voorjaar begonnen en de gegevens over het voorafgaande jaar waren toen allang beschikbaar. Dan had dus ook 1991 in Irina's tabellen moeten voorkomen, maar dat was niet het geval. Het hield op bij 1990. Het leek trouwens helemaal niets voor Irina om zich te verlagen tot chantage, zeker niet om zo'n in wezen onbeduidende reden. En wat had ze tegen Pavlov moeten zeggen? Kolonel, ik weet dat u steekpenningen heeft aangenomen, dus houd op mij mijn stukken terug te geven ter correctie. Nonsens. Bovendien blijft het de vraag waarom Pavlov liegt.

Er is nog een mogelijkheid. Iedereen spreekt de waarheid, zo tegenstrijdig als het mag klinken. Irina is inderdaad nooit met Pavlov naar bed geweest en komt van streek en overspannen terug, na hun ontmoeting op het ministerie. Pavlov en Irina gingen inderdaad pas sinds een paar maanden met elkaar om. Tegelijkertijd kent Pavlov Irina al jaren. Maar zij kent hem niet. Wel kent ze ene Vladimir Nikolajevitsj, aan wie ze de hele twaalfde oktober 1991 heeft zitten denken, dat is de datum uit haar agenda, evenals op de dag waarop ze de statistieken van de provincie Ensk bestudeert. En op 15 oktober verschijnt op haar omlegkalender het dienstnummer van Alexander Pavlov, stafdeskundige van het ministerie van binnenlandse zaken.

Nastja wist zeker dat ergens tussen deze vele gezichten van de waarheid de werkelijke waarheid lag.

Die avond trof Gordejev op zijn bureau het protocol aan van de externe observatie van Kovaljovs politieke tegenstander Boris Roednik. Gordejev tuurde er enkele ogenblikken peinzend naar, gewoontegetrouw kauwend op zijn bril. Toen liet hij Nastja roepen. 'Anastasia,' zei hij streng, 'hoever ben je eigenlijk? Ik moet weten of ik de jongens van Interpol eraf kan halen of niet. Ik kom mensen te kort, ik zit met vier moorden in één week. Dus hoe zit het?'

'Haalt u ze er maar af,' zei Nastja vastbesloten. 'Ik weet zeker dat dat niet erg is. Terwijl ik zelf met meer dan genoeg raadsels zit. Maar u beslist natuurlijk.'

'Goed,' zei Victor Gordejev. Zijn strengheid was op slag verdwenen. 'Dan nu Kovaljov. Moet je dit eens lezen.'

Hij reikte Nastja het protocol aan. Die las het aandachtig en liet ten slotte een langgerekte fluittoon horen. 'Niet mis. Niet alleen wij hebben Roednik onder onze hoede genomen, maar ook nog twee anderen. Populaire vent!'

'Als we maar niet te laat zijn, Stasjenka. Roednik is net vertrokken naar het vliegveld. De observatiejongens hebben beloofd te bellen zodra ze meer weten. Als hij ervandoor gaat, is ons hele plan naar de maan. Dan moeten we iets nieuws verzinnen. We hebben geen tijd om te wachten tot hij terug is.'

Er werd geklopt. Kolja Seloejanov stak zijn hoofd om de deur.

'Waarom klop je?' gaf Gordejev hem de volle laag. 'Hoe vaak moet ik je nog zeggen dat het niet fatsoenlijk is aan te kloppen als je een werkkamer binnengaat. Daarmee geef je te kennen dat zich in die kamer volgens jou wel van alles kan afspelen.' Hij maakte een veelbetekenend handgebaar.

'Eerlijk waar, kolonel, ik dacht helemaal niets. Het ging automatisch. Ik heb net een maand in een vakantiehuis gezeten en daar mag je nergens zonder kloppen naar binnen stormen, dat weet u zelf.'

'Hij dacht helemaal niets,' schamperde Bolletje. 'Daar krijg je nou al die praatjes van. Laat het de laatste keer zijn. Wat had je?'

'Er is hier een assistent van Irina Filatova. Hij heeft een map meegebracht. Moet ik die in ontvangst nemen of praat jij met hem?' Hij keek Nastja vragend aan.

Die stond meteen op. 'Vindt u het goed als ik ervandoor ga, kolonel? Als er iets is, ben ik op mijn kamer.'

'Wat is dat?' vroeg Nastja. Ze sloeg de dikke groene map open.

'De monografie van Irina Filatova. Ik schrijf een proefschrift over misdaadcijfers en zij heeft me haar boek te lezen gegeven. Er staan heel interessante beschouwingen in over latente criminaliteit.'

Het exemplaar was zeer bleek. Waarschijnlijk was het een vierde doorslag. Waar zouden in dat geval de eerste drie zijn?

'Heeft ze het u lang geleden gegeven?'

'Ja, vlak na nieuwjaar al. Ik zou het u wel eerder hebben gebracht, maar ik dacht, u heeft toch al de eerste exemplaren, dus u heeft deze niet nodig. Maar gisteren hoorde ik dat uw medewerker geïnteresseerd was in de monografie van Irina Filatova.'

'Hoe heet u?'

'Zegt u maar Anton.'

'Aangenaam kennis te maken, Anton. Anton, weet je misschien ook waar de andere exemplaren zijn? Wij kunnen ze niet vinden.'

'Wat raar.' Anton leek oprecht verbaasd. 'Ze lagen allemaal bij elkaar, in groene mappen, alle vier de exemplaren. Irina Filatova heeft ze uit de brandkast gehaald waar ik bij was. Ze zei dat er drie exemplaren naar de afdeling redactie en uitgeverij moesten en dat ze het vierde niet gebruikte. Ik mocht het houden zolang ik het nodig had. Hoe kan dat nou?'

Nastja maakte een onbestemde beweging met haar schouders.
'Vertel eens Anton, ben je weleens in Ensk geweest?'
'Nou en of ik daar geweest ben,' zei Anton met een brede grijns.
'Heeft Irina Filatova je bijgeval gevraagd statistieken mee terug te nemen over de gerechtelijke vooronderzoeken daar?' Nastja stelde die vraag voor de vorm, want ze wist het antwoord al. Maar Antons reactie stond haar niet aan. Hij was opeens gespannen, als een dier dat gevaar bespeurt.
'Anton, heeft ze dat gevraagd of heeft ze dat niet gevraagd? Bespaar je de moeite te liegen, ik weet dat ze het gevraagd heeft. En ik weet ook welke gegevens je voor haar hebt meegebracht. Kijk maar eens. Dit is het toch?'
Nastja reikte hem Irina's vel papier aan. Anton wierp er een vluchtige blik op en knikte zwijgend.
'Waarom vind je dit gesprek opeens zo onaangenaam?' vroeg Nastja vriendelijk. 'Je hebt niets onwettigs of onfatsoenlijks gedaan.'
Anton bleef hardnekkig zwijgen en staarde langs Nastja de verte in.
'Goed, genoeg hierover,' zei ze opeens. 'Wanneer heb je die statistieken voor Irina Filatova meegenomen?'
'Afgelopen zomer, in augustus,' antwoordde Anton, zichtbaar opgelucht.
'Probeer je eens te herinneren hoe dat ging. Hoe vroeg ze dat precies? Heeft ze je iets uitgelegd?'
'Ze vroeg of ik binnenkort op reis moest, en waar naartoe. Naar Kemerovo, zei ik. "Jammer," zei ze, "niet naar Ensk?" Ik antwoordde dat ik daar in november moest zijn, maar dat ik beide bestemmingen ook wel kon omdraaien, dat maakte niet veel uit. Nou, toen zei ze dat ze me heel erkentelijk zou zijn als ik eerst naar Ensk ging, omdat ze voor haar werk statistieken nodig had waar ze haar in Moskou bij het centraal informatiecentrum niet aan konden helpen en die zich alleen in het regionale centrum bevonden. Ze heeft me uitgelegd wat voor gegevens ze nodig had. Dat is alles.'

'Had Irina Filatova daarvoor nooit met je over Ensk gesproken?'
'Daar zit ik net over na te denken. Ik geloof het niet. Ze heeft me alleen eens gevraagd waar ze hun verdediging doen.'
'Waar ze wat?' vroeg Nastja niet-begrijpend.
'Waar de inwoners van Ensk hun proefschrift verdedigen in de juridische vakken,' verduidelijkte Anton geduldig.
'En, waar doen ze dat?'
'Gewoonlijk óf in Moskou, óf in Jekaterinburg, aan de juridische hogeschool daar. Dat heb ik haar dan ook verteld.'
'Verder niets?'
'Nee.'
'Nog een vraag, Anton. Heeft Irina Filatova in verband met Ensk weleens de naam Vladimir Nikolajevitsj laten vallen?'
'Niet dat ik me herinner.'
'En de naam Pavlov?'
'Nee.'
'En daarbuiten, niet in verband met Ensk?'
'Zeker. Ze zocht zijn samenvatting. Of liever, ik zocht die op haar verzoek.'
'Wanneer was dat?'
'Ongeveer een jaar geleden. Ze zei dat er een heel interessant proefschrift was waar ik ook kennis van zou moeten nemen, maar dat ze de naam van de auteur vergeten was. De titel wist ze nog wel. Die samenvatting heb ik toen gevonden in de bibliotheek van de academie van het ministerie. De auteur was Pavlov.'
'Nu even goed opletten, Anton. Ik moet precies weten wat eerst kwam en wat later. Zo precies mogelijk.'
'Eerst kwam de samenvatting, dat weet ik heel zeker. Ik weet nog dat ik de colofongegevens voor Irina Filatova overschreef. Ik heb hem toen niet gelezen, ik had haast. Ik dacht, ik heb nog een hele maand voordat de bibliotheek sluit voor de zomervakantie, ik lees het een andere keer wel. De bibliotheek gaat van 1 augustus tot 1 september dicht. Maar ik had het druk met van alles en het is er niet van gekomen. Goed, toen

ik haar de colofongegevens bracht, las ze dat het proefschrift geschreven was aan de leerstoel strafrecht van de juridische faculteit van de universiteit van Ensk, en toen vroeg ze waar ze in Ensk hun verdediging doen. Toen ik haar antwoord gaf, haalde ze haar schouders op en zei: "Om de een of andere reden is deze man in Saratov gepromoveerd." Die beide reizen kwamen net voor de augustusgebeurtenissen ter sprake. Zelf vloog ik vlak voor de mislukte staatsgreep naar Ensk.'

'Toch nog even over Ensk,' wipte Nastja soepel over op het oude thema, nu ze de indruk had dat Anton zich voldoende vertrouwd voelde met de situatie. 'Je bent een verstandig iemand, een jurist, je weet heel goed dat we het hier over een moord hebben. Je poging iets te verbergen is zinloos. Hoe meer je zwijgt, hoe meer we zullen aandringen. Net zolang tot je vertelt wat je precies in Ensk gedaan hebt, waarover je liever niet wilt praten. Irina Filatova kun je niet schaden, die leeft niet meer. Ben je bang om jezelf? We zijn hier allemaal volwassen mensen. Ik verzeker je dat wat je in Ensk ook hebt uitgehaald, ze geen vinger naar je zullen uitsteken. Temeer omdat je aan een verzoek voldeed van je wetenschappelijke begeleider, dus iemand van wie je afhankelijk was. Moet ik eens raden wat je gedaan hebt?'

Anton zat weer naar de muur te staren.

'Toen je die statistieken voor Irina Filatova uit de computer had gehaald, ben je naar de cartotheek gegaan. Daar heb je gevraagd of je inzage mocht krijgen in de fiches van de laatste paar jaar over strafzaken die waren geseponeerd op grond van artikel 195 lid 2. Waar of niet?'

Hij knikte gekweld.

'En daarna? Wat heb je toen gedaan? Heb je kopieën gemaakt?'

'Nee.' Anton haalde diep adem, alsof hij op het punt stond in het water te springen. 'Ik heb alleen de namen overgeschreven van de officieren van instructie en de verdachten en de artikelnummers. Eerlijk waar, dat is alles.'

'Wie gaf je daar toestemming voor?'

Anton maakte een fatalistisch gebaar. 'Ach, ze kennen me daar niet en niemand lette op me.'
'Waar zijn die afschriften nu?'
'Weet ik niet. Ik heb ze aan Irina Filatova gegeven.'
'Je herinnert je waarschijnlijk geen namen meer?'
'Alleen van de officieren van instructie. Niet allemaal, alleen de namen die ik vaak tegenkwam. De verdachten weet ik natuurlijk niet meer.'
'Schrijf eens op wat je nog weet.' Nastja gaf hem een blaadje papier. Terwijl Anton probeerde zich de namen van de officieren van instructie te herinneren, pakte Nastja de telefoon om Misja Dotsenko te zoeken. Toen ze hem gevonden had, vroeg ze hem zo snel mogelijk te komen.
'Anton, je zult nog even moeten blijven. Mijn medewerker Dotsenko komt eraan om je te helpen je de namen van de verdachten te herinneren.'
'Maar ik zei toch dat ik die niet meer weet?'
'Dat denk je maar,' lachte Nastja. 'Je weet gewoon niet hoe je je iets moet herinneren. Dotsenko wel, die heeft ervoor doorgeleerd.'
Anton zat somber voor zich uit te staren. Hij heeft de pest in, dacht Nastja meevoelend. Hij heeft gedaan wat zijn promotor hem vroeg en krijgt het nu op zijn brood.
'Luister,' zei Anton opeens. 'Ik moet in oktober mijn proefschrift verdedigen. Als ik een berisping krijg, kan dat dan misschien na de verdediging in plaats van ervoor?'
Nastja werd kriegel. 'Houd toch op, Anton. Je lijkt wel een kind, echt waar! Natuurlijk krijg je van niemand een berisping, niemand hoort hiervan. Is dit soms je eerste dag bij de politie?'
Anton schudde aarzelend het hoofd, maar leek toch een beetje gerustgesteld. Nadat ze alle stukken in de kluis had weggeborgen, begaf Nastja zich naar Gordejev.
'Alles oké, Anastasia,' deelde die opgelucht mee. 'Roednik is niet weg. Hij heeft alleen zijn vrouw naar het vliegtuig gebracht en is toen teruggegaan naar de stad.'
'Gaat ze met vakantie?' Nastja stelde de vraag automatisch.

Ze was met haar gedachten mijlenver verwijderd van Roednik en al helemaal van zijn vrouw. Maar Gordejevs antwoord deed haar bijna opspringen.
'Ze is naar Ensk. Naar haar ouders waarschijnlijk. Ze zitten nog maar anderhalf jaar in Moskou, daarvoor woonden ze in Ensk.' De naam van de goede stad Ensk viel wel wat erg vaak, de laatste dagen. Nastja maakte haar meerdere deelgenoot van haar twijfels.
'Zou Roednik Pavlov kennen?' vroeg Gordejev. 'Daar kunnen we dan prachtig gebruik van maken. Dus je hebt tegen Pavlov gezegd dat je met vakantie gaat?'
'Ja, zoals wij hadden afgesproken.'
'Uitstekend! Laten we als volgt te werk gaan...'

Toen ze naar haar kamer terugliep, hoorde Nastja achter de deur opgewonden stemmen. In de kamer moesten Anton en Misja elkaar vasthouden om niet van het lachen op de grond te vallen. Ze bleken in Omsk op dezelfde politieschool gezeten te hebben en haalden nu vrolijke herinneringen op aan hun jeugdige streken. Ja, papa, je had gelijk, zoals altijd, zei Nastja bij zichzelf. Overal loop je tegen je eigen mensen aan. Nog een geluk dat Pavlov hier nog maar zo kort zit en nog geen kennissenkring bij de Moskouse politie heeft opgebouwd. Dat had de zaak er niet makkelijker op gemaakt.

Ze legde Pavlovs curriculum voor zich neer. Rechtenstudie, gewerkt in partij- en sovjetorganen, in 1986 benoemd bij de regiopolitie als hoofd vooronderzoek. Wie verzint er zoiets! Ook weer niet zo verwonderlijk. In die tijd gold het als normaal om partijmensen te parachuteren in allerlei leidinggevende functies, als 'ideologische versterking'. Pavlov had dus waarschijnlijk weinig benul van vooronderzoek en rechercherwerk. Hij was geen vakman. Commanderen, dat was zijn beroep. En zijn manier van denken was niet mannelijk maar vrouwelijk. Nastja was dol op het verhaal 'De leugen' van Arkadi Avertsjenko, ze had het talloze malen herlezen. Het leven gaf deze beroemde satiricus gelijk. Om iets onbeduidends te verbergen, construeert een vrouw een hele Eiffeltoren van leugens, maar dat doet ze zo onhandig dat het hele geval ieder moment kan instorten. Daarom stut ze haar bouwsel met nog meer leugens, net zolang tot ze in haar eigen bedrog omkomt als een vlieg in de honing. Mannen denken anders. Die vertellen de halve waarheid, liever dan te worden betrapt op onzin. Alexander Pavlov, welke waarheid wil jij verbergen met je sprookjes over een onaardse liefde?

Kolja Seloejanov kwam een schaar en lijm lenen. Terwijl Nastja in haar bureau rommelde, liep hij naar het wijd openstaande raam en keek naar buiten. 'Nastja, waar is je vriendje gebleven? Ik zie hem vandaag niet.'

'Wat voor vriendje?'

'Die man die je gisteren stond op te wachten. Eergisteren was hij er ook.'

'Maak je een grapje?' Nastja was gewend aan Kolja Seloejanovs eeuwige geintjes en practical jokes. Maar nu bezorgde een plotselinge ongerustheid haar een wee gevoel in de maag. 'Kolja, even serieus. Ik heb geen vriendje. Ik heb helemaal niemand, behalve Ljosja. Maar Ljosja ken je.'

'Dan heb je dus een staart. Hulp nodig?' Kolja, die om zijn grappen en grollen bekendstond, kon onmiddellijk serieus worden. Hij voelde precies waar de grens lag tussen spel en werkelijk gevaar.

'Weet ik niet, eigenlijk.' Nastja was even de kluts kwijt. Ze had geen idee wat ze moest doen in dergelijke situaties. Wat was ze eigenlijk een stomme tuthola geweest toen ze boos was op Bolletje, niet snapte waarom hij haar aan de ketting hield en voor iedereen verborg. Nu verborg hij haar niet langer, hij had haar 'uitgeleverd' aan Pavlov. En nu bleek ze volkomen weerloos.

'Maak je niet druk. Momentje, ik ben zo terug.'

Even later kwam Kolja Seloejanov binnen met een rammelende sleutelbos. 'Bolletje zegt dat ik je naar de woning van zijn zoon moet brengen. Die zit zelf met zijn hele gezin op zijn dats-

ja. Maak je niet ongerust,' voegde hij eraan toe, toen hij Nastja's wit weggetrokken gezicht zag. 'We schudden ze wel af. We hebben zoiets wel vaker bij de hand gehad...'
Nastja Kamenskaja had niet bang hoeven te zijn. Het bericht dat ze met vakantie was, was degene die dat interesseerde al ter ore gekomen. Nu was ze iemand die niet langer meespeelde en niet langer gevaar opleverde. Ze hoefde niet meer bespied te worden, en particuliere detectivebureaus zijn peperduur. Waarom zou je geld over de balk gooien?

Gordejev junior had een ruime en praktisch ingedeelde flat met een grote, vierkante hal. Kolja Seloejanov zette Nastja's grote reistas op de grond, bestudeerde kritisch het voordeurslot en wierp een blik in de kamers. 'Doe of je thuis bent en rust lekker uit, moest ik van Bolletje zeggen. Ik ga ervandoor.'
Toen ze Kolja had uitgelaten, begon Nastja haar bagage uit te pakken. Ze haalde mooie rode shirts te voorschijn, rokjes, twee lichte modieuze broeken en drie paar schoenen. Nastja, die zomer en winter in spijkerbroek naar haar werk ging, bezat een goede garderobe die voortdurend werd aangevuld door haar moeder, die in het buitenland woonde. Ze droeg die kleren nooit, maar was er gek op ze te passen en zich voor de spiegel van alle kanten te bekijken.
Toen alle kleren over stoelen hingen, haalde Nastja uit de grote tas een wat kleinere. Daarin had ze meegenomen wat haar vader haar 'speelgoed' noemde en haar moeder een 'leuke hobby', en wat ze zelf de beste ontspanning ter wereld vond. Op tafel stalde ze ontelbare flaconnetjes, blikjes, doosjes en leren foedraaltjes uit. Daarnaast legde ze een paar dikke glossy tijdschriften. Nu was ze te moe. Ze ging er morgen wel mee aan de gang.
Nastja maakte op de bank in de slaapkamer haar bed op en nam een douche. Toen ze naar bed ging, sloeg ze de groene map open waarin zich exemplaar nummer vier bevond van de monografie van Irina Filatova.

Uit het gebouw van de Leninbibliotheek kwam een knappe, lange vrouw met kastanjerood haar. Vrolijk klakkend met de naaldhakken van haar elegante, open schoenen liep ze tot aan de legerwinkel Vojentorg, sloeg de hoek om en stapte in een bordeauxrode Moskvitch Aleko.
'En?' vroeg de man achter het stuur. 'Gevonden?'
De vrouw knikte. 'Verbluffend.' Ze zweeg even, alsof ze de juiste woorden zocht. 'De taal, de redeneringen, de rake formuleringen. Een uniek werk.'
'En je conclusie?'
'Wat kan ik concluderen?' De vrouw pakte een spiegeltje uit haar tasje en begon haar make-up bij te werken. 'Bij een uniek werk hoort een unieke auteur. Dat is mijn hele conclusie. Ben ik niet te laat?'
De man keek op zijn horloge. 'Nee hoor.'

Alexander Pavlov stond zijn gast al op te wachten op de stoep, in de schaduw naast de glazen draaideur. 'Dag Larisa.' Hij kuste de uitgestrekte hand, die hij een ogenblik langer vasthield dan eigenlijk hoorde.
'Kolonel Pavlov,' begon Larisa Lebedeva, toen Pavlov haar koffie had ingeschonken en had laten merken dat hij klaar was om aan het werk te gaan, 'ik begrijp dat u een drukbezet man bent. Ik zal mijn best doen zo weinig mogelijk beslag op uw tijd te leggen.'
'Dat spijt me dan oprecht, Larisa,' zei Pavlov, met komisch gespeelde verontwaardiging. 'Ik kan niet lang genoeg van je gezelschap genieten.'
'Ik heb mijn gesprek met u uitgewerkt en voorgelegd aan mijn redactie,' vervolgde zij onverstoorbaar, zonder zijn schertsende toon over te nemen. 'Ze zijn bijzonder geïnteresseerd in uw concept. Ik heb opdracht gekregen het niet bij een kort interview te laten, zoals eerst in de bedoeling lag, maar dieper op de zaak in te gaan, voor een thema-artikel. Om u nodeloos werk te besparen, heb ik in de Leninbibliotheek uw proefschrift gelezen. Op die manier hoeft u mij niet alle details en nuances

uit te leggen. We zouden ons kunnen beperken tot de opzet van het interview. Als we nu eens alleen afspreken welke vragen ik stel? Dan kan ik de antwoorden zelf schrijven op basis van de tekst van uw proefschrift. Bent u het eens met mijn voorstel?'
'Ik ben gevleid dat iemand mijn werk heeft gelezen, en zeker jij. Ik had niet gedacht dat er ooit nog iemand belangstelling voor zou hebben.'
'Geen valse bescheidenheid, kolonel.' Larisa Lebedeva toonde een stralende glimlach. 'U weet heel goed dat bestrijding van corruptie in deze tijd tot de meest actuele problemen behoort. En afgelopen woensdag heeft u nog in het openbaar meegedeeld dat u uw concept wilt verdedigen. Maar ik heb nog geen antwoord op mijn vraag. Bent u het eens met mijn voorstel?'
'Zeker, als je dat beter schikt,' zei Pavlov stijfjes.
'En wat schikt u het best?' Haar chocoladebruine ogen glansden, haar volle lippen openden zich iets, als wilde ze Pavlov het juiste antwoord voorzeggen.
En hij begreep de hint. 'Plaag mij niet, Larisa.' Hij glimlachte gespannen. 'Je ziet toch hoe betoverend ik je vind? Ik ga akkoord met ieder voorstel dat jou het beste uitkomt. Maar sta mij toe je in ruil een etentje aan te bieden...'
'Heel graag. En zullen we, nu we het eens zijn, aan het werk gaan?'
Enige tijd bespraken zij zakelijk de vragen waarop Larisa de antwoorden zelf wilde formuleren, zonder Pavlovs hulp.
'Laten we een paar punten nog even preciseren. U haalt een Amerikaanse enquête onder Sovjetburgers aan uit het eind van de jaren zeventig. Wat was dat voor enquête? Hoe werden de ondervraagden geselecteerd? Ik wil dat heel graag in mijn artikel verwerken.'
'Denk je dat dat nodig is?' weifelde Pavlov. 'Mij lijkt dat niet zo interessant. Laten we dat eruit laten.'
'Goed,' zei de journaliste inschikkelijk. 'Dan nog iets. U bekritiseert Susan Rose-Ackerman, die een wiskundig model voorstelt waarmee men kan vaststellen hoe waarschijnlijk het is dat ambtenaren in een bepaalde hiërarchische structuur steekpen-

ningen zullen aannemen. Wat is uw bezwaar tegen dat model en waarin verschilt het van uw eigen concept?'

'Maar Larisa, je gaat de lezers toch hoop ik niet lastig vallen met dergelijke subtiliteiten? Wat moeten zij met wiskunde? Je maakt je artikel onleesbaar.' Pavlov zei het zo overtuigend mogelijk.

'Zoals u wilt. Het is uw interview.' Larisa leek niet in het minst beledigd.

'U schrijft dat u de klassieke definitie van corruptie hanteert, zoals geformuleerd door Ng. Heeft u formulering zelf uit het Engels vertaald of heeft u gebruik gemaakt van een gepubliceerde Russische vertaling?'

'Die definitie heb ik ergens gelezen. Er wil me alleen even niet te binnen schieten waar. Heb je nog veel vragen?'

'Heel veel,' antwoordde Larisa Lebedeva volkomen serieus. 'Maar ik wil u niet vervelen. Straks krijg ik voor straf mijn etentje niet. En ik wil niet graag honger lijden. Zullen we gaan?'

Een paar uur later, toen de ober de koffie had gebracht, keek Larisa op haar horloge. 'Ik heb nog precies dertig minuten.'

'Wat gebeurt er over dertig minuten? Slaat de klok dan en verander je van een prinses in Assepoester?' grapte Alexander Pavlov.

Larisa's wenkbrauwen gingen even omhoog, haar lippen krulden zich in een klein lachje, maar haar ogen lachten niet. Die stonden ernstig en vreemd star. Net een val in het bos, dacht Pavlov. Staat roerloos te wachten tot er een dier in loopt en klapt dan dicht. Gevaarlijk typetje.

'Over een halfuur staat mijn man met de auto op me te wachten. U denkt toch niet dat ik 's avonds in mijn eentje met het stadsvervoer ga?'

'Maar dan had ik je thuisgebracht. Dat had ik met veel genoegen gedaan.'

'Lopend of met een taxi?' Larisa Lebedeva lachte zacht haar hese lachje. 'Maakt u het niet onnodig gecompliceerd, kolonel. Mijn man is bij zijn ouders in de Bronnajastraat. Over een halfuur pikt hij me op voor McDonald's. Prima geregeld. Als we nu meteen gaan, kunnen we er rustig naartoe wandelen.' Langzaam liepen ze langs de boulevard van de Arbatstraat naar de Tverstraat. De vrouw rook de wat bittere lucht van de eau de toilette van haar metgezel. Zijn zachte, gespannen stem beviel haar. Zijn veelbetekenende, half afgemaakte zinnen bevielen haar. De aanrakingen van zijn hand, die schijnbaar toevallig maar vol hartstocht haar ontblote schouder beroerde, bevielen haar. Het gevoel dat ze begeerd werd, beviel haar. Maar Pavlov zelf beviel haar niet.

Nog voor ze bij McDonald's waren, bleef Larisa staan. 'Er wordt al op me gewacht. Ik ga verder wel alleen. Ik bel u nog.'

Zij boog zich een ogenblik naar Pavlov toe, net genoeg om zijn borst aan te raken en hem de zoete lucht van haar parfum te laten ruiken. Daarna draaide zij zich abrupt om en begaf zich bijna op een drafje naar een zilverkleurige Volvo die geparkeerd stond op de hoek van de Tverstraat.

Het was een andere auto, maar de bestuurder was dezelfde. De vrouw sloeg het portier dicht. 'Blitse taxi,' zei ze goedkeurend.

'Ik ben toch medewerker van Buitenlandse Zaken? Had hem wijsgemaakt dat ik loodgieter ben, dan was ik met de Moskvitch komen aantuffen.'

De vrouw schaterde het uit. 'Dima, je bent een schat. Laten we vlug naar huis gaan. Ik hou het niet uit van de pijn in mijn ogen. Net of ze vol zand zitten. Je was toch niet vergeten dat je bij mij blijft slapen?'

'Hoe zou ik dat kunnen vergeten,' bromde Dima Zacharov met een grappig gezicht. 'Niet iedereen is zo gelukkig de nacht door te brengen met Nastja Kamenskaja in eigen persoon.'

Ze betraden de woning van Gordejev junior, waar ze voor alle zekerheid de rol van een echtpaar moesten spelen. Amper over de drempel liet Nastja zich in een fauteuil vallen en strekte haar benen uit. 'Allemachtig, alles doet me zeer!' steunde ze. 'Helse folteringen. Ik geloof dat die schoenen aan mijn voeten zijn vastgegroeid. Hé,' riep ze, 'ben jij nou een liefhebbende

echtgenoot? Kom je lijdende vrouw eens helpen.'
Dima Zacharov ging voor haar op zijn knieën zitten en begon voorzichtig Nastja's voeten uit haar schoenen te bevrijden.
'Je hebt mooie benen,' zei hij en streelde haar onderbeen van de enkel tot de knie.
'Zie je dat nu pas?'
'Hoe kon ik dat nou zien? Je hebt altijd een spijkerbroek aan.'
'Zou je me nu dat doosje daar aan willen geven?' vroeg Nastja. Ze schroefde de dekseltjes van twee reservoirtjes lenzenvloeistof en verwijderde snel en handig de contactlenzen, die haar lichte ogen chocoladebruin hadden gemaakt. Na deze operatie zuchtte ze opgelucht. 'Nu leef ik weer. Blijf je daar op de grond zitten?'
'Ik zit hier prima. En zo kan ik het beter zien.'
Nastja leunde achterover en sloot genietend de ogen. 'Wat kan je beter zien?' vroeg ze, zonder haar ogen open te doen.
'Dat je heel mooi bent.'
'Dat zal je lelijk tegenvallen. Het is allemaal schmink. Zo meteen sleep ik me met mijn laatste krachten naar de badkamer, was alle oorlogskleuren eraf, trek mijn feestkleren uit en kom terug als de vertrouwde grijze muis.' Nastja praatte langzaam, lui, nauwelijks haar lippen bewegend. Het was niet meegevallen om een dag lang de gedaante aan te nemen van een temperamentvolle en energieke journaliste.
'Pavlov brandde zeker van verlangen?'
'Zeker,' bevestigde Nastja onverschillig.
'Vond je het zelf opwindend?'
'Nee. Als het iemand anders was geweest dan Pavlov misschien wel.'
'Ik bijvoorbeeld?'
'Jij?'
Dima kuste zachtjes haar knie. Nastja verroerde zich niet.
'Je bent heel mooi.'
'Dat zei je al. Met mijn geheugen is niets mis.'
'Dan zeg ik het nog eens.'

'Waarom?'
'Dan onthoud je het beter.'
'Ik zal het onthouden.'
'Maar je gelooft me niet?'
'Nee.'
'Waarom heb je speciaal dit type gekozen? Valt Pavlov op rood haar?'
'Weet ik niet.' Nastja bewoog even haar schouder. 'Ik zag gewoon zo'n vrouw op straat en ik vond haar mooi. Ik heb haar nageschilderd.'
'Wie kun je nog meer uitbeelden?'
'Wie ik maar wil. Ik oefen al jaren. Mijn uiterlijk veranderen is mijn hobby. Mama ging vaak naar het buitenland en nam altijd allerlei speelgoed voor me mee.'
'Wat voor speelgoed?'
'Van alles. Make-up en schmink, haarverf, lenzen in alle mogelijke kleuren. De rest heb ik er zelf bij bedacht. Ik kan mijn stem, gebaren, manier van lopen veranderen. Prima afleiding.'
'Afleiding waarvan?'
'Van gedachten over de vergankelijkheid van het aards bestaan.' Nastja grinnikte. 'Dus als ze me er ooit uitschoppen bij de politie, hoef ik niet zonder werk te zitten. Dan ga ik naar een studio om films na te synchroniseren.'
Dima ging nog dichter bij haar zitten. Hij legde zijn hoofd op haar knieën. 'Als je dat allemaal kunt, waarom maak je er dan geen gebruik van?'
Nastja tilde lui haar hand op, die willoos afhing van de leuning van haar stoel, en streelde met haar vingers door zijn haar.
'Waarom zou je de mensen bedotten? Je bent wie je bent.'
'Alle mannen liggen aan je voeten.'
'Dat interesseert me niet.'
'Waarom niet? Een normale vrouw moet dat interesseren.'
'Ik ben geen normale vrouw. Ik ben helemaal geen vrouw. Ik ben een computer op twee benen. Bovendien zien ze me op een gegeven moment toch uit de badkamer komen. En dan is het meteen uit met de liefde.'

'Je moet jezelf niet zo afkammen. Je bent een normale, knappe, jonge vrouw. Er brandt alleen geen vuur in je.'
'Nee, vuur brandt er niet in me,' gaf Nastja toe.
'Maar misschien wil je het vuur in jezelf niet ontsteken?'
'Nee, misschien wil ik dat niet. En zit niet zo op me in te praten. Ik ben bekaf, ik weet niet hoe ik de douche moet halen en jij zit over hartstocht te preken. Die heb ik niet, wat doe je eraan?'
'Zal ik je helpen?'
'Waarmee?' Nastja had haar ogen geopend en keek Dima Zacharov vragend aan.
'Om de douche te halen. Als je toch geen hartstocht hebt, hoef je daar ook niet verlegen onder te zijn.'
'Oké, help me dan maar.' Ze sloot weer ontspannen de ogen.
Dima liet water in het bad lopen, goot er Badusan-badschuim in en kwam de kamer weer binnen. Zonder Nastja uit haar stoel te tillen, trok hij voorzichtig haar minirokje uit en ontdeed haar vervolgens heel zorgvuldig, bijna zonder haar huid aan te raken, van haar turquoise topje.
'En wat een borsten!' Hij schudde verwijtend het hoofd. 'Dan houd je toch niet van jezelf, als je zoiets moois verstopt.'
'Ik houd ook niet van mezelf.' Nastja had nog steeds haar ogen dicht.
'Waar houd je dan wel van?'
'Raadseltjes.'
Zonder enige moeite tilde hij Nastja in zijn armen, droeg haar naar de badkamer en liet haar voorzichtig in het water zakken. In het warme water kwam ze snel tot zichzelf. Er kwam weer kleur op haar bleke wangen. Dima nestelde zich op de rand van het bad en keek vol belangstelling naar Nastja's schoongewassen gezicht. 'Hoe vaak heeft Pavlov je naturel gezien?'
'Twee keer.'
'En was je helemaal niet bang dat hij je zou herkennen? Je durft wel.'
'Het was niet riskant. Mijn gezicht blijft niemand bij. Ik ben niemand. Neem jou, je kent me al zoveel jaren, maar je kunt

me niet met woorden beschrijven. Ik heb helemaal niets karakteristieks.'
'Wie heeft jou wijsgemaakt dat je niemand bent? Heb je dat zelf verzonnen?'
'Mijn stiefvader. Het kwam toevallig. Ik was toen vijftien. Hij zat te telefoneren en had niet in de gaten dat ik meeluisterde. Iemand kreeg op zijn duvel van hem omdat hij ergens een te opvallende jongen naartoe had gestuurd. Hij zat in die tijd nog bij de recherche. En toen zei hij: "Je moet iemand kiezen als mijn Nastja. Een niemand. Die kun je honderd keer tegenkomen zonder dat je haar gezicht onthoudt." Ik in tranen natuurlijk. Hij begreep wat ik gehoord had en begon me te troosten. Bij die gelegenheid zei hij tegen me: "Weet je, jouw gezicht is een blank vel papier. Je kunt erop tekenen wat je maar wilt. Een schoonheid en een monster. Dat is een héél zeldzaam geschenk van de natuur, daarvan moet je gebruik maken." En bovendien, lieve Dima, herinneren we ons immers geen gelaatstrekken. Wat we onthouden is een huidskleur, mimiek, motoriek, stem, manier van optreden. En dat kun je allemaal gemakkelijk veranderen. Als je maar wilt. Dus nogmaals, het was helemaal niet riskant.'
'Zette je bij hem ook een andere stem op?'
'Natuurlijk.'
'Zeg eens iets? Ik ben benieuwd hoe je tegen hem praatte.'
Met een lage, iets hese stem waarin duidelijk een Engelse intonatie bespeurbaar was, zei Nastja: 'Het komt mij voor, mijn beste meneer Zacharov, dat u pogingen onderneemt mij te verleiden. Ik neem aan dat u een nuchter denkend man bent en dat u zich rekenschap geeft van de volledige hopeloosheid van uw onderneming.' Ze gleed omlaag en het witte schuim bedekte haar tot aan haar kin.

'Leef je weer?' vroeg Dima Zacharov toen Nastja de badkamer uit kwam, gehuld in een lange badjas. 'Ik heb thee gezet. Kom zitten en vertel.'
Nastja schudde haar hoofd. 'Sorry, ik mag geen thee voor ik

naar bed ga. Ik eet wel een appel. Goed Dima, daar gaan we. Alexander Pavlov is goed thuis in zijn proefschrift. Hij kent de tekst en kan die behoorlijk samenhangend toelichten. Maar ik ben er absoluut van overtuigd dat hij hem niet geschreven heeft. Hij heeft hem alleen keurig van buiten geleerd. Ik heb hem een paar vragen gesteld waar de echte auteur geen enkele moeite mee zou hebben. Daarvan kon hij er niet een beantwoorden.'
'Dus Irina Filatova overdreef niet toen ze me in de auto vertelde dat er professoren zijn die proefschriften schrijven voor hoge ambtenaren! Ik geloofde haar eerlijk gezegd niet.'
'Ten onrechte. Het zijn wijdverbreide praktijken. Ik heb er speciaal naar geïnformeerd. Dan het volgende. Irina Filatova heeft haar doctorsmonografie zonder enige twijfel wél zelf geschreven. Bij haar papieren zitten vertalingen van alle buitenlandse studies waar ze naar verwijst. Geen gepubliceerde vertalingen maar getypte, die ze zelf heeft gemaakt. Haar Engels was goed. De stijl, de betoogtrant, de presentatie van het materiaal, alles bewijst dat zij de auteur is.'
'Twijfelde je daar dan aan?'
'Oordeel zelf maar. Het plan voor het volgende jaar moet in september naar de zetter. Daarvóór heeft Irina Filatova een hele tijd geweigerd aan haar monografie te werken. Ze had het te druk met het lopende wetenschappelijk werk. Eindelijk, nadat men haar eindeloos geprobeerd heeft te overreden, kondigt ze in het plan haar monografie aan. Dat was in september vorig jaar, en rond nieuwjaar was het boek al in het net getypt. Haar assistent zegt dat hij vlak na de feestdagen een exemplaar van haar heeft gekregen. Waar heeft ze de tijd vandaan gehaald om het boek te schrijven?'
'Dat kan toch wel? Misschien had ze al haar materiaal al verzameld en opzetjes uitgewerkt. Het schrijven van de eindversie hoeft dan niet zo lang meer te duren.'
'Zou kunnen,' zei Nastja instemmend. 'Maar waar zijn die opzetjes dan? Ik heb niets gevonden, geen snipper. Dat kan alleen als iemand het boek voor haar geschreven heeft. Of ze moet het manuscript gestolen hebben. Maar dat is allemaal niet

zo, want nogmaals, het lijdt geen enkele twijfel dat zij de auteur is.'
'Zie je een verband tussen Pavlovs proefschrift en die monografie?'
'Dat mag je wel stellen, ja.' Nastja zuchtte. 'De tekst is volkomen identiek. Woord voor woord. Alleen de titels zijn anders. Pavlov heeft *Een criminologische karakteristiek van consensuele delicten in de sfeer van het staatsbestuur der Sovjet-Unie*, en bij Irina Filatova heet het *Criminologie. Corruptie. Macht.* En in wezen zijn die titels niet eens zo heel verschillend. "Consensuele delicten" is typisch een eufemisme uit de tijd dat Pavlov zijn proefschrift verdedigde. Het is een versluierende benaming voor corruptie.'
'Ik begrijp er niets van. In 1987 schrijft iemand een proefschrift voor Pavlov, en vier jaar later schrijft Irina Filatova zelfstandig precies datzelfde werk? Nastja, hou me niet voor de gek.'
'Maar denk je niet dat die "iemand" Irina Filatova kan zijn? Waarom zou ze niet tegen betaling een proefschrift voor Pavlov schrijven? Dat verklaart een heleboel. Pavlov kent Irina inderdaad al heel lang, maar wil het zakelijke karakter van hun relatie niet aan de grote klok hangen. Die verzinsels over hun amoureuze betrekkingen dienen als camouflage. Ideaal is het niet, dat geef ik toe, maar als werkhypothese kan het ermee door. In ieder geval verklaart deze hypothese de afwezigheid van kladversies en de onwaarschijnlijke snelheid waarmee het boek werd geschreven. Pavlov heeft Irina ergens vreselijk mee gekwetst, en zij besluit alsnog haar lang geleden geschreven manuscript te publiceren. Als Pavlov stennis maakt en haar van plagiaat beschuldigt, bewijst ze binnen twee tellen dat zíj de auteur is.'
'Wat is er dan niet ideaal? Het klinkt mij heel plausibel in de oren.'
'Nee, die hele hypothese is gatenkaas. In een van de gaten tuimelt die samenvatting van Pavlovs proefschrift, waar Irina naar liet zoeken op titel en niet op auteursnaam. En uit een

ander gat steekt het hoofd van een zekere Vladimir Nikolajevitsj. Het past bovendien totaal niet bij haar karakter. Een proefschrift voor iemand schrijven, daar geld voor opstrijken en dan later datzelfde proefschrift bombarderen tot haar eigen doctorsmonografie. De zaak oplichten door één keer te zaaien en twee keer te oogsten. Nee, dat kan niet. Als zij voor geld een proefschrift geschreven had, zou ze dat boek nooit publiceren. En omgekeerd zou ze het boek alleen publiceren als die geschiedenis met dat proefschrift niet was voorgevallen. Die analyse van de statistieken uit de provincie Ensk past ook helemaal niet in het verhaal. Irina zocht naar compromitterend materiaal over Pavlov, dat is volslagen duidelijk. Maar waarom?'

'Misschien om hem op een afstand te houden als ze haar boek publiceerde?'

'Te ingewikkeld,' schudde Nastja het hoofd. 'Voor hem hoefde ze helemaal niet bang te zijn. Een tekstanalyse zou meteen uitwijzen dat zij de auteur was. En als ze Pavlov de mond snoerde, was het probleem niet opgelost. Iedereen kon én het proefschrift én de monografie lezen. Dat is zelfs heel waarschijnlijk, omdat ze over hetzelfde onderwerp gaan. Nee, het is iets anders. Maar het ergste is dat ik niet snap wat al die wetenschappelijke verwikkelingen met de moord te maken hebben. Laten we gaan pitten, Dima. In bed kun je beter nadenken.'

'Laat alle hoop maar varen als een vrouw haar bed associeert met nadenken,' zei Dima Zacharov met een diepe zucht. Maar hij vergiste zich. Bij Nastja Kamenskaja hoefde je helemaal niet alle hoop te laten varen. Ze was gewoon gewend haar zaken op te lossen in de volgorde waarin ze zich aandienden.

In haar bed, in de slaapkamer van Gordejev junior, probeerde zij telkens weer een oplossing te verzinnen voor een vergelijking met twee identieke teksten en één lijk. Tegen vier uur in de ochtend was ze eruit.

Ze stond op, sloeg een badjas om en liep op haar tenen naar de woonkamer, waar Dima sliep. De deur stond wijd open. Voorzichtig keek Nastja om de hoek. 'Dima,' fluisterde ze.

Hij deed meteen zijn ogen open, alsof hij helemaal niet geslapen had. 'Waarom slaap je niet?' vroeg hij, eveneens fluisterend.
'Ik heb het opgelost.'
'Wat?'
'Het raadsel. Ik begrijp alles.' Nu zit ik met weer nieuwe vragen, maar alle gaten zijn dicht.'
Dima knipte zijn bedlampje aan en keek naar Nastja's opgetogen gezicht, waarin haar helderblauwe ogen van vreugde straalden. Dima lachte. 'Stapelgek!' zei hij zachtjes. 'Een puzzel oplossen vindt ze lekkerder dan een bonbon. Kom hier.' Nastja strekte zich naast hem uit op de bank, sloeg haar armen om zijn hals en fluisterde opgewonden: 'Ik wou dat het ochtend was. Dan kan ik nog een paar dingetjes gaan uitzoeken.'
'Houd je mond,' zei Dima, alleen zijn lippen bewegend. Hij drukte haar stevig tegen zich aan en kuste haar. 'Wees nou eens één keer even geen knappe kop maar gewoon een vrouw.'

'Ik denk dat het als volgt gegaan is,' vertelde Nastja de volgende dag aan Gordejev, die naar haar toe was gekomen. 'In 1986 besluit Pavlov, net benoemd tot hoofd vooronderzoek bij de regiopolitie van Ensk, dat het voor zijn carrière helemaal geen kwaad kan om tot doctor-kandidaat te promoveren. Zelf een proefschrift schrijven is niet aan de orde. Hij wendt zich tot iemand, laten we hem "de tussenpersoon" noemen, die voor hem een werkpaard moet vinden, iemand die wel tienduizend roebel wil verdienen. Dat was destijds het tarief voor een kant-en-klaar afgeleverd proefschrift, compleet met inleiding, literatuurlijst en samenvatting. De tussenpersoon vindt Irina Filatova. Die zit om geld te springen, omdat ze bij gebrek aan woonruimte haar leven niet kan inrichten zoals ze wil. Ze zit midden in haar romance met de chirurg Koretski, een romance die zeker zou zijn bekroond met Koretski's scheiding en daaropvolgend huwelijk met Irina, als ze het huisvestingsprobleem hadden kunnen oplossen. Irina gaat met het proefschrift aan de slag en treedt toe tot een coöperatief, omdat ze rekent op het toegezegde honorarium. Maar Pavlov is een voorzichtig man. Hij stelt de tussenpersoon een voorwaarde: het werkpaard mag onder geen beding te weten komen voor wie het bezig is. Geen naam, geen functie, zelfs niet de stad waar de opdrachtgever woont. Irina kent hem onder de fictieve naam "Vladimir Nikolajevitsj", ze heeft zelfs zijn telefoonnummer niet. Ze heeft alleen te maken met de tussenpersoon, die de opdrachtgever wel háár naam en adres geeft. Zodoende is het contact eenzijdig. Vladimir Nikolajevitsj belt zelf Irina, neemt thema, hoofdstuk- en paragraafindeling met haar door. Als zij hem meedeelt dat het proefschrift af is, laat hij de tussenpersoon de tekst afhalen. En hij verdwijnt, zonder te betalen. Dat is die tienduizend roebel waarop Irina tevergeefs wachtte. Waar ze de oneerlijke opdrachtgever moet zoeken, weet ze niet. Ze kan geen contact meer leggen met de tussenpersoon. Ze begrijpt dat ze bedrogen is. Trots als ze is, probeert ze de bedrieger niet te zoeken. En om begrijpelijke redenen vertelt ze niemand iets over de hele geschiedenis. In die fase verdrong Irina de hele episode.

Er verstrijken vier jaren. Haar meerdere dringt er steeds sterker bij haar op aan dat ze met haar doctorsmonografie aan de slag gaat. Daarmee zou ze formeel gekwalificeerd zijn voor de functie van wetenschappelijk hoofdmedewerker. Irina Filatova denkt na over de vraag of ze het ooit geschreven werkstuk kan gebruiken. Misschien heeft de opdrachtgever zijn proefschrift nooit verdedigd? Hij heeft zich bedacht, de omstandigheden zijn veranderd, de tekst viel hem tegen – hij kan zoveel redenen gehad hebben. Als het proefschrift nooit is verdedigd, heeft ze een gebruiksklaar manuscript. Ze wendt zich tot haar assistent, en die brengt haar het antwoord: het proefschrift is in 1987 verdedigd en de auteur is Alexander Pavlov uit Ensk. Kennelijk wint ze inlichtingen over hem in en komt ze te weten waar hij werkt en in welke functie. Dan pas voelt ze hoe diep gekwetst ze is. Door het bedrog, door de sabotage van haar huwelijk, door de minachtende houding van hoge ambtenaren tegenover de wetenschap. En in de in zichzelf gekeerde, ijverige, betrouwbare Irina Filatova ontbrandt een haat tegen Pavlov, heviger dan men bij deze vrouw voor mogelijk had kunnen houden. Ze begrijpt dat de man die haar voor tienduizend roebel heeft bezwendeld, ongetwijfeld ook in zijn werk oneerlijk is. Als ervaren analytica weet ze waar ze zoeken moet. Maar ze zoekt niet gewoon naar compromitterend materiaal over Pavlov. Ze is niet van plan hem te chanteren, ze is niet van plan zijn bedrog te bewijzen. Nee, ze zoekt iets waarmee ze hem bang kan maken, doodsbang. Of beter nog, waarmee ze hem als persoon kan vernietigen door hem eeuwig in het besef te laten leven dat er iets onaangenaams kan gebeuren. En ze vindt haar zwaard van Damocles. Ze vindt de namen van mensen die het Pavlov niet zullen vergeven als rondom hem een schandaal losbarst dat hun oude zonden in de openbaarheid kan brengen. Dat schandaal komt er gegarandeerd wanneer zij haar boek publiceert en er ook maar één persoon opdaagt die het vergelijkt met het proefschrift van Pavlov. Ze laat haar monografie opnemen in het beleidsplan van haar instituut.

In diezelfde tijd duikt Pavlov op als stafmedewerker bij het ministerie van binnenlandse zaken. Irina had hem nooit persoonlijk ontmoet. Hij heeft een heel gewone achternaam, en als ze hoort dat op het ministerie een Pavlov is komen werken als hoofddeskundige, is ze nog lang niet zeker van haar zaak. Ze schat hem in, denkt aan hem, noteert zelfs zijn dienstnummer. Maar hun persoonlijke kennismaking vindt pas later plaats, die winter. Irina Filatova's superieur weet nog dat hij in zijn werkkamer de nieuwe stafdeskundige voorstelde aan zijn eigen wetenschappelijk hoofdmedewerker. Pavlov beseft wie hij voor zich heeft. Irina laat hem nog een poosje bungelen en maakt dan duidelijk dat ze in hem haar opdrachtgever heeft herkend. Dat moet in maart geweest zijn. Juist toen begon Pavlov bij het instituut de deur plat te lopen met bloemen en cadeautjes, zoals Ljoedmila Semjonova heeft verteld. We mogen aannemen dat hij Irina's plannen begreep en haar probeerde te lijmen. Toen hij inzag dat dat niet werkte, sloeg hij een barsere toon aan. Vanaf half april begon hij haar op het ministerie te ontbieden en te treiteren met de stukken die hij steeds teruggaf ter correctie. In werkelijkheid gebruikte Pavlov gewoon iedere aanleiding om Irina te ontmoeten en haar tot andere gedachten te brengen met geld, dreigementen en weet ik niet wat. Hij moest haar tot overgave dwingen. Diezelfde Ljoedmila Semjonova beweert dat Irina tegen niemand nee kon zeggen, dat ze heel zachtmoedig en meegaand was. De hemel weet wat het haar gekost heeft om niet aan Pavlov toe te geven. Juist na deze gesprekken kwam ze steeds uitgeput en gedeprimeerd op haar instituut terug. Ze moet wel heel diep gekwetst zijn geweest. Bedrog vergaf ze immers nooit...

Maar Irina had met één ding geen rekening gehouden. Pavlov bleek veel banger voor een schandaal dan zij gedacht had. Zo bang, dat hij zelfs voor zijn leven vreesde. Er was in deze hele situatie iets wat Irina niet wist en niet kon weten, en wat Pavlov haar niet kon of mocht vertellen. Dat werd haar ondergang.

Toen Pavlov binnen ons gezichtsveld kwam, begon hij wanhopig te liegen en te fantaseren dat hij Irina al heel lang kende en dat hij van haar hield. Waarom, vraag je je af? Alle beschikbare exemplaren van het manuscript waren verdonkeremaand, niet zonder zijn bemoeienis, mag je aannemen. Van dat vierde exemplaar had hij geen flauwe notie. Geen mens zou Irina's naam in verband brengen met zijn proefschrift. Ik durf te veronderstellen dat het probleem bij de tussenpersoon ligt. Pavlov vertrouwt hem niet. Hij heeft geen enkele garantie dat de tussenpersoon hem destijds, in 1986, niet aan Irina Filatova heeft verraden. Stel je voor dat Irina het aan iemand heeft verteld? Hij kan wel ontkennen dat de tussenpersoon en hij elkaar kennen, maar wat als iemand het tegendeel beweert en zich beroept op Irina! Pavlov besluit zich in te dekken, maar doet dat vreselijk onhandig en weinig subtiel. Het kost hem een slordige duit en brengt ons er bovendien toe hem wat beter te bekijken. Ik denk dat het allemaal zo gegaan is. Dan rijzen er twee vragen:

waarmee meende Irina Filatova Pavlov concreet angst aan te jagen, en waar werd hij in werkelijkheid zo bang van? Natuurlijk heeft hij de moord niet eigenhandig begaan. Er is een huurmoordenaar ingeschakeld. Dat betekent dat hij een heel, heel serieuze aanleiding gehad moet hebben...'
Gordejev tikte nadenkend met zijn lepeltje tegen zijn theekopje. 'Het klinkt allemaal heel goed. Alles wat we tot op dit moment weten, lijkt wel in deze theorie te passen. Maar als het nu eens níét zo blijkt te zijn, Anastasia? Kan dat?'
'Natuurlijk kan dat,' gaf Nastja toe. 'Ik heb alleen nog niets beters kunnen bedenken.'
'Goed, aangezien we niets anders hebben, moeten we maar met deze theorie aan het werk,' zei Gordejev. 'Laten we vaststellen wat we wel en wat we niet kunnen doen. We kunnen dezelfde weg volgen als Irina Filatova: afreizen naar Ensk, fiches uit het archief van strafzaken lichten, de namenlijst completeren. We kunnen alles uitgebreid gaan verifiëren en zien uit te zoeken waarmee Irina onze vriend Pavlov zo de stuipen op het lijf joeg. Stel dat dat laatste lukt. Wat hebben we eraan? We hoeven niet de beschuldiging te onderzoeken dat Pavlov corrupt is, iets wat trouwens praktisch niet te bewijzen valt. Voor ons zelf trekken we de conclusie dat Pavlov niet zuiver op de graat is. Maar wat dan nog? Het brengt ons geen millimeter dichter bij de moord op Irina Filatova. Bovendien is Pavlov amper een jaar weg uit Ensk, het stikt er van de vriendjes van hem. Als we daar in actie komen, weet hij het binnen een uur. Dat moeten we niet hebben.'
Ja, papa, dacht Nastja, je hebt geen woord te veel gezegd. Niets is erger dan onder je eigen mensen werken.
'Als we aannemen dat Anastasia gelijk heeft en dat Pavlov achter de moord zit, omdat een bepaald iets voor hem een dodelijk gevaar inhoudt,' ging Gordejev intussen verder, 'mogen we hem beslist niet kopschuw maken. De moord op Irina Filatova vond plaats omdat zij de enige bron van gevaar was. Zij is geëlimineerd en hij zit nog rustig waar hij zat. Maar wat doet hij als wij hem de stuipen op het lijf jagen door in Ensk te gaan

spitten? Dan gooit hij vast geen bom op het politiebureau in Ensk en meteen eentje erachteraan op de Petrovka. En een nieuwe moord helpt hem niet, er zijn inmiddels veel te veel mensen gemobiliseerd. Nee, hij neemt de benen of hij jaagt zich een kogel door zijn kop. In ieder geval leidt hij ons niet naar de oplossing van de moord. We mogen Pavlov niet bang maken, omdat juist zijn zelfverzekerdheid onze troefkaart is. Je hebt hem toch niet laten merken dat je zijn leugens doorhad?'
'Absoluut niet,' verzekerde Nastja. 'Ik heb zonder een spier te vertrekken alles geslikt wat hij me wijsmaakte over Irina en over zijn proefschrift.'
'Heel goed. Pavlov is tamelijk voorzichtig, maar niet erg professioneel. En hij overschat zichzelf schromelijk. Hij heeft een hoop fouten gemaakt, maar heeft daar geen notie van. En dat mag ook niet. We hebben hem de illusie kunnen geven dat we de mogelijkheid van een conflict onder wetenschappers als motief voor de moord hebben nagetrokken en verworpen. Nastja Kamenskaja is met vakantie en onze invalshoek is Interpol en Idzikovski. Tegelijkertijd hebben we bereikt dat hij zichzelf ziet als heel handig en uitgekookt. In die waan moeten we hem vooral laten. Dan kunnen we hem dwingen te handelen zoals ons het beste uitkomt. Een angstig iemand handelt paniekerig, maakt fouten, is onvoorspelbaar. Je kunt hem niet sturen. Laat Pavlov vooral denken dat hij alles goed heeft gedaan. Gordejev keek Dima Zacharov aan. 'En Dima, wat doe jij? Houd je het voor gezien of werken we verder samen?'
'Kolonel, ik had u toch al gezegd dat u volledig op mij kunt rekenen?'
'Dank je wel. Nu Kovaljov, of nee, eerst Roednik. Boris Roednik kent Pavlov goed, dat heb ik al uit laten zoeken. Anastasia, jij gaat met Roednik aan de slag. Vraag Pavlov om zijn protectie. Daarmee slaan we twee vliegen in één klap. We leiden Pavlovs aandacht af, we laten hem merken dat jij als journaliste niet alleen geïnteresseerd bent in zijn geniale proefschrift en in het corruptievraagstuk. En je hoeft Roednik niet zonder introductie op zijn dak te vallen. Wat is je identiteit precies?

Heb je Pavlov iets over jezelf verteld?'
'Mijn man werkt bij Buitenlandse Zaken. We hebben lang in het Verre Oosten gewoond. En mijn moeder is een Turkse uit Azerbeidzjan. Verder niets.'
'Waar haal je het vandaan!' zei Gordejev verbaasd. 'Fantasie heb je genoeg, meisje. Waarom niet de buitenechtelijke dochter van de Noorse koning?'
'Dat past niet bij het type,' lachte Nastja. 'Donkerrood haar, donkerbruine ogen, temperament – dat is geen Noorse. Eigenlijk heb ik een vrouw gekopieerd die ik met eigen ogen gezien heb. Zij had een licht accent, en dat heb ik gehandhaafd om het complete beeld niet te verstoren. Toen Pavlov over mijn accent begon, moest ik iets verzinnen. Ik zei het eerste dat in mijn hoofd opkwam. Dat was Turkije, omdat ik het vlak daarvoor met Misja Dotsenko over een Karabach-Turkije-connectie had gehad. Dat is alles.'
'Slikte Pavlov je uitleg?'
'Ik geloof dat mijn lichte verwarring op dat moment heel natuurlijk overkwam. Hij kan me er best van verdenken dat ik eigenlijk een buitenlandse ben. Dat lijkt me geen nadeel als ik met Roednik aan de gang moet.'
'Nee, dat is geen nadeel,' zei Gordejev instemmend. 'Als je het handig inkleedt. En bedenk dat Roednik er, volgens mijn inlichtingen, slecht aan toe is. Hij is depressief, nerveus, heeft zijn vrouw naar Ensk gestuurd en heeft zich bij het meisje met wie hij een verhouding heeft praktisch bewusteloos gedronken. Dat laatste is niets voor hem. Denk daarover na en begin morgen.'

Gordejev vertrok, samen met Dima Zacharov, die hem een lift had aangeboden. Op de drempel draaide Dima zich om. Hij probeerde Nastja's blik te vangen en daarin een uitnodiging voor die avond te lezen. Maar hij zag niets in haar ogen. Geen spoor van de hartstocht waarvan ze in de vroege ochtend opeens blijk had gegeven. Ze had één probleem opgelost en wierp zich nu op het volgende.

Dat volgende probleem was voor Nastja Kamenskaja de voorbereiding op haar nieuwe ontmoeting met Pavlov. Voor dat gesprek moest ze haar artikel over zijn concept voor de corruptiebestrijding klaar hebben. Het resultaat van hun ontmoeting moest een telefoontje van Pavlov naar Roednik zijn, en de toestemming van laatstgenoemde om journaliste Larisa Lebedeva te ontvangen voor een interview. Op deze opgave zat Nastja tot laat in de avond te zwoegen. Haar steun en toeverlaat was de monografie van Irina Filatova, die Pavlovs proefschrift volledig verving en haar ontsloeg van de noodzaak urenlang in de Leninbibliotheek te zitten. Toen ze haar tekst had uitgetikt, nam ze kritisch haar garderobe in ogenschouw. Haar keus viel op een donkerblauw broekpak van dunne, synthetische stof. Natuurlijk waren broekpakken dat jaar alweer uit de mode en was het niet erg comfortabel om met die hitte iets synthetisch te dragen, maar je kon het makkelijk wassen. Nastja trok haar badjas uit, liep naar de keuken en repeteerde een paar keer haar openingstekst. Het lukte aardig. Voor het geval Pavlov niet attent genoeg zou blijken te zijn, verzon ze vast een paar trucjes die ze zo nodig op hem los kon laten.

Toen ze klaar was, maakte Nastja gewoontegetrouw de balans op. Wat kon ze voor conclusies trekken uit de dag van gisteren? Punt een: als de belangstelling van een man het resultaat is van je eigen doelgerichte inspanningen, dan is dat niet verontrustend of opwindend. Het laat alleen een gevoel van tevredenheid achter. Je hebt je werk goed gedaan. Punt twee: de belangstelling van Dima Zacharov was geprovoceerd door haar uitbeelding van een beeldschone journaliste en strekte zich niet echt uit tot haarzelf. Dat begreep Nastja heel goed, maar Dima had haar net weten te vangen op het moment van blijde opwinding, na het oplossen van een moeilijk vraagstuk. Dat was alles. Nu Ensk. Geduldig en systematisch had Misja Dotsenko Anton dertig namen van verdachten weten te ontfutselen, maar niet een daarvan sprong eruit. Het ging, naar Anton

beweerde, vooral om delicten van 'economisch-ambtelijke' aard: verduistering, fraude, steekpenningen. Slechts een paar gevallen vielen buiten die categorieën. Je vroeg je af of de naam Roednik niet op de lijst had moeten voorkomen. Anton had die naam niet genoemd. Als dat zo was... Nastja pakte de telefoon. Ze had niet vaak geluk, maar vandaag nu eens wel. Anton bleek net bij Misja Dotsenko te zitten.
'Roednik? Jazeker. Geen twijfel mogelijk. Artikel 120.'
'Welk artikel, zei je?' Nastja liet bijna de hoorn uit haar handen vallen.
'120. Ik weet dat nog, omdat het een opvallend delict is. Op die fiches kwam het maar eenmaal voor. Ik dacht nog, hé, die heet net zo als de directeur van onze drukkerij. Nee, de voornaam en vadersnaam weet ik natuurlijk niet meer.'
Dezelfde achternaam. Familie? Of was Boris Roednik in eigen persoon een liefhebber van minderjarige meisjes? Verdomme, wat een toestand. Nu maar hopen dat ze toevallig hetzelfde heten. En anders? Dan kon ze Pavlov absoluut niets aan Roednik laten vragen. Dan moesten ze het hele scenario herschrijven. O, o, wat kwam dat slecht uit als het inderdaad om dezelfde Roednik ging! Voor de zaak-Filatova was het natuurlijk prima, maar niet voor de strijd tegen Kovaljov. Als Pavlov merkte dat Larisa Lebedeva om Roednik heen draaide, kreeg hij argwaan. Dat mocht niet. Maar dat gold allemaal alleen wanneer het dezelfde Roednik was... Als ze Roednik niet aan zijn jasje konden trekken, moesten ze een andere bron van informatie over Kovaljov gaan zoeken. Dan ging er weer tijd verloren. Of ze moest enigszins open kaart gaan spelen met Pavlov...
'Nu al klaar?' Pavlov verborg zijn bewondering niet toen hij de tekst van het interview doorbladerde die de journaliste hem had gebracht. 'Je werkt erg snel, Larisa. Een mooie vrouw moet zuinig op zichzelf zijn,' voegde hij er veelbetekenend aan toe.
'Ik kan niet zuinig op mezelf zijn. Om mijn geld te verdienen, moet ik wel stevig aanpoten.'
Pavlov had de indruk dat ze dat geërgerd en kortaf zei. La-

risa was toch al heel anders vandaag. Ze leek ergens ontevreden over, en keek de hele tijd bezorgd op haar horloge. Alsof ze uitkeek naar het moment dat ze kon opspringen en ervandoor kon gaan. Maar Alexander Pavlov gaf de stellingen die hij zo gemakkelijk veroverde, niet zomaar prijs. Hij herinnerde zich al te goed hoe zij nog maar twee dagen geleden geweest was, op zaterdag. Nee, in een dergelijk humeur liet hij haar niet vertrekken.

'Wat is er, Larisa? Zit je iets dwars?' vroeg hij vriendelijk.

Ze gaf geen antwoord, ze deed of ze hem niet hoorde. 'Leest u alstublieft de tekst, kolonel. Als u het overal mee eens bent, kunnen we het artikel over twee weken publiceren.'

'En als ik het ergens niet mee eens ben? Verander je het dan en kom je ermee terug? Of is de aardigheid er dan af?'

Ze rookte zwijgend. Haar hele uiterlijk drukte ongeduld uit.

Pavlov stond op, liep naar het bijzettafeltje waarachter Larisa zat, schoof een stoel bij en ging naast haar zitten. Liefkozend pakte hij haar hand en zei heel zacht: 'Larisa, je moet begrijpen dat ik niet wil dat onze ontmoeting van vandaag de laatste is. Maar mijn wil heeft natuurlijk weinig te betekenen. Jij beslist. En als dat inderdaad je beslissing is, dan wil ik niet dat we op deze manier afscheid nemen, zo kil, zakelijk en geërgerd. Zeg nou zelf, we hebben toch geen reden om boos op elkaar te zijn?'

Larisa trok haar hand niet terug. Ze sloeg haar donkere ogen naar hem op en glimlachte triest. 'Ik zou graag willen dat u gelijk heeft. Maar zo werkt het helaas niet.'

'Wat werkt zo niet?'

'Dat ik beslis. Ik krijg een beslissing opgedrongen en word in omstandigheden gebracht waarin ik niet kan weigeren.'

Pavlov begreep dat Larisa op het punt stond hem deelgenoot te maken van haar problemen. Dan zou ze wel uit de plooi komen en werd het gesprek vanzelf vertrouwelijker. Snel taxeerde hij wat beter was: blijven zitten en haar hand vasthouden of koffie aanbieden. Voorzichtig bracht hij haar vingers naar zijn lippen en drukte er een kus op. 'Als ik nou eerst eens een kopje koffie maak, dan kun je me daarna vertellen wat dat voor omstandigheden zijn waaronder je onmogelijk kunt weigeren. Misschien kan ik er iets van leren,' zei hij met een guitig lachje.

Het bleek dat Larisa opdracht had gekregen om te schrijven over de machtsstrijd die zich binnen het parlement afspeelde, aan de vooravond van het congres waarop de nieuwe premier zou worden gekozen. Daarbij moest ze accenten aanbrengen die flatterend waren voor de zittende premier en die zijn concurrent in een uitgesproken ongunstig daglicht plaatsten. En zij, Larisa, had een onafhankelijke aard en kon dit soort opdrachten niet uitstaan. Ze was gewend te schrijven wat ze zelf wilde. Dat was de eerste moeilijkheid. Daar kwam bij dat ze te lang in het buitenland had gewoond. Ze was nog maar betrekkelijk kort terug in Rusland en kende geen mens in parlementaire kringen. Ze had geen flauw idee hoe ze aan haar informatie moest komen. Ze had de opdracht graag teruggegeven, maar het akelige was dat die niet kwam van haar eigen krant, maar van een heel andere. Ze hadden zich tot haar gewend via haar man, die erg afhankelijk was van deze opdrachtgever. Hij had er bij zijn vrouw op aangedrongen deze kans te grijpen. Ze was vooral in verwarring gebracht door het onwaarschijnlijk hoge honorarium dat haar was toegezegd. Ze had het geld zo hard nodig...'

'En onder dat alles lijd je,' zei Pavlov meevoelend en reikte haar een kopje koffie aan.

Larisa knikte zwijgend. Haar kastanjebruine lokken vielen over haar gezicht en ogen. Met een heftige beweging zwaaide ze haar haar naar achteren. Door de abrupte beweging knoeide ze koffie op haar donkerblauwe broekpak. Pavlov hoorde haar duidelijk geërgerd iets mompelen, maar verstond er geen woord van. Hij kon alleen wat exotische keelklanken onderscheiden. Larisa beet op haar lip en gluurde vlug even naar Pavlov, maar die deed of hij niets gemerkt had.

'Ach, heb je gemorst? Voorzichtig nou toch.'

Larisa leek zich alweer te hebben hersteld. Ze pakte een zakdoekje en depte zorgvuldig de vlek. 'Niets aan de hand. Het is donkere stof. Als het opgedroogd is, zie je er niets meer van,' zei ze rustig.

Zo zo, schatje, dacht Pavlov. Ik geloof dat jij een beetje al te lang in het Oosten hebt gewoond, in je Turkstalige omgeving. Je had een eersteklas leraar Russisch, maar schrik is de klassieke situatie waarin iemand zijn werkelijke afkomst verraadt. Als jij Larisa Lebedeva heet, heet ik Saddam Hoessein. En je hebt helemaal geen opdracht van een krant. Je bent informatie aan het verzamelen voor industriëlen die de premier willen steunen en niet willen dat hij het veld ruimt voor een ander. Je kunt best Lebedeva heten, maar dat is dan je mansnaam, niet je meisjesnaam. Ik heb een prachtcadeautje voor je, Boris Roednik! Laat ze maar merken dat ik mijn mensen niet laat stikken. Wel jammer dat ik jou niet op je rug kan leggen, je bent een verrekt lekker wijf. Maar het is te gevaarlijk! Ik heb je net op tijd door. Of misschien is het niet gevaarlijk. We zien wel.

'Ik durf te voorspellen dat die vlek de grootste onaangenaamheid is die de dag van vandaag je brengt,' zei Pavlov pompeus. 'Want met het oplossen van je andere probleem denk ik je wel te kunnen helpen. Een goede vriend van mij is parlementsmedewerker. En hij staat nu juist dicht bij de groepering die de huidige premier steunt en die strijdt tegen zijn concurrenten. Als ik het hem vraag, zal hij zich zeker door je willen laten interviewen.'

Larisa's ogen begonnen te stralen en op haar wangen verscheen een blos. 'Maakt u geen grapje, kolonel? Kunt u mij echt helpen? En is die vriend van u werkelijk goed geïnformeerd? U begrijpt immers wat voor soort inlichtingen ik nodig heb.' Larisa zweeg even verlegen.

'Ik begrijp heel goed,' zei Pavlov zeer serieus, 'dat men geen grote sommen geld neertelt voor iets wat je in elke krant kunt lezen. Wees er zeker van, mijn beste Larisa, dat ik je precies bij de man aanbeveel die je moet hebben. Roednik is zijn naam. Weleens van gehoord?'

'Nee. Heeft u behalve hem nog meer kennissen?'
'Ik verzeker je, Larisa, dat je aan Roednik meer dan genoeg hebt. Hij kan je héél veel vertellen. Verder hoef je dan met niemand meer te praten. Zal ik hem bellen?'
'Natuurlijk, heel graag. Ik ben u ontzettend dankbaar.' Larisa Lebedeva lachte opgelucht. 'Het is echt een pak van mijn hart.'

Nadat hij Roednik had gebeld en de journaliste op hem af had gestuurd, pakte Alexander Pavlov opnieuw de telefoon. 'Ja, nogmaals met mij. Luister, die griet die ik net naar je toe heb gestuurd... Daar kun je een heel goeie slag mee slaan. Vertel haar nou maar alles wat je weet. Je hebt lang genoeg zelf de kastanjes uit het vuur gehaald, laat die miljonairs eindelijk maar eens een poot uitsteken. Grijp je kans, Boris!'
Pavlov hing op en snoof minachtend bij de herinnering aan Roedniks benepen stem. Schijtlaars! Hij had het nog net kunnen opbrengen om een huurmoordenaar op te scharrelen en was nu helemaal aan het eind van zijn Latijn. Hij deugde nergens meer voor en moest met kunst- en vliegwerk op de been gehouden worden. Wat een uitkomst, die journaliste. Net iets om hem weer een beetje moed te geven. Als de zaak fout liep, was hij verdomme in staat om in blinde paniek naar de politie te rennen en alles te bekennen. En zo'n lulletje rozenwater valt omhoog naar de top, je kunt er met je hersens niet bij. Hij moest nodig bang wezen. Als hij eens wist...
Pavlov kromp ineen. Dat kreng van een Irina had voor de helft gelijk gehad toen ze zei dat hij gewoon zijn baan als ambtenaar kon opzeggen wanneer er een schandaal kwam. Het mocht inderdaad wat, zijn carrière. Die paar ongelukkige centen. Maar wat de andere helft betreft had ze geen gelijk gehad. Want die andere helft... O god, hij kon er maar beter niet aan denken. Híj zou hem weten te vinden. Hij, Pavlov, had hém immers gezworen dat er in Ensk geen spoor meer te vinden was, dat alles brandschoon was, dat niemand daar iets zou ontdekken. En híj had het geloofd. Maar híj had ook gewaar-

schuwd dat hij, Pavlov, het wel kon schudden als er door zijn schuld iets misging. Bedrog en insubordinatie bestrafte híj genadeloos. En achter hém stond een macht waaraan je maar beter niet kon denken: de internationale drugsmafia. Ze hadden hém tot directeur-generaal gebombardeerd van een joint venture die het geld moest witwassen. Alles onder één voorwaarde: in Rusland moet je volkomen onbesproken zijn. Aan jouw joint venture mag geen smetje kleven, er mag geen schaduw van een schaduw op vallen. En híj had hun die garantie gegeven, en die garantie berustte op het erewoord van hem, Pavlov. En nu had hij geblunderd met die stomme fiches! Moest hij meteen naar hém gaan om het op te biechten? Dan haalde hij de volgende ochtend niet. Hun discipline was meedogenloos. Daarom was het ook noodzakelijk geweest de huurmoordenaar te zoeken via Boris Roednik, al had hij, Pavlov, heel goed begrepen hoe riskant dat was. Het had natuurlijk beter via hém kunnen lopen, maar dan had hij moeten uitleggen wat er aan de hand was, en dat stond gelijk aan je eigen doodvonnis tekenen. Nee, vergeleken met hém was geen enkel schandaal iets om bang voor te zijn. Maar goed dat Boris Roednik niets wist, die zou van angst nog naar de Petrovka rennen, of naar hém...

Bij die gedachte liepen Alexander Pavlov de rillingen over de rug. Ach nee, stelde hij zichzelf gerust, Boris kent hém niet, Boris weet helemaal niet dat er bij deze hele zaak nog iemand betrokken is. Hij kan raden dat hij niet de enige is, maar wie er concreet nog meer is, weet hij niet.

Kom, niet aan denken... Tenslotte was er nog steeds niets gebeurd. Arif was bij de begrafenis geweest, had gesprekken afgeluisterd. Niets verontrustends, ze dachten allemaal dat ze vanwege een minnaar vermoord was. Uit jaloezie, of vanwege die vent van Interpol. Onze lieve Irina had niet bepaald de gelofte van kuisheid afgelegd. Laat ze dáár hun tanden maar op stuk bijten. Goed van hem, Pavlov, dat hij die hele liefdesgeschiedenis bedacht had. Ze hadden het voor zoete koek geslikt. En nu ze eenmaal dachten dat Irina haar verhouding met hem verborgen had gehouden, zouden ze kunnen denken dat er misschien nog wel meer mannen waren van wie niemand iets wist. Laat ze maar graven. Het gevaarlijkst leek hem nog die Nastja Kamenskaja. Over haar werden complete legendes verteld. Was er bij Irina ook maar één stukje papier blijven rondslingeren, dan had die kleurloze muis het meteen tussen haar muizentandjes naar haar hol gesleept. Maar kennelijk was er niets gevonden. Bovendien was Nastja Kamenskaja nu met vakantie. Dus die hindernis was genomen. Hij kon weer rustig ademhalen. Morgen naar Gordejev, informeren hoe de zaak ervoor stond. Anders ging het opvallen: hij was wel bij Nastja Kamenskaja geweest, tot twee keer toe zelfs, en opeens kwam hij niet meer. Hij moest zuinig zijn op zijn reputatie van ontroostbare 'weduwnaar'.

Toch vroeg je je af hoe Irina hem getraceerd had. Zou het Arif zijn? Hij had het haar weet ik hoe vaak gevraagd, maar ze wilde niets zeggen. Zijn naam had ze via zijn samenvatting gevonden, maar dat had hij pas kort geleden bedacht. Wist hij veel, vijf jaar geleden, dat ze die samenvattingen door het hele land versturen, naar alle juridische faculteiten en hogescholen? Toen hij in Saratov promoveerde, had hij de secretaresses daar bonbons en een fles cognac gebracht, en die hadden alles verder voor hem geregeld. Hij had er geen omkijken naar gehad. Goed, zijn naam, dat kon hij zich dan nog voorstellen. Maar de rest? Toch Arif, dat kon niet anders. De schooier had gezworen dat hij haar niets verteld had. Maar hoe controleer je dat? Ze zijn subtiel, die oosterlingen. Toen hij, Pavlov, naar Bakoe had gebeld om te zeggen dat Arif het proefschrift in Moskou kon gaan halen, had die gewacht tot hij over het geld zou beginnen, zonder er zelf naar te vragen. Maar hij had aan Arifs stem gehoord dat die het niet goedkeurde. Wie was hij helemaal om over hem, Pavlov, te oordelen? Hij had in Ensk goud geroken en was bijna de klos geweest. Hij stond voor eeuwig in het krijt bij hem. Een goede zet was dat geweest om Arif toen niet te laten betalen voor dat sepot, omdat die dan later misschien nog van pas zou komen. En Arif wás van pas gekomen. Vertrouwen deed Pavlov hem nog steeds niet, voor geen cent. Maar wie had hij anders moeten nemen? Boris Roednik was niet geschikt, die liep in zeven sloten tegelijk. Het was lastig werken met al die vreemde lieden om je heen. In de provincie had iedereen hem gekend, hij kon alles regelen van achter zijn bureau. Maar hier... Waarom had hij zo nodig naar Moskou gemoeten? Waarom had hij daarmee ingestemd? Stomme vraag trouwens, hij had niets te willen. Hij, Pavlov, was gegaan omdat híj het had bevolen.

Boris Roednik bood geen noemenswaardig verzet. Nastja bleef zich erover verbazen hoe gemakkelijk het allemaal was gegaan, hoe hij praktisch zonder aandrang alles oplepelde wat ze wilde horen. Het leek erop alsof Pavlov hem nogmaals had gebeld en enig voorbereidend werk had verricht. Hoewel Bolletje haar had gewaarschuwd dat Roednik nerveus was, overtrof de werkelijkheid alle verwachtingen. Hij was niet zomaar nerveus geweest, niet gewoon van streek.

Op weg naar haar nieuwe onderkomen probeerde Nastja de woorden te vinden die de toestand van haar gesprekspartner weergaven. Depressief? Ja. Verslagen? Ja, maar dat was het niet helemaal. Ze moest aan haar eigen dichtregel denken: 'Weg zonder hoop, een weg naar het schavot.' Dat leek er meer op. Ja, dat was het. Roednik was als een veroordeelde. Hij wachtte op een ontknoping, maar niet nieuwsgierig, zoals wanneer je naar een thriller op de televisie kijkt. Hij kende de afloop al en wachtte gedwee tot het zover zou zijn.

Het leven interesseerde Boris Roednik niet meer, want hij wist dat het binnenkort toch afgelopen zou zijn met hem. Hij had alle hoop laten varen. Niets dan uitzichtloze, afstompende zwaarmoedigheid, die een mens het vermogen ontneemt zich te verzetten. Een paar keer kreeg Nastja het idee dat als ze hem over Ensk had gevraagd, hij ook dat zou hebben verteld. Maar ze had het niet gevraagd. Ten eerste had Bolletje haar streng verboden het woord 'Ensk' uit te spreken, dit om Pavlov niet wantrouwig te maken. En ten tweede was het Nastja ook zo wel duidelijk dat hier diezelfde Roednik voor haar zat. Artikel

120, seksueel misbruik van minderjarigen...

Met de dag begreep Nastja beter wat haar stiefvader, Leonid Petrovitsj, had bedoeld met zijn 'benauwde wereldje'. Het was niet alleen dat je voortdurend tegen je eigen mensen aanbotste. Een nog veel grotere moeilijkheid vormde de beperktheid van de informatiebronnen. Wanneer Pavlov geen medewerker van Binnenlandse Zaken was geweest, zouden ze nu dan net zo zitten tobben? Zouden ze met net zoveel leemtes in hun hypothesen en theorieën zitten? Wat Irina Filatova te weten was gekomen, konden zij ook uitzoeken. Waarschijnlijk had ze nog wel iets meer gehad dan een namenlijst, maar omdat ze zelf niet naar Ensk was geweest, betekende dat dat iemand anders die gegevens voor haar had opgedolven. Wéér iemand van hun eigen mensen, iemand die misschien wel als lid van een onderzoekscommissie naar Ensk was afgereisd. Bij het ministerie informeren of er zo'n onderzoek was geweest, een lijst opvragen van leden van de commissie, uitzoeken of zich onder hen kennissen van Irina bevonden – het was niet meer dan twee uur werk. Maar voordat die twee uren voorbij waren, zou Pavlov al weten waarin ze geïnteresseerd waren. Want onderzoekscommissies zijn de competentie van de ministeriële staf.

Thuisgekomen begon Nastja Larisa Lebedeva van zich af te wassen, zonder haar gedachtegang te onderbreken. Gisteren was ze tot de conclusie gekomen dat Pavlov doodsbang was voor iets. Of voor iemand. En dat Irina Filatova dat niet had geweten. Laten we vanaf dat punt verdergaan, dacht ze. Het is niet Boris Roednik voor wie Pavlov bang is, dat is duidelijk. Net zo duidelijk als dat Roednik bij de moord betrokken is en gelaten wacht op zijn ontmaskering. Als er iemand machtiger en dus gevaarlijker is, waarom heeft Pavlov dan Roednik ingeschakeld om Irina uit de weg te ruimen, en niet die machtige onbekende? Het antwoord was zo simpel dat Nastja een glimlach niet kon onderdrukken.

Victor Alexejevitsj Gordejev rukte zich los van de paperassen op zijn bureau. Zo, hij had meer dan genoeg om met Kovaljov een gesprek te voeren in zeer duidelijk Russisch. Gordejev slaakte een zucht, stopte de papieren in een map en borg die met een tevreden lachje in de brandkast.

Een halfuur later verzamelden Misja Dotsenko, Volodja Lartsev, Joera Korotkov, Kolja Seloejanov en Dima Zacharov zich in zijn kamer.

'We zitten op een breekpunt,' begon de kolonel. 'Wat de zaak-Filatova betreft is het theoretische gedeelte afgerond. We denken te weten waarom ze werd vermoord. We zijn ervan overtuigd dat het om een huurmoord gaat, en we denken dat de opdrachtgever, of zo u wilt initiatiefnemer, van de moord Alexander Pavlov is. Of houdt iemand van u er een andere mening op na?'

Gordejev keek de aanwezigen beurtelings aan. 'Goed, we gaan verder. De mogelijkheden om onze theoretische bevindingen te verifiëren, zijn uiterst beperkt. Voorlopig hebben we alleen maar ideeën en enig indirect bewijs. We beschikken over twee identieke teksten en hebben kolonel Pavlov op een onmiskenbare leugen betrapt. U begrijpt dat je daarop geen aanklacht wegens moord kunt funderen. Bovendien is het niet uitgesloten dat we ons vergissen en dat Pavlov onschuldig is aan de moord op Irina Filatova. Niettemin is het theoretische gedeelte, zoals ik al zei, afgerond en kunnen we nu aan de slag met het praktische deel. Het doel daarvan is de huurmoordenaar uit zijn tent te lokken. Op een andere manier zullen we hem niet vinden. Aan zijn handschrift te oordelen, is hij niet zomaar een huurmoordenaar van wiens diensten men gebruikt maakt bij een criminele afrekening. We hebben te maken met iemand die zich heeft afgeschermd met een betrouwbaar en goed doordacht controle- en veiligheidssysteem. Zelfs wanneer het onwaarschijnlijke gebeurt en Pavlov ons de contactpersoon uitlevert met wiens hulp hij de huurmoordenaar heeft ingeschakeld, komen we nog niet verder dan de eerste schakel. De andere schakels verdwijnen onmiddellijk in het niets en zo vinden we nooit het einde van de ketting. Is iedereen het met me eens?'

Opnieuw zweeg iedereen instemmend.

'We mogen gerust spreken van een zeldzame kans. U en ik hebben de mogelijkheid een huurmoordenaar te vangen die werkt voor de hoogste echelons. Dit heeft zich in onze praktijk niet eerder voorgedaan. We kunnen dus niet bogen op kennis en ervaring. Het risico dat we een fout maken is buitengewoon groot en de kans op succes is buitengewoon klein. Ik wil dat u dat allemaal goed beseft.'

Victor Gordejev zweeg, stopte gewoontegetrouw een poot van zijn bril in zijn mond en verzonk in gepeins. Opeens gleed er een uitgekookt lachje over zijn gezicht. 'Zijn er hier toevallig verwoede sportvissers?' vroeg hij.

De vraag kwam zo onverwacht en viel zo uit de toon, dat de rechercheurs vergaten te lachen.

'Eh, ja, ik,' antwoordde Kolja Seloejanov aarzelend.

'Tja, de jonge generatie,' zuchtte Gordejev quasi-bedroefd. 'Jullie weten niet meer wat eenvoudige genoegens zijn. Hebben jullie dan tenminste weleens gehoord van kunstaas en levend aas?'

Iedereen knikte, ontspannen nu.

'Goed. In de zaak-Filatova hebben we Nastja Kamenskaja als levend aas gebruikt. Daarmee hebben we eerst Pavlov gevangen en daarna, door hem op zijn beurt als aas te gebruiken, Boris Roednik. En nu gaan we iets doen wat ongekend is in het vissersleven: we gaan ons levende aas voor de tweede keer gebruiken. Het is uw taak de situatie zo goed mogelijk onder controle te houden. Pavlov is stafmedewerker op ons ministerie. Daarom mogen we geen gebruik maken van externe observatie. Ik bedoel dat we ons niet tot de betreffende dienst kunnen wenden. We zullen het zelf moeten doen, op eigen kracht. Vergeet niet dat Pavlov hier geweest is en ieder moment opnieuw kan verschijnen. Hij heeft elk van ons kunnen zien en kan zich ieder van ons misschien herinneren. Zacharov?' Gordejev keek vragend naar Dima.

'Komt voor elkaar, kolonel. Ik ben graag uw man.'

'Uitstekend. Dan heb ik een gedetailleerde psychologische karakteristiek nodig van Pavlov en zijn manier van denken. Lartsev?' De kolonel wierp een blik op Volodja, die beroemd was om zijn mensenkennis, iets waarvoor zijn collega's hem waardeerden en waarvan ze bij tijd en wijle ongegeneerd gebruik maakten.

'U hebt uw karakteristiek morgenochtend,' zei Lartsev. Gordejev schudde het hoofd. 'Nee, vanavond. Om negen uur ongeveer, niet later,' bepaalde hij.

Volodja zuchtte gelaten.

'Nog iets belangrijks. De fictieve persoon Larisa Lebedeva, journaliste bij de *Continent-Expres*, moet aan alle kanten gedekt zijn. We kunnen ons hierbij geen enkele nalatigheid veroorloven. Korotkov?'

Joera Korotkov knikte zwijgend.

'Dan het laatste. In ons schema zit een zwakke plek: Boris Roednik. We nemen aan dat Pavlov bij de moord op Irina Filatova via hem heeft gehandeld. Als de geschiedenis zich herhaalt en Pavlov de moordenaar opnieuw via Roednik probeert te regelen, valt onze hele opzet in duigen. Roednik is nerveus, inadequaat zouden de psychiaters zeggen. Als hij de ketting aanraakt, wordt dat onmiddellijk opgemerkt en treedt het veiligheidssysteem in werking. Hij krijgt geen contact met de moordenaar. Dus bereiken ook wij ons doel niet. We willen niet dat Pavlov naar Roednik gaat. Maar daar hebben we geen controle over. Laten we hopen dat Pavlov er net zo over denkt als wij. Dat hij Boris Roednik niet nog banger wil maken met een tweede moord.'

De bespreking duurde nog anderhalf uur. Nadat hij zijn medewerkers had laten gaan, overdacht Victor Gordejev nog eens alle details. Het leek erop dat ze al het mogelijke gedaan hadden en niets hadden vergeten. Maar het bleef riskant, heel riskant. De hele operatie berustte op veronderstellingen, op de analyse van Nastja Kamenskaja. Natuurlijk was Nastja briljant, maar een vergissing mocht je niet uitsluiten.

Hij dacht terug aan het bezoek dat Pavlov hem kort daarvoor gebracht had. Toen had het plan voor de operatie nog in een embryonaal stadium verkeerd. Alles was nog onduidelijk geweest. Toch had Gordejev de eerste stap gezet en aan Pavlov verteld dat er een getuige was die de moordenaar uit het flatgebouw had zien komen waarin Irina Filatova woonde, zodat ze over een signalement beschikten. Als ze alles goed hadden ingeschat, moest die informatie een bepaalde rol gaan spelen in Pavlovs handelen. Maar wat, als dit een vergissing zou blijken te zijn?

Gordejev ging bij de telefoon zitten en koos een nummer. In gedachten nam hij het zichzelf kwalijk dat hij zo'n misbruik maakte van de vriendelijkheid van de man die hem hielp de waarheid te achterhalen. Sinds de moord op Irina Filatova belde hij hem nu al voor de derde keer, terwijl hij daarvoor soms maandenlang niets van zich liet horen. Dat was niet aardig.

'Hoe is het met u, Goloebovitsj?' vroeg hij opgewekt, toen de telefoon werd opgenomen.

'Je zit zeker wel behoorlijk knijp, Victor? Je laat me niet eens ongestoord doodgaan,' klonk een knarsende oudemannenlach. 'Wat is er nu weer aan de knikker?'

'Nee, nee, ik zit helemaal niet knijp, ik wilde gewoon even ergens naar informeren,' loog Gordejev. Tot zijn afschuw voelde hij dat hij bloosde.

'En moet dat informeren telefonisch, of zit je jezelf uit te nodigen voor een kop thee?' vroeg Stepan Goloebovitsj listig.

'Ik nodig mezelf graag uit, als het u niet ongelegen komt.'

'Waarom zou het ongelegen komen? Zal ik het water opzetten of kom je een andere keer informeren?'

'Zet maar op,' besloot Gordejev, na een blik op zijn horloge. 'Ik kom eraan.'

Gordejevs vroegere leraar, mentor en beschermengel Stepan Goloebovitsj liep tegen de tachtig. Hij had zware hartklachten, zijn benen weigerden af en toe dienst en zijn handen trilden. Goloebovitsj woonde alleen, in een klein, gezellig kamertje in een 'kommoenalka', een woning waarin meerdere huishoudens keuken en sanitair delen, zoals je die nog altijd aantreft in het centrum van Moskou. Hij had zorgzame kinderen, respectvolle schoonzoons en schoondochters en kleinkinderen die gek op hem waren, maar de oude man weigerde hardnekkig bij een van hen in te trekken, ondanks hun voortdurend aandringen. De kinderen woonden met hun gezin ver van het centrum, hadden geen tijd hun vader vaak te bezoeken en schaamden zich als ze maar weinig kwamen. Het ging ze echt aan het hart, want ze hielden oprecht van hem. Stepan Goloebovitsj was helemaal niet lastig in de omgang en iedereen zou opgelucht ademhalen als hij verhuisde naar een zoon of dochter. Maar hij was onvermurwbaar. 'Ik kan niet meer wennen aan jullie levenswijze, en bovendien zou ik last van jullie hebben,' was zijn vaste antwoord. Waarom hij last zou hebben van zijn kinderen en kleinkinderen wist niemand, en zelf wilde Stepan Goloebovitsj het niet uitleggen.

Onderweg naar Goloebovitsj kocht Gordejev bij een kraampje een paar repen Mars en Snickers. Hij wist waar hij de oude man een plezier mee deed, die nog een scherp geheugen en een glashelder verstand had maar, zoals hij zelf zei, 'kinds was geworden in zijn gastronomische voorkeuren'.

In de gloeiende junihitte kuierde kolonel Victor Alexejevitsj Gordejev, bijgenaamd Bolletje, door de straten van Moskou. In gedachten bedankte hij het lot omdat het Stepan Goloebovitsj op zijn weg had gebracht. Die wist niet alleen meer dan je voor mogelijk hield, maar kon je ook vertellen waar je de gegevens te pakken kon krijgen waarover hijzelf niet beschikte. Toen Gordejev zich tot hem had gewend met vragen over Kovaljov en over Vinogradov van het Ondernemersfonds, had de oude gezegd: 'Weet je niet meer, Victor, dat ik je ooit eens gevraagd heb iemand aan een woonvergunning voor Moskou te helpen? Ik was toen al met pensioen en die man was net terug uit een strafkamp. Dat heb je toen gedaan, en daar ben ik je dankbaar voor. Maar die man is je natuurlijk nog veel dankbaarder. Je moet het me niet kwalijk nemen, maar ik heb toen niet voor hem verborgen gehouden wie die woonvergunning had geregeld. Die man weet dat nog heel goed, en hij weet ook wat dankbaarheid is. Hij werkt nu in een bar waar veel chauffeurs van dienstauto's komen. Hij haalt daar de glazen op en spoelt ze om. Voor de bezoekers hoort hij bij het meubilair. Ik denk dat hij daar veel belangwekkende informatie opvangt. Een chauffeur is voor zijn baas immers ook een soort meubel. Die baas geneert zich meestal niet erg waar zijn chauffeur bij is, hij houdt zich niet in en let niet op ieder woord. Als je nou eens naar hem toe gaat, zegt dat je Gordejev bent en hem de groeten van mij doet. Doe het maar vlug, het levert vast wel iets op.'

En het hád iets opgeleverd. Maar vandaag was Victor Gordejev op weg naar Goloebovitsj met een probleem dat even subtiel en moeilijk te vatten was als een lichtvlek op het water. Als hij van Goloebovitsj geen antwoord op die vraag zou krijgen, dacht Gordejev, zou hij het nergens krijgen. Goloebovitsj was een onschatbare bron van informatie, maar de bronnen waaruit hij putte, waren heel specifiek. Ooit, jaren geleden, had Goloebovitsj hem eens gevraagd: 'Komen er weleens oude kennissen van je op bezoek met een fles cognac, als ze terug zijn uit het strafkamp?'

'Dat gebeurt weleens, ja,' had Bolletje glimlachend geantwoord.

'Ik wist het! Als dat niet zo was, zat je nou geen thee bij me te drinken. Want als het niet zo was, was je geen goede rechercheur en zou ik niets met je te bespreken hebben. Nu ze wel komen, weet ik dat ik er goed aan heb gedaan je het vak te leren en je een beetje levenswijsheid bij te brengen. Bij mij komen ze ook. Alleen werk ik al veel langer bij de politie dan jij, dus heb ik meer mensen achter de tralies laten belanden. Daarom komen ze bij mij vaker. Maar dat is zolang het duurt. Als ik straks met pensioen ben, heeft niemand me meer nodig. En dan ben jij een oude rot, dus dan komen ze vaker bij jou dan bij mij.'

Maar Goloebovitsj had zich vergist. Of hij nu de mensen te laag aansloeg of dat hij zelf werkelijk een heel bijzonder mens was, feit is dat ook na zijn pensioen zijn oude klanten hem bleven opzoeken.

Stepan Goloebovitsj deed open, bijna nog voor Gordejev de

bel had aangeraakt. De kolonel voelde even een steek in zijn hart. Hij begreep hoeveel heimwee de oude man had naar zijn vroegere beroep, hoe hij wachtte tot iemand naar hem toe zou komen, hoe blij hij was met iedere gast. Zelfs wanneer die niet kwam uit onbaatzuchtige hartelijkheid maar omdat hij iets van hem nodig had.

'Je laat er geen gras over groeien,' zei Goloebovitsj met een ironisch lachje. 'En probeer me niet wijs te maken dat je geen informatie nodig hebt. Ik ben niet lichtgeraakt. Misschien vind ik het zelfs wel leuk als mensen met zakelijke bedoelingen op bezoek komen. Dat betekent dat mensen me nog nodig hebben, dat ik nog iemand tot nut ben. Zodra ze alleen nog maar langskomen uit medelijden of goedheid, heb ik niets meer om voor te leven. Dan ben ik alleen maar tot last.'

Goloebovitsj kwam met de theepot uit de keuken, vervulde omstandig het hele ritueel, liet de thee trekken en schonk in.

'Goed, Victor, voor de draad ermee. Laat een oude man niet wachten.' Hij maakte zorgvuldig de verpakking van zijn reep open, beet er een stukje af en luisterde.

'Kunt u me iets meer vertellen over huurmoordenaars? Niet die spierbundels van tegenwoordig met hun pistolen en ander oorlogstuig, maar die anderen. De echte...'

'Tja, weet je...' Goloebovitsj kauwde nadenkend met zijn ingevallen mond. 'Daar weet ik eigenlijk niet veel van. Dat is ook niet zo verwonderlijk. Want als we wel veel van ze wisten, waren ze er niet. Ze zijn allemaal gespecialiseerd in ongelukken. Of ze zorgen dat het niet te onderscheiden is van een natuurlijke dood, bijvoorbeeld als het slachtoffer al jaren de een of andere kwaal heeft. Ze werken het zo netjes af dat er zelden of nooit een strafrechtelijk onderzoek van komt. En daarom zoekt niemand ze. En kent niemand hun echte namen. Alleen bijnamen.'

'Denkt u dat het er veel zijn?'

De oude man maakte een expressief handgebaar. 'Ze zijn op de vingers van twee handen te tellen, in het hele land. Het zijn vakmensen van zéér grote klasse. Voor zover ik weet, is er een

in Rostov aan de Don, bijgenaamd "de Boerjaat". En helemaal in het Verre Oosten, in Vladivostok of Chabarovsk, zit "de Chirurg". Dan heb je nog "Cardin", hier in Moskou. En "Black" in Sotsji. Verder zou ik niemand weten. Er zullen er nog wel een paar zijn, maar met elkaar zeker niet meer dan tien.'
'Kunt u een soort profielschets geven? Zijn ze veelzijdig?'
'Dat verschilt. De Boerjaat bijvoorbeeld houdt van techniek. Auto-ongelukken zijn zijn stokpaardje. De Chirurg houdt van stranden en badplaatsen. Hem halen ze erbij als ze een verdrinkingsgeval nodig hebben. Een ervaren duiker, zeggen ze. "De Galliër" daarentegen is juist geen natuurliefhebber. Hij werkt haast alleen in gebouwen en woonhuizen. "De Italiaan" schijnt zich met voedselvergiftiging bezig te houden. Cardin en die Black uit Sotsji zijn universeel. Ze handelen al naar gelang de situatie. Daarom zijn zij ook het duurst.'
'Wat denkt u, wie zou elektrocutie als doodsoorzaak kunnen simuleren?'
'Praktisch allemaal, behalve misschien de Chirurg. Dat ze zich ergens in specialiseren, betekent natuurlijk niet dat ze uitsluitend op die manier te werk gaan. Ze doen het meestal zo, maar ook weer niet altijd. Daar komt bij dat ik ze niet allemaal heb opgenoemd. Ik weet natuurlijk meer dan jij, beste Victor, maar ik ben niet God die alles doorgrondt en kent. Mijn inlichtingen kunnen best onnauwkeurig en onvolledig zijn. Laten we zeggen dat ze goed genoeg zijn voor een algemene oriëntatie.'
'Ik begrijp het. Mag ik u heel hartelijk bedanken?' Gordejev zag dat deze woorden de wangen van de oude Goloebovitsj even deden verkrampen. 'Hartelijk dank.' Dat betekende dat de visite afgelopen was. Hij zou weer alleen blijven. Gordejev wierp een steelse blik op zijn horloge en glimlachte schuldig.
'Laten we nog een warm potje thee zetten. Deze is koud.'
'Natuurlijk, natuurlijk,' reageerde de oude man verheugd en liep naar de keuken.
Gordejev bedacht bedroefd hoeveel van deze bejaarden er moesten zijn op de wereld. Bejaarden die tientallen en honder-

den rechercheurs hebben gevormd en opgeleid. Bejaarden die beschikken over een uniek arsenaal aan kennis en ervaring. Ze worden nog altijd bezocht door de vroegere criminelen die ze ooit humaan hebben behandeld, die ze ooit weer op het rechte pad hebben gekregen, die ze hebben geholpen hun gezin te behouden. Maar degenen die hun plaats hebben ingenomen in de werkkamers van de politiebureaus bezoeken hen niet, om deze of gene reden. Heeft niemand dan meer iets aan hun adviezen? Het is pijnlijk. Het is onrechtvaardig.

Vanuit zijn luie stoel keek Alexander Pavlov met flauwe belangstelling naar de intriges die zich afspeelden in de riante villa van de knappe Antonio. De weerzinwekkende Max spande op vuige wijze samen tegen zijn eigen broer, Raquel leed, en haar familieleden haalden de stomste streken uit...
Pavlovs echtgenote leefde oprecht mee met de helden. Net als de meeste van haar landgenoten was ze verslingerd aan in het Russisch nagesynchroniseerde Latijns-Amerikaanse soapseries. Toen op het spannendste moment de aflevering eindigde, gaf ze van ergernis een klapje op de tafel. 'Moeten we weer wachten tot morgen! Hoe denk jij dat het afloopt?'
'Doe me een lol!' zei Pavlov. 'Je neemt die flauwekul toch niet serieus?'
'Het is geen flauwekul, lieverd. Er schuilt heel veel waarheid in deze serie.'
'Straks beweer je ook nog dat je allerlei wijsheden opsteekt van die snotteraars uit *Rijken huilen ook*.'
'Dat beweer ik zeker. Je snapt er niets van.' Mevrouw Pavlova begon zich op te winden. 'Natuurlijk is het geen hoogstaande kunst. Dat beweert toch ook niemand. Maar juist van zulke series leren mensen hoe ze om moeten gaan met moeilijke morele en ethische situaties. Je leert er eenvoudige waarheden van. Bijvoorbeeld dat je degene van wie je houdt niet moet beschouwen als dommer of slechter dan jezelf.'
'Interessant. Vertel verder.'
'Je hoeft niet zo ironisch te doen. Waarom heeft Raquel het

zo moeilijk? Ze durft Antonio de waarheid niet te vertellen omdat ze denkt dat hij haar toch niet begrijpt. En precies hetzelfde geldt voor Marianna. Die verbergt ook de waarheid voor haar man, niet omdat die waarheid haar eer zal bezoedelen, maar omdat Luis Alberto dan een verkeerd beeld van haar krijgt. Beide vrouwen zijn zo verstandig en scherpzinnig dat ze al bij voorbaat weten wie er wat van hen zal denken, hoewel ze zelf in een soortgelijke situatie iets heel anders zouden denken. Dus bij zichzelf veronderstellen ze meer goedheid en edelmoedigheid dan bij hun man. En dat is niet goed. En beide series leggen ons uit dat dat niet goed is. Je moet mensen beoordelen naar je eigen maatstaven en ze niet Joost-weet-wat voor beweegredenen toedichten. Er staat niet voor niets in de Schrift: "Met de maat waarmede gij meet, zal u gemeten worden." '

'Ja, en over smaak valt niet te twisten. Als we het toch over levenswijsheden hebben,' zei Pavlov. Hij rekte zich uit.

'Waar slaat dat nou weer op?' zei mevrouw Pavlova boos.

'Ik wil alleen maar zeggen dat je iemand voor wie je respect hebt, niet als dommer dan jezelf moet beschouwen. Snap je dat nou echt niet?'

'Ja hoor, ik snap het best,' zei Pavlov sussend. 'Ik laat nog even de hond uit voordat het journaal begint.'

Pavlov deed zijn witte bulterriër met rode ogen aan de riem en ging naar buiten. Langzaam wandelde hij in de koele avondschemer door het plantsoen achter zijn flat. Hij gaf zich over aan kalme bespiegelingen en hoorde niet meteen de snelle voetstappen achter zich.

'Kolonel!'

Verbaasd herkende Pavlov de stem van Larisa Lebedeva.

'Wat doe jij hier, Larisa? Waar kom je vandaan?'

'Ik zocht u,' lachte Larisa. 'Ik heb zojuist bij u aangebeld en uw vrouw zei dat u net even de hond uitliet. Ik wilde u alleen even komen bedanken vanwege Roednik. En zoals gebruikelijk bij zakelijk denkende mensen, heb ik mijn dankbaarheid in iets tastbaars omgezet.' Ze haalde een in slijterspapier gewikkelde fles uit haar tas.

'Maar Larisa, dat had je niet moeten doen,' protesteerde Pavlov. 'Echt niet. Ik voel me gewoon bezwaard.'
'Jawel, kolonel, jawel. Neemt u me niet kwalijk dat ik u buiten werktijd lastig val, maar zo is het beter.'
Iets in haar stem maakte dat Pavlov op zijn hoede was. Een angstig voorgevoel bezorgde hem een steek in zijn zij. Hij pakte zwijgend de fles aan.
'Ik heb nog een cadeautje voor u,' vervolgde Larisa. 'Het zit in deze envelop. Kijkt u er eens naar als u tijd heeft, misschien vindt u het interessant. Misschien ook niet. Maar mocht de inhoud van de envelop u wel interesseren, dan zouden we morgen samen kunnen eten. Ik bel u nog, dan kunt u me antwoord geven. Hoe laat kan ik bellen?'
'Vijf uur,' zei Pavlov. Hij was even van zijn stuk gebracht maar herstelde zich onmiddellijk. 'Of nee, dan ben ik misschien niet op mijn kamer. Doe maar halfzes.'
'Afgesproken, kolonel,' zei Larisa opgewekt. 'Ik bel morgenmiddag om halfzes. Welterusten.'
Ze vertrok even haastig als ze was gekomen. Pavlov hoorde een autoportier dichtslaan en een motor starten. Toen hij wat van zijn verbazing was bekomen, bedacht Pavlov dat hij Larisa Lebedeva zijn adres niet had gegeven. Hoe had ze hem gevonden? En ze had bij hem thuis aangebeld. Brutaal als de beul! Nu moest hij zich rechtvaardigen tegenover zijn vrouw. Wat zou er in die envelop zitten? Hij wilde hem openmaken, maar het was inmiddels zo donker geworden dat hij niets zou kunnen zien. Hij moest geduld hebben tot hij thuis was.
Tot Pavlovs verbazing repte zijn vrouw met geen woord over Larisa.
'Is er nog voor me gebeld?' vroeg hij voorzichtig.
'Nee, hoezo?' antwoordde zijn vrouw rustig. 'Verwacht je een telefoontje?'
Vreemd, dacht Alexander Pavlov. Hij liep de kamer in, zette zijn bril op en opende de envelop. Eerst begreep hij niet wat voor papieren het waren. Hij zag alleen dat het slecht papier was, dat de tekst moeilijk leesbaar was en dat in de kantlijnen

aantekeningen met zwarte balpen waren aangebracht. Er waren vier bladen. Bij drie stond bovenaan een paginanummer: 24, 97 en 153. Het vierde was ongenummerd. Het was de titelpagina van de monografie *Criminologie. Corruptie. Macht*. De auteur was Irina Filatova. Er restte twintig uur totdat Larisa Lebedeva zou bellen.

9

In die twintig uren probeerde Alexander Pavlov de situatie zo objectief mogelijk in te schatten. Er waren twee mogelijkheden. Larisa Lebedeva werkte op de Petrovka, en ze verdachten en provoceerden hem. Of ze was een ordinaire chanteuse. Hoe was ze aan het manuscript gekomen? Vermoedelijk had de persoon die was ingehuurd om Irina Filatova's kamer te doorzoeken vier exemplaren gevonden, er drie afgegeven en eentje gehouden om hem, Pavlov, af te kunnen persen. Dan was het geen ramp. Hij zou het manuscript kopen en een punt achter de zaak zetten. De verkoper kende de werkelijke waarde ervan niet. Als Larisa het exemplaar op een andere manier had verkregen en niet voor die figuur maar voor zichzelf werkte, lag de situatie ingewikkelder. Dan had ze het proefschrift ook gelezen en was zij de derde die het goed kende, na hemzelf en Irina Filatova. Wie weet wat voor conclusie ze had getrokken. Hoewel het mens eigenlijk geen bijzondere conclusies kon trekken als ze niet op de Petrovka werkte. Hij kon haar altijd wijsmaken dat Irina zijn maîtresse was geweest, dat hij haar wilde helpen en dat hij haar toestemming had gegeven zijn proefschrift te gebruiken. Waarom zou hij zijn geliefde niet aan een publicatie helpen? Proefschriften leest toch geen mens. En was het zijn schuld dat ze misbruik van zijn grootmoedigheid had gemaakt en alles letterlijk had overgepend? Het was natuurlijk plagiaat, maar van de doden niets dan goeds. Het probleem lag dus eenvoudig. Hij moest uitzoeken of Larisa Lebedeva bij het onderzoek naar de moord betrokken was. Zo niet, dan was ze on-

gevaarlijk en zou hij haar geen cent betalen. Zo ja, dan moest hij verder nadenken.
 Pavlov had zijn mannetje op de Petrovka. Die vroeg hij na te gaan wie Larisa Lebedeva was, een journaliste, ongeveer vijfendertig jaar, getrouwd met een medewerker van Buitenlandse Zaken, geboren in Azerbeidzjan. Een uur later belde zijn mannetje terug. Larisa Lebedeva's bij de vleet, maar niet een met de juiste biografische bijzonderheden. Of de leeftijd klopte niet, of het beroep of de geboorteplaats. De eerste etappe van het onderzoek was afgelegd. Nu maakte Pavlov zich op voor een tamelijk sluwe manoeuvre. Hij zou bij de gemeentepolitie langsgaan, zogenaamd om eens bij Gordejev te informeren hoe het ervoor stond met het zoeken van de moordenaar. Terloops zou hij dan vragen uit te zoeken wie Larisa Lebedeva was. Werkte die inderdaad voor hen, dan zou Gordejev ongetwijfeld beweren dat Lebedeva bestond en hem woordelijk hetzelfde wijsmaken als zijzelf had gedaan. Alexander Pavlov was ingenomen met zijn vondst. Lukte het, dan sloeg hij twee vliegen in één klap. Hij zou te weten komen wie de chanteuse was en bovendien zou hij, als zij in contact stond met Gordejev, laten merken dat hij helemaal niet bang voor haar was. Hij had niets te verbergen, eventuele verdenkingen aan zijn adres misten iedere grond. Hij wendde zich immers gewoon tot Gordejev met zijn problemen!
 Hoewel Pavlov Gordejev had gebeld om zijn komst aan te kondigen, bleek deze afwezig. Pavlov voelde nog eens aan de afgesloten deur van Gordejevs kamer en liep weifelend naar een raam. Hij vroeg zich af of hij moest wachten tot Gordejev terugkwam of dat hij het wat later nog eens zou proberen. Veel zin om het bezoek uit te stellen had hij niet. Het was al bijna twaalf uur en om halfzes zou Larisa bellen. Dan moest hij zich voorbereid hebben op zijn gesprek met haar. Toen hij haastige stappen in de gang hoorde, draaide hij zich om en zag Igor Lesnikov.
 'Komt u voor kolonel Gordejev? Die is bij de generaal geroepen. Schikt het u om over twee uur terug te komen?' zei

Igor, nog voor hij Pavlov had bereikt. Twee uur! Dat kwam Pavlov helemaal niet uit. Vastbesloten liep hij de ander tegemoet en strekte zelfverzekerd zijn hand uit ter begroeting. 'Kolonel Pavlov, staf Binnenlandse Zaken,' stelde hij zich voor.

'Kapitein Lesnikov, afdeling zware criminaliteit,' zei Igor glimlachend en drukte stevig de toegestoken hand. 'Kan ik u ergens mee van dienst zijn?'

'Ik denk het wel, ja.'

'Komt u dan even mee naar mijn kamer.' Igor nam Pavlov mee door de gang, deed zijn deur open en liet zijn gast beleefd voorgaan.

'Wat is er aan de hand, kameraad kolonel?'

'Ziet u, kapitein, ik ben zeer geïnteresseerd in een zekere vrouw...' Pavlov aarzelde heel even. 'Een knappe vrouw, maar ze gedraagt zich wat eigenaardig. Ze was op een informatiebijeenkomst op het ministerie en heeft me daarna geïnterviewd over het corruptieprobleem. Maar er is iets aan haar dat mij een beetje achterdochtig maakt. Kortom...'

'Ik begrijp het, kolonel Pavlov. Wilt u dat ik haar natrek via het centraal adresbureau? Gebeurt meteen. Zegt u het maar.'

Pavlov somde alles op wat hij wist over Larisa Lebedeva.

'Wat is haar vadersnaam?'

'Die weet ik niet,' zei Pavlov met een verontschuldigend gebaar.

Igor Lesnikov koos een nummer en informeerde langdurig, al aantekeningen makend. Hij preciseerde een paar dingen, vroeg alles nog eens te verifiëren, legde ten slotte de hoorn neer en zei spijtig: 'Ik moet u helaas teleurstellen, kameraad kolonel. Of u hebt iets verkeerd begrepen, of ze heeft u voorgelogen. Uw Larisa Lebedeva woont niet in Moskou.'

'Net wat ik dacht,' verzuchtte Pavlov opgelucht. 'Heel hartelijk dank. Ik zal u niet langer ophouden. Kapitein, wilt u tegen Gordejev zeggen dat ik geweest ben, maar niet op hem kon wachten?'

'Dat zal ik doen. Tot ziens.'

Igor Lesnikov bleef net zolang voor het raam staan tot hij Pavlov over de binnenplaats van het gebouw zag lopen. Toen hij zich ervan vergewist had dat deze het wachthuisje gepasseerd was en naar zijn auto liep, pakte Igor de hoorn en belde via de interne lijn.
'Alles in orde, kolonel. Hij is weg.'
'Netjes gedaan,' antwoordde Gordejev.

Om 17.30 uur precies rinkelde bij kolonel Alexander Pavlov, hoofddeskundige bij de staf van het ministerie van binnenlandse zaken, de telefoon. Zonder zich te haasten nam hij op en begroette Larisa Lebedeva vriendelijk. Hij vermeed angstvallig het onderwerp van hun wederzijdse belangstelling ter sprake te brengen en stelde voor te gaan eten in het rustige restaurant Tadzjikistan, vlak bij het metrostation Vojkovstraat. Zo tevreden als de chanteuse Larisa Lebedeva was over de toon van het gesprek en het resultaat ervan, zo ontevreden was majoor van politie Anastasia Pavlovna Kamenskaja. Zij wist dat vlak bij het metrostation de academie van Binnenlandse Zaken stond, en dat zich in het gebouw enige bureaus van het onderzoeks- en opleidingsinstituut bevonden, waaronder ook de afdeling waar Irina Filatova gewerkt had. Pavlov had kennelijk geprobeerd haar te provoceren: zou ze laten merken dat ze bang was herkend te worden door een van de medewerkers? Het was immers onvermijdelijk dat die zich omstreeks de afgesproken tijd uit hun werk richting metro zouden begeven en daarbij langs restaurant Tadzjikistan zouden komen. Dit deed vermoeden dat het door Gordejev en Igor Lesnikov gesmede krijgsplan Pavlov niet honderd procent had overtuigd. Op dit moment was Nastja haar meerdere dankbaar dat hij haar verboden had zelf Irina's collega's op het instituut te gaan ondervragen. Overigens zouden ze Larisa Lebedeva toch niet hebben herkend.

Het zakendiner duurde al een uur, maar de onderhandelaars hadden het punt waar het om draaide nog steeds niet ter sprake gebracht. Beiden wachtten tot de tegenstander de eerste kaart op tafel zou gooien. Welke kaart zou dat zijn? Welke bedoeling lag erachter.' Pavlov schiep een boosaardig genoegen in het vooruitzicht dat hij deze leugenaarster zou ontmaskeren, met haar praatjes over een Turkstalige jeugd en haar valse documenten. Nastja had dit voorzien bij het plannen van hun gesprek. De door Volodja Lartsev opgestelde psychologische karakteristiek stelde haar in staat uit te gaan van de volgende observatie: 'Probeert in de regel niet vooruit te denken. Weet zeker dat hij de slag binnenhaalt als hij één troefkaart in handen heeft. Ontdekt hij dat het helemaal geen troef is, dan raakt hij de draad kwijt en duurt het lang voor hij weer heeft bedacht wat de sterkste voortzetting is. Geen zelfkritiek.'

Aan een belendend tafeltje zaten een paar mannen met een uitgesproken Scandinavisch uiterlijk te praten. Een van hen, een knappe, flegmatiek uitziende blonde man, wierp telkens een korte blik op Larisa. Dit ontsnapte niet aan de verscherpte aandacht van Pavlov.

'Die Zweed aan het tafeltje hiernaast kijkt naar je als een kat naar de melk,' zei hij spottend.

'Deen,' verbeterde ze machinaal.

'Hoe weet je dat?'

'Hij praat Deens.'

'Versta jij Deens?' vroeg Pavlov, oprecht verbaasd.

'Jazeker. Wat ik niet allemaal ken en weet, kolonel...' Zo, daar lag de eerste kaart.

Op dat moment realiseerde Pavlov zich opeens wat hem vanaf het begin van hun ontmoeting van vandaag zo verontrust had. 'Larisa, waar is je accent gebleven?'

'Hè hè, eindelijk,' lachte ze. 'Ik dacht al, hij heeft weinig opmerkingsgave of hij is heel geduldig. Dat accent heb ik in de kast gelegd tot de volgende keer. Ik heb het nu even niet nodig...'

'Wil je beweren dat...'

'Zeker. Goedkoop trucje, maar u trapte erin. En met u uw goede vriend Boris Roednik. Wat hij me allemaal verteld heeft, gaat mij een hoop geld opleveren. Dus hartelijk dank.'

'En dat je met je man in het Verre Oosten hebt gewoond?

Heb je dat ook verzonnen?'
'Natuurlijk.'
'En je Turkse moeder?'
'Kolonel,' legde Larisa Lebedeva geduldig uit, 'ik zou niets van u gedaan hebben gekregen als ik de waarheid over mezelf had verteld. Dat begrijpt u toch hopelijk wel?'
Het leven is bizar, dacht Nastja bij zichzelf. De afgelopen vijf minuten heb ik niet een keer gelogen. En tegelijkertijd lieg ik dat ik barst. Snap jij het, snap ik het?
'Mag ik je papieren zien?'
'Nee,' antwoordde Larisa rustig en keek Pavlov recht in de ogen.
'Dat begrijp ik.'
Pavlov leegde met één teug zijn glas cognac en strekte zijn hand uit naar zijn sigaretten. Haar uitvragen had geen zin, begreep hij. De ontmaskeringsscène was volkomen in duigen gevallen. Larisa Lebedeva was op de informatiebijeenkomst geweest, dus ze moest een of ander document hebben. De keren daarna had hij haar zelf opgewacht bij de ingang van het ministerie en haar langs de wachtpost geloodst.
'Mag ik dan tenminste je echte voornaam weten? Heet je wel echt Larisa? Naar je achternaam vraag ik niet eens, maar ik moet je toch ergens mee aanspreken.'
'Wat heeft al dat gevraag voor zin, kolonel? Bent u soms van plan met me te trouwen?'
'Ik kan geen serieus gesprek voeren met iemand van wie ik niets weet,' drong Pavlov aan.
'U zult wel moeten. Ik begrijp dat u toch besloten heeft te praten? Dat doet me genoegen. Om te zorgen dat ons gesprek werkelijk ergens over gaat, wil ik vooraf een paar dingen uitleggen. U heeft geen bezwaar?'
'Ga je gang.'
'Beste kolonel Pavlov, ik vat mijn activiteiten zeer serieus op. En ik zou u willen vragen mij geen chanteuse te noemen, zelfs niet in gedachten. Ik verwerf informatie, analyseer die en verkoop het resultaat van mijn analyse. Iedere operatie bereid ik

nauwkeurig en scrupuleus voor. Bovendien gedraag ik me op de juiste manier. Daarom vloeit uit mijn, laten we zeggen, transacties, nooit een aangifte bij de politie voort. Dus laat u de hoop mij bang te maken maar meteen varen. Gezien het feit dat we hier zitten te dineren, bent u geïnteresseerd in mijn voorstel. Om onnodige vragen van uw kant te voorkomen, zeg ik het maar meteen: de tekst verkoop ik afzonderlijk van de informatie. Misschien heeft u alleen het manuscript nodig? Dat kost honderdduizend roebel. Het is ook mogelijk dat u het manuscript niet hoeft te hebben, maar dat u wilt weten hoe het in mijn bezit is gekomen en wie daarvan op de hoogte zijn. Dat komt op vijftigduizend. Beide samen wordt honderdveertigduizend. U krijgt dus korting. Nu hoor ik graag wat u te zeggen heeft.'

'Ik moet bekennen dat ik niet was voorbereid op zoveel rechtlijnigheid. Wat geeft u het idee dat ik zal betalen? Waarom die zekerheid dat ik bang voor u ben?'

Inderdaad, waar haal ik het vandaan, dacht Nastja. Pure veronderstellingen, niet weerlegd maar ook niet bevestigd. Verdomme, ik heb me toch niet vergist? Maar nee, zelfs als hij part noch deel aan de moord heeft, blijft het een duistere geschiedenis met dat proefschrift.

Terwijl twijfel knaagde aan Nastja Kamenskaja, sprak Larisa Lebedeva: 'U hoeft voor mij ook niet bang te zijn, dat past helemaal niet in mijn plannen. Ik houd niet van geïntimideerde mensen. Ik heb graag te maken met gelijkwaardige partners, niet met slachtoffers. U betaalt mij niet? Ook goed, ik vind wel een andere koper. Begrijpt u voor eens en altijd: ik zet u niet onder druk en ik eis niets van u. Ik bied u koopwaar aan. Als die u niet interesseert, waarom zit u dan hier?'

'Jij interesseert me, Larisa, en ik heb eenvoudig de gelegenheid aangegrepen je te zien. Is dat niet bij je opgekomen?'

'Nee. U was zo grif bereid mij naar Boris Roednik toe te sturen, dat kan alleen maar betekenen dat u tot een bepaalde slotsom over mij was gekomen. De aard van uw conclusies sluit uit dat u persoonlijk in mij geïnteresseerd bent. U bent een ho-

ge ambtenaar op het ministerie van binnenlandse zaken, ik een gecamoufleerde buitenlandse die politieke informatie verzamelt. Zo lichtzinnig kunt u niet zijn. Gaat u mij nu alstublieft niet vertellen dat u als een blok gevallen bent voor mijn fatale charmes. Dus waarom bent u hier?'
'Uit nieuwsgierigheid. Ik heb nooit een dergelijke situatie bij de hand gehad.'
'U wilde experimenteren?'
'Bijvoorbeeld.'
'Prima. Dan stapt u nu naar de bedrijfsleider, u maakt zich bekend als kolonel van politie, laat een surveillanceauto oproepen en draagt de chanteuse aan hen over. Wat let u? Ik neem u niets kwalijk. Doet u dat, dan weet ik dat er een fout in mijn analyse zit en dat u onschuldig bent als een pasgeboren kind. Het is mijn fout en ik draag de gevolgen. Vergeet alleen niet dat ik niets te vrezen heb. Als u tegen ze zegt dat ik u chanteer, vecht ik terug met uw eigen wapens. Ik vertel hun dat ik smoorverliefd op u ben en een aanleiding heb verzonnen om u te zien. U hebt mijn papieren niet gezien, maar ik verzeker u dat er niets mis mee is. Ik moet mee naar het bureau, daar krijg ik een standje, en dan laten ze me weer gaan. Goed, ik beleef een paar onaangename ogenblikken, maar dat is dan de straf voor de fout in mijn analyse. Een beroepsrisico.'
Allemachtig, wat heb ik vreselijk gelijk. Wat ben ik afschuwelijk eerlijk, vooral over die fout in mijn analyse. En over dat beroepsrisico. Krankzinnige situatie.
'En vergeet niet, kolonel, dat ze u gegarandeerd vragen wie ik ben. Stel dat er toch iets helemaal fout zit met mijn papieren? Wat zullen de gewone politiemensen wel niet van u denken? Kolonel Alexander Pavlov, wetenschappelijk stafmedewerker en topambtenaar van het ministerie van binnenlandse zaken van de USSR, maakt afspraakjes met onbekenden. En wie weet, misschien sta ik wel ergens geregistreerd als prostituee of verslaafde. Bent u daar niet bang voor? Geen lekkere toestand, kolonel! Ze zullen u ook zeker vragen waarmee ik u eigenlijk chanteerde. Dus ik ben niet de enige die een paar onaangena-

me ogenblikken tegemoet gaat.'
 Pavlov zweeg, starend naar zijn smeulende sigarettenpeuk. Hij kon niet anders dan toegeven dat ze gelijk had. Hij moest een besluit nemen, maar daarvoor moest hij eerst uitzoeken hoeveel ze precies wist. Betalen? En dan? Aan die honderdveertigduizend kwam hij wel, maar wie garandeerde dat alles daarmee voorbij was? Betaal nooit een chanteur, dat was niet voor niets een gulden regel. Toonde je eenmaal zwakte en betaalde je, dan hing je je voor jaren een molensteen om de nek. Niet betalen? Wist hij maar aan wie ze het manuscript zou laten zien als hij weigerde het te kopen. Hij kon alleen de informatie kopen en op grond daarvan bepalen hoe diep hij erin zat. Maar als ze hem bedroog? Hoe verifieerde hij wat ze vertelde?
 'Ik kan je niet op je woord geloven,' zei Pavlov toonloos. 'Ik heb garanties nodig. Ten eerste moet ik er zeker van zijn dat je het laatste en enige exemplaar bezit van het manuscript. Dat je geen kopieën hebt staan maken en me in de toekomst geld blijft afpersen. Ten tweede moet ik er, als ik je betaal voor het verhaal hoe je aan het manuscript bent gekomen, zeker van zijn dat je me de waarheid vertelt. En ten derde wil ik de garantie dat je die waarheid alleen aan mij vertelt.'
 'U vraagt nogal wat, kolonel,' glimlachte Larisa Lebedeva. 'Ik zal de punten een voor een beantwoorden. U heeft de bladzijden van het manuscript gezien en u heeft zich ervan kunnen overtuigen hoe bleek het exemplaar is. Daar maak je geen leesbare kopie meer van, zelfs niet op het beste kopieerapparaat. En wat die garanties over mijn eerlijkheid betreft, doe ik een beroep op uw gezond verstand. Ik zei al dat ik weet hoe ik me moet gedragen. Als ik mijn contra-agenten zou bedriegen, als ik me niet zou houden aan transactievoorwaarden, zat ik allang in de gevangenis of in het hiernamaals. Maar ik leef nog en loop vrij rond. Is dat genoeg?'
 'Ik weet het niet.' Pavlov zuchtte. 'Ik ben niet gewend over dit soort onderwerpen te praten. Ik moet erover nadenken.'
 'Denkt u erover na,' ging Larisa soepel akkoord. 'Hoeveel tijd heeft u nodig? Eén dag? Twee?'

'Vijf,' zei Pavlov, 'of nog liever een week. Want als ik besluit tot deze eh... transactie, moet ik ook het financiële vraagstuk oplossen.'
'Ik zal u tegemoet komen. U krijgt uw week. Maar dat is het maximum dat ik kan bieden. Of u betaalt, of ik verkoop aan een ander.'
'Aan wie?' liet hij zich ontvallen.
'Schalk,' schaterde Larisa, oprecht geamuseerd. 'Als ik dat vertel, heeft u meteen de helft van de informatie die ik taxeer op vijftigduizend roebel, als het niet alles is. Denkt u dat u die voor niets krijgt? Weet u,' voegde ze er ernstig aan toe, 'ik denk dat wij een goed team zouden vormen. We zijn aan elkaar gewaagd. Best mogelijk dat ik u, als onze onderhandelingen afgerond zijn, nóg een zakelijk voorstel doe. Een voorstel om samen te werken.'
'Hoe durf je!' Pavlov hapte naar adem van verontwaardiging.
'Het hoeft niet, kolonel,' zei Larisa vriendelijk en legde haar hand op de zijne. 'Ik heb toch gewaarschuwd dat ik mijn werk heel serieus opvat? Ik bluf niet. Nooit. Ik zeg niet zomaar dat wij aan elkaar gewaagd zijn. En over het niveau van mijn professionaliteit kunt u oordelen op grond van de episode met Boris Roednik.'
Pavlov trok met een ruk zijn hand terug. 'Hoe vind ik je?'
'Ik bel u over een week.'
'En als ik eerder besluit?'
'Goed, ik bel over drie dagen. Ik kan ook elke dag bellen, als u dat wilt. Mijn telefoonnummer krijgt u niet, ook al gaat u op uw kop staan. En doe geen moeite me te vangen met een nummerverklikker. Ik bel alleen uit telefooncellen.'
Larisa sprak nog steeds vriendelijk. Haar stem was laag en wat vleierig, haar glimlach warm en zelfs teder. Maar voor Pavlov voelde het alsof een ijskoude ijzeren hand zijn keel omklemde.

De week kroop voorbij, waarschijnlijk de moeilijkste week in het leven van Nastja Kamenskaja: in andermans woning, zonder de mogelijkheid haar vertrouwde leventje te leiden, verteerd door ongerustheid en onzekerheid, doodsbang wanneer ze de straat op moest. Gordejev en zij hadden een plan opgezet, dat erin moest resulteren dat de moordenaar opdook in de omgeving van Larisa Lebedeva of haar woning. Van de plaats van het delict had Oleg Zoebov van de technische recherche enige sporen meegenomen waar ze niets aan hadden bij het zoeken naar de moordenaar, maar die wel zouden volstaan om hem te identificeren. Als ze deze huurmoordenaar arresteerden, zouden ze dankzij Zoebovs sporen met zekerheid kunnen vaststellen of dezelfde man in Irina Filatova's woning was geweest toen zij stierf. Ondanks de aanhouding van Dima Zacharov bij Irina's lijk had de sombere, zwijgzame en onwaarschijnlijk koppige Zoebov geweigerd toe te geven aan suggesties en pogingen hem te overreden. Op de warme theeketel had hij op de enig juiste manier gereageerd. Als het slachtoffer hier was opgewacht, moest men proberen sporen te vinden van dat wachten. De bovenraampjes in de woning stonden wijd open, maar er was heel weinig tijd verstreken sinds het moment dat de moordenaar de woning verlaten had. Zoebov had met een geoefende blik de kamers in ogenschouw genomen. Uit jarenlange ervaring wist hij dat, als er al iets was, dat waarschijnlijk geuren en microscopisch kleine huid- en haardeeltjes waren op het bovenste gedeelte van de rugleuning van de leunstoel, in de zachte, grof geweven bekledingsstof. Hij vond deeltjes die niet afkomstig waren van Irina of haar vader. Het was onmogelijk met deze sporen de dader te vinden temidden van de miljoenenbevolking van het land. Maar hadden ze een concrete verdachte in handen... En juist die verdachte probeerde Gordejev te lokken met zijn levend aas Larisa Lebedeva.

Ze speculeerden erop dat Pavlov gebruik moest maken van dezelfde man die Irina Filatova had vermoord. Wilde hun calculatie juist blijken, dan moest er een reeks voorwaarden geconstrueerd worden. Pavlov moest werkelijk bang zijn voor Larisa Lebedeva, maar mocht zich tot niemand wenden met het verzoek hem in contact te brengen met een huurmoordenaar.

Hij moest het contact gebruiken dat hij al had. Pavlov had zich weten te verzekeren van de diensten van een eersteklas huurmoordenaar. Dit betekende dat zich in zijn directe kennissenkring een vertegenwoordiger van de criminele elite bevond, of misschien wel meer dan een. Iemand die hem dit contact had bezorgd. Dat kon degene zijn voor wie Pavlov zo panisch was dat hij zich genoodzaakt had gezien Irina uit de weg te ruimen. Het kon ook iemand anders zijn. De kansen lagen fifty-fifty. Ging het om twee verschillende mensen, dan was er nauwelijks hoop dat Pavlov zich tot dezelfde moordenaar zou wenden. Hij zou gewoon een ander contact opscharrelen, dat was een in alle opzichten zinnige handelwijze. Maar als het toch een en dezelfde persoon betrof, moest Pavlov bang zijn om bij hem aan te kloppen, omdat hij dan bepaalde zonden zou moeten opbiechten. In dat geval was er een reële mogelijkheid dat ze de moordenaar van Irina Filatova konden opsporen. Het was alles of niets.

Zo zag de opgave eruit waarvoor ze zich gesteld zagen, de medewerkers van de afdeling zware criminaliteit gericht tegen de persoon. Maar Bolletje Gordejev stond een veel subtieler en uitgekiender spel voor ogen. Daar had hij Nastja voor nodig, met wie hij, vanaf het moment dat ze restaurant Tadzjikistan had verlaten, alleen telefonisch contact kon onderhouden.

'Anastasia, ik dicteer je iets, maar je mag niets opschrijven. De Chirurg, de Boerjaat, de Galliër, de Italiaan, Cardin, Black. Heb je ze? Een beetje hersengymnastiek: bedenk eens welke bijnaam past bij de moordenaar van Irina Filatova.'

'Goed,' zei Nastja mat, 'ik zal het proberen.' Geërgerd bekeek ze zichzelf in de spiegel. Ze kon Larisa Lebedeva wel schieten. De dikke laag make-up, en dat in die hitte, had Nastja's huid bedorven. Die zat nu vol vlekken en pukkeltjes. Ze durfde geen slaapmiddel te gebruiken, bang als ze was om 's nachts niet snel te kunnen reageren en helder te denken. Nu had ze hoofdpijn van het slaapgebrek en voelde ze zich slap. De situatie was nog rustig, maar kon ieder moment exploderen. Daarom was Nastja genoodzaakt zelfs thuis Larisa Lebedeva te zijn.

Iedere ochtend zat ze lange tijd voor de spiegel haar geverfde haar te krullen en haar gezicht te beschilderen. Zelfs 's nachts moest ze een deel van de make-up laten zitten, voor het geval ze open moest doen voor een toevallige 'bezoeker'.

Juist die toevalligheid had Nastja doen besluiten om met Gordejev te praten, maar ze had niet haar zin gekregen. Het leek Nastja veel eenvoudiger Pavlov haar adres toe te spelen en vervolgens rustig af te wachten tot de huurmoordenaar zou verschijnen. Maar Gordejev stond erop van Larisa Lebedeva een onzichtbare, of liever gezegd ongrijpbare, vrouw te maken, zonder naam en adres. Als zijn plan zou werken, zou het Pavlov of de door hem ingehuurde moordenaar extra moeite kosten om de identiteit van de chanteuse, of in ieder geval haar verblijfplaats, vast te stellen. Dat betekende dat elk moment 'de loodgieter', 'de timmerman' of wie dan ook kon aanbellen. 'Dag, ik zoek Katja. Woont die hier niet? O, pardon.' Het hoefde de moordenaar niet te zijn, het kon iedereen zijn die betaald kreeg om uit te zoeken in welke woning een langbenige schoonheid met roodbruin haar en bruine ogen woonde. Dit alles bezorgde Nastja natuurlijk veel overlast. Ze moest vierentwintig uur per dag de gedaante van Larisa Lebedeva aannemen. Ze was nijdig op Bolletje, maar waardeerde zijn idee om zich op de bijnamen te storten er niet minder om.

Nadat ze van haar meerdere de zes bijnamen gekregen had, dwaalde Nastja een paar minuten doelloos door het huis. Daarna richtte ze een werkplek in. Een leeggeruimde keukentafel, sterke koffie, sigaretten, zes bladen papier met voor buitenstaanders onbegrijpelijke opschriften. Nastja nipte van de koffie en kneep haar ogen half dicht. De Chirurg... Cardin... Hield die van modieuze kleren? Of was hij inderdaad ontwerper? De Boerjaat... Vanwege zijn geboortestreek? Of om zijn Mongoolse uiterlijk? Bij Black kreeg ze geen enkel idee. Een klankassociatie, een connotatie in een andere taal? De Italiaan... Leek hij op een bekende filmacteur? Studeerde hij Italiaans? Een donkere, temperamentvolle man, maar niet iemand uit de Kaukasus?

Nastja herhaalde voor zichzelf systematisch de onbegrijpelijke namen, ontleedde laag voor laag mogelijke verklaringen en bijbetekenissen, van het meest voor de hand liggend tot volkomen onlogisch en zinloos. Eén keer voelde ze de bekende kou in haar maag, maar ze kon niet vaststellen op welke gedachte dat een reactie was. Even later herhaalde dit zich, maar weer wist Nastja geen gedachte te fixeren. Het was zelfs geen gedachte, het was eerder een signaal op het niveau van haar onderbewuste. Nastja begon zich te ergeren. De vreemde woning en de gedwongen verhuizing hadden haar helemaal uit haar doen gebracht. Ze had rugpijn, maar de vertrouwde en gezellige Ljosja, die wist hoe hij haar moest helpen, was er niet. Ze was niet uitgeslapen, nerveus, voelde zich slecht – en dit was het resultaat. Ze was niet in staat een analytisch probleem op te lossen. Het irriteerde haar niet dat ze iets niet kon oplossen. Er waren zoveel problemen op de wereld die Nastja Kamenskaja niet op kon lossen. Maar nu was er een oplossing, ze wist het zeker, dat voelde ze aan haar maag. En voor het eerst in haar leven lukte het niet de oplossing uit haar onderbewustzijn op te halen en te formuleren. Kennelijk was ze inderdaad ongeschikt voor operationeel werk. Haar hersenen weigerden letterlijk dienst onder fysiek oncomfortabele omstandigheden. Geen wonder dat collega's achter haar rug over haar roddelden en haar uitlachten. In een rustige werkkamer zou iedereen waarschijnlijk hetzelfde klaarspelen als zij. Maar nu ze voor het eerst ook eens in het veld moest werken, bleek dat ze niets kon. Het was allemaal tevergeefs en hopeloos. Ze zou de hele operatie verpesten. Wat een inspanningen voor niets...

Nastja trok haar knieën tegen haar borst, drukte haar gezicht ertegenaan en begon te huilen. Anastasia Pavlovna Kamenskaja, majoor van politie, zat in een vreemde keuken in een zeer lichtzinnig negligé, dat haar lange benen extra moest doen uitkomen als er 'visite' kwam, en huilde omdat ze bij de criminele opsporingsdienst werkte. Het liefst liet ze zich morgen nog afkeuren.

Opeens droogden haar tranen als bij toverslag. Terwijl ze de

uitgelopen mascara over haar gezicht uitsmeerde, liep Nastja snel naar de kamer. Zwijgend bestudeerde ze de tegen de muren aangebrachte planken. Aandachtig en systematisch bekeek ze alles wat op de planken was uitgestald: boeken, snuisterijen, foto's – het gewone spul. Vervolgens fronste ze, zuchtte een paar keer diep, ademde krachtig uit om haar trillende handen en hartkloppingen meester te worden en liep naar de telefoon.
'Kolonel, heeft u mijn sleutels? Kan iemand de foto's uit Irina Filatova's woning uit mijn brandkast pakken? Onderste plank.'
Terwijl ze wachtte tot ze werd teruggebeld, bekeek Nastja nogmaals de boekenschat van Gordejev junior, op zoek naar encyclopedieën. Er was niets dat daarop leek, maar gelukkig bleek hij wel veel boeken over oude geschiedenis te bezitten. Nastja bladerde ze vlug door en liet haar keus vallen op deel I van *Geschiedenis van Frankrijk*. Ze sloeg het boek open bij de bladzijde die ze nodig had en ging bij de telefoon zitten. Toen Misja Dotsenko belde, stelde Nastja hem een paar vragen, waarop hij antwoordde terwijl hij een van de foto's bekeek. Nu wist ze wie van de zes zich in de woning van Irina Filatova had kunnen bevinden. Ze wist zeker dat ze zich niet vergiste. Nastja belde Gordejev.

Vanaf het perron van het stationnetje Troedovaja liep Gordejev niet langs het grindpad dat in een halve cirkel om de zomerhuizen heen liep. Hij stak door via een paadje dat nauwelijks te zien was tussen het hoge gras. In de zomerhuizen in Troedovaja woonden de generaals. De riante percelen boden niet alleen plaats aan moestuinen, maar ook aan bosjes en tennisbanen.
Gordejev opende een hek en bleef nederig staan wachten tot de heer des huizes zou verschijnen. Hij kende dit huis goed en wist dat hij, als hij zonder belet te vragen nog drie stappen zou zetten, eerst de dobermannpincher te spreken zou krijgen en vervolgens de chirurgen, als het niet Onze-Lieve-Heer zelf was. Toen hij het bekende grijze hoofd op de veranda zag verschij-

175

nen, kon Gordejev zich nog net weerhouden om te zwaaien. Dat had de hond liever niet. Zachtjes – alweer om de dobermann niet uit zijn humeur te brengen – riep hij: 'Dorman! Ik ben het, Gordejev!'
De grijze man daalde zonder zich te haasten de treden af en liep naar zijn gast toe. Pas toen hij vlakbij was, zei hij lijzig en verbaasd: 'Kijk, kijk, daar hebben we Gordejev zelf. Wat moet je hier, Gordejev? Ik had je toch duidelijk gezegd: je komt hier niet meer, behalve als je een vracht bewijzen tegen me hebt. Heb je die?'
'Nee,' bekende Bolletje.
'Kras dan op,' zei Dorman vastbesloten en maakte rechtsomkeert.
'Ik kom een schuld inlossen,' zei Gordejev zachtjes tegen zijn rug.
Dorman bleef stilstaan en draaide zich heel langzaam om.
'Ik heb je niets geleend, Gordejev. Ik zei toch: kras op?'
'U heeft een van mijn jongens gered.'
'Dan staat hij dus bij me in het krijt. Laat hij het zelf komen terugbetalen. Met jou heb ik niks te schaften, Bolletje. Nooit.'
Het achteloze 'Bolletje' uit Dormans mond trof Gordejev als een oorvijg, uitgedeeld door een met drek ingesmeerde hand. Die bijnaam had hij al jaren, maar zelfs de oude Goloebovitsj noemde hem nooit zo in zijn gezicht. De rijzige beroepsmisdadiger Dorman, een kop groter dan Gordejev en nog potig ondanks zijn jaren, kon het zich echter veroorloven. Hij was in zijn jongere jaren meermaals veroordeeld en genoot de laatste jaren officieel van een welverdiende rust. De jonge Dorman had veel fouten en stommiteiten begaan, maar tegen zijn zestigste had hij geleerd zijn pad niet te laten kruisen met dat van politie en justitie. Dat was de officiële versie. Hij lichtte echter niet toe of het betekende dat hij had geleerd te leven zonder de wet te overtreden, of dat hij had geleerd de wet zo te overtreden dat hij er rustig bij kon leven. Vorig jaar hadden Gordejev en zijn mensen op Dormans datsja twee gewapende gangsters ge-

arresteerd. Toen had Dorman, gehoorzamend aan een onverklaarbare impuls, Joera Korotkov van een wisse dood gered. Gordejev, die het arrestatieteam leidde, had in gedachten zelfs al afscheid genomen van Joera, toen hij zag dat deze het er niet levend af zou brengen. Het had Dorman geen moeite gekost te bewijzen dat hij niets wist van de criminele activiteiten van de arrestanten. Het was ook niet gelukt hem van heling te beschuldigen, en eerlijk gezegd hadden ze niet al te erg hun best daarvoor gedaan, dankbaar als ze waren voor de redding van Joera Korotkov.

Gordejev en Dorman kenden elkaar sinds mensenheugenis. Hun relatie was ingewikkeld en herinnerde aan de zegswijze dat je beter een goede vijand kunt hebben dan een slechte vriend.

'Wacht nou even, Dorman,' riep Gordejev hem bijna smekend na. 'Dat is niet eerlijk.'

'O nee?' Dorman liep weer op Gordejev toe. 'Wat interessant! Kwam je een potje over ethiek discussiëren?'

'U bindt mijn handen,' zei Gordejev, nu weer vastbesloten en zelfverzekerd. Hier lag zijn kans om de interesse te wekken van Dorman, die zeer gevoelig was als het om kwesties van eergevoel ging. 'U begrijpt heel goed dat die jongen die zijn leven aan u verschuldigd is, niets tegen u zal vinden. Hij is nog jong, kan weinig uitrichten. Ik kan wél iets vinden, als ik zoek natuurlijk. Maar waarom zou ik dat doen als ik het leven van een van mijn jongens aan u te danken heb? Ik had het arrestatieplan uitgewerkt, ik was de leider. Dat hij bijna omkwam, was mijn schuld, mijn fout, mijn nalatigheid. Als er ongelukken gebeurd waren, had ik het mijzelf nooit vergeven. Mijn hele leven zou een straf geweest zijn. Daarvoor heeft u mij behoed, u heeft me geholpen. Ik voel me uw schuldenaar. U wilt niet met mij praten? Dat betekent dat ik nooit meer naar u toe kan komen met mijn vracht bewijzen. Dat staat mijn geweten me niet toe. Misschien zit dat geweten van mij wel verkeerd in elkaar, maar het is nu eenmaal zo. Dus wat is het resultaat? Vroeger bestreden wij elkaar eerlijk. Uw kundigheid tegenover de mijne. Maar nu? Uw slimheid tegenover mijn geweten?

De monoloog bleek overtuigend genoeg. Dorman werd wat toeschietelijker. Hij knipte met zijn vingers om ervoor te zorgen dat de voor Gordejev onzichtbare en onhoorbare hond zich koest hield, maakte een uitnodigend gebaar en voerde zijn gast langs de weelderige bloembedden het huis in. De gastheer hield niet van lichamelijke arbeid en moest er niets van hebben om in een moestuin te staan spitten. Hij had geld genoeg om zijn groenten en fruit op de markt te kopen. Rond zijn huis, waar hij het hele jaar woonde, kweekte hij alleen bloemen. Daar hield hij als kind al van. Ze werden verzorgd door een vrouw uit het nabijgelegen dorp. Dorman was lui maar hield van schoonheid, en hij was bereid daar geld voor neer te tellen.

Toen ze aan een grote ronde tafel op de veranda zaten, zei Dorman kortaf: 'Ik heb je niet uitgenodigd, dus je krijgt geen thee. Spreek op.'

'In de nacht van de twaalfde op de dertiende is in Moskou een vrouw vermoord, een medewerker van de politie. De moord was ingekleed als een ongeluk. Een dodelijke elektrische schok. Het was echter heel ondeskundig en grof gecamoufleerd. Je zag van een kilometer afstand dat het nep was. De moordenaar heeft veel sporen achtergelaten. Bovendien verloor hij de voorzichtigheid uit het oog en heeft hij zich laten zien. We hebben een getuige die hem denkt te herkennen bij confrontatie. Maar het ergste is dat hij praatziek is geworden, onze moordenaar. Hij wordt ouder, zijn zenuwen zijn niet zo best meer. En we kennen zijn bijnaam: de Galliër. Hij woont in Leningrad. Sint-Petersburg, bedoel ik. Ik weet niet voor wie deze informatie nuttig is. Dat wíl ik ook niet weten. Maar ik weet zeker dat sommige mensen u dankbaar zullen zijn als u ze waarschuwt. De Galliër is op, hij raakt zijn vakmanschap en voorzichtigheid kwijt. Voor het eerst heeft een door hem gepleegde moord geleid tot een strafrechtelijk onderzoek. Men zal hem net zolang zoeken tot men hem gevonden heeft. Dan worden alle stille getuigen die hij heeft achtergelaten met hem in verband gebracht. Ik zie maar twee oplossingen. Of we krijgen de mogelijkheid de zaak zo af te ronden dat we de Galliër in handen

krijgen, samen met stevige bewijzen. Dat redt hem het leven, voorlopig tenminste. Of we maken de Galliër onschadelijk met zo weinig mogelijk verliezen aan onze kant.'
Dorman zweeg heel lang. Met zijn kin steunde hij op zijn ineengevouwen vingers. Gordejev begon zich al ongerust te maken, toen Dorman zijn hoofd ophief en met zijn vingers op de tafel klopte. Hij beet op zijn onderlip. Zijn waterige, bolle ogen gleden langzaam over Gordejevs gezicht en ronde, weldoorvoede gestalte. Om de lippen, die met de gevorderde leeftijd hun markante vorm niet verloren hadden, speelde even een spotlachje. 'Oké, Gordejev, je hebt je thee verdiend. Wacht even, ik ben zo terug.'
Toen hij alleen achterbleef, voelde Gordejev hoe de spanning, waarvan hij zichzelf niet eens bewust was geweest, uit hem wegvloeide. Toen ze thee dronken, verliep het gesprek gemakkelijker.
'Ik heb met je te doen, Gordejev,' zei Dorman. Hij roerde in een schaaltje vruchtengelei voor in de thee. 'Het systeem neemt mensen als jij in de houdgreep. Het verstikt je. En dan eist het ook nog dat je goed werk levert, dat je successen boekt. Heb je er weleens bij stilgestaan welke sluwe rotzak jullie politiesysteem heeft uitgedacht? Die moet miljoenen aan steekpenningen opgestreken hebben om de regels uit te denken waarnaar jullie moeten leven. Jullie kunnen geen stap zetten zonder verslag uit te brengen. Om mij, Dorman, een in de hele Sovjet-Unie bekende crimineel, onder observatie te mogen nemen, moet je kilo's papier verspillen aan rapporten en allerlei aanvraagformulieren. Voordat je die geschreven hebt en voordat ze de geadresseerde bereikt hebben, zit ik in Australië. Welke gek heeft verzonnen dat jullie kortgeknipt en correct gekleed moeten zijn? Oké, een surveillant mag gemillimeterd zijn. Maar die stillen van jullie kun je net zo goed een bord omhangen met in koeienletters: JUUT IN AANTOCHT! En dat allemaal voor een salaris waarvan je geen flat of een auto kunt kopen. Weet je waarom dat is? Nee? Ik wel. Om te zorgen dat altijd alles uitlekt. Om altijd te weten wie wat doet, wie waar naartoe is,

wie wie schaduwt. Om jullie allemaal onder controle te houden en bemoeials tijdig de mond te snoeren. Om ervoor te zorgen dat je geen huis kunt kopen, zodat je helemaal van oom goedzak afhankelijk blijft. Om je niet lekker met je eigen auto door de stad achter de boeven aan te laten crossen, maar je altijd een dienstauto aan te laten vragen. Zodat ze weten waar je naartoe bent en waarom. Lekker vernederend ook. Je moet je plaats kennen. En wat jou nu te wachten staat, is helemaal verschrikkelijk.'
'Erger dan het nu is, kan het moeilijk worden.'
'Nou en of dat kan, beste kerel. Want die rotzak is afgelost door een nieuwe, nog sluwere rotzak. Die heeft de rechtsstaat verzonnen en tegelijk de vrije markt. Hoe denk je nu te gaan werken, Gordejev? Een vrije markt, commercie – al je speurneuzen gaan ervandoor. Die houd je niet vast met die paar luizige centen die ze bij de politie verdienen. En wie houd je over? De stomsten, de traagsten, de luisten. De ballast. Plus de lui die voor ons werken of die weten hoe ze steekpenningen moeten vangen. Die zitten goed bij jullie. En wat jong spul van de politieacademie, die nog niets kunnen. Zodra ze wat geleerd hebben, verdwijnen ze of in de commercie of in de corruptie. Alleen de middelmaat blijft over. Natuurlijke selectie heet dat, Gordejev. En parallel aan dit vreugdevolle vooruitzicht vindt de opbouw plaats van de rechtsstaat. De officieren van justitie houden waakzaam toezicht en verbieden je arrestaties te verrichten. Advocaten springen er bovenop vanaf het moment van aanhouding. Rechters houden geen zaken meer aan, maar ontslaan meteen van rechtsvervolging. Een paradijs! Voor ons tenminste. Voor jullie is het één lange nachtmerrie. Om het paradijs binnen te treden, moet je kunnen werken. Maar wie van jullie zal nog kunnen werken met de versnippering van krachten waar ik het over had? Als je wilt dat de criminaliteit in ons land een ramp wordt, kun je het niet beter verzinnen. En daarom heb ik met jou te doen. Jij bent een beste kerel, Bolletje, ontwikkeld en eerlijk. Die combinatie kom je niet vaak tegen. Ze zullen je opvreten. Hoe lang moet je nog?'

'Ik kan nu al met pensioen als ik wil.'
'En dat doe je niet? Dat is te prijzen. Hoewel het voor mij wel zo rustig is als je weg bent, dat snap je. Wil je de waarheid horen, Gordejev? Ik ben bang voor je. Van alle smerissen die ik in mijn leven ben tegengekomen, sla ik alleen jou hoger aan dan mezelf. Alleen jij kunt me hebben. Ik zal opgelucht ademhalen als jij met pensioen bent. Misschien pleeg ik op mijn ouwe dag nog wel de misdaad van de eeuw. Een gigantische klapper en elegant tegelijk. Wat lach je nou?' Dorman grijnsde en nam nog een schepje gelei. 'Jij denkt natuurlijk dat de ouwe Dorman er helemaal mee gekapt is? Misschien wil ik wel beroemd worden. Dat iedereen zegt: tegen de ouwe Dorman kan ik niet op. Het is maar een grapje, hoor. Ik wil een rustige oude dag.'

'Als dat zou kunnen,' zei Victor Alexejevitsj Gordejev gekscherend.

Terwijl hij naar Moskou terugboemelde in een vuil, halfdonker elektrisch coupeetje met kapotte ramen en zittingen waar de flarden aan hingen, dacht Gordejev na over Dormans woorden. Volgens diens logica zou hij, Gordejev, alleen misdadigers vangen die ze hem toestonden te vangen. Was dat eigenlijk niet inderdaad zo? Het klonk walgelijk, maar het tegendeel was bepaald niet gebleken. Voorbeelden te over. Victor Gordejev bedacht nog eens dat hij juist gehandeld had destijds, in 1987, toen hij zijn huidige stijl van leidinggeven had ontwikkeld. Zodra er voor het eerst sprake was geweest van een rechtsstaat, had hij al geweten waar dat op uit zou draaien. Men zou de nieuwe ideeën niet werkelijk begrijpen, maar wel de praktijk eraan aanpassen. De tijd ontbrak voor een goede kadervorming. Daarvoor zou je op zijn minst een nieuwe generatie leraren moeten hebben, en die moesten de tijd krijgen om leerlingen op te kweken. Dat kostte zeker twintig jaar. Hij had toen besloten dat hij, als hij geen vijftien ervaren rechercheurs had, het moest doen met vijftien mensen die talent hadden, maar elk op zijn eigen manier. Zodat het totaalresultaat één goede vakman zou zijn.

Kolonel Gordejev had een hartgrondige hekel aan het woord 'veelzijdig'. Hij vond dat dit woord niets betekende en dat alle veelzijdigheid neerkwam op bedrog. Daarentegen was hij ervan overtuigd dat een goede commandant niet iemand is bij wie iedereen even goed werkt, maar iemand bij wie iedereen doet wat hij het beste kan en zo een bijdrage levert aan het gezamenlijke resultaat. Voor die filosofie had hij er destijds ongenadig van langs gekregen en was hij op alle mogelijke manieren tegengewerkt. Maar Bolletje was als een rubberballetje, dat hoger opstuitte naarmate je het harder op de grond smeet. Alle medewerkers, door hemzelf uitgezocht, waren grondig geschoold en beschikten bovendien over een bepaald talent dat de hele afdeling ten goede kwam. Kolja Seloejanov bijvoorbeeld, had een briljant visueel geheugen. Gezichten, plaatsen en routes onthield hij ogenblikkelijk en jarenlang. Bovendien wilde hij als kind stedenbouwkundige worden – beslist stedenbouwkundige, geen architect – en kende hij Moskou als zijn broekzak, tot de laatste steeg en het laatste achterommetje. Misja Dotsenko, daar was iedereen het over eens, was onvervangbaar bij het werken met getuigen, vooral wanneer hij iemand ertoe moest brengen zich iets te herinneren, of als werkelijkheid van suggestie gescheiden moest worden. Volodja Lartsev was afgestudeerd psycholoog; het politievak had hij zich in de praktijk eigen gemaakt.

Dat eigenzinnige personeelsbeleid had Gordejev geleerd om, zoals hij zelf zei, te leven onder de omstandigheden van de rechtsstaat, dat wil zeggen, misdadigers te arresteren en bewijs te vergaren zonder de oude, beproefde methoden toe te passen waarvan de afschrikwekkende werking genoegzaam bekend was: fysieke dwang, in de cel zetten enzovoort. Zonder die methoden was het werk ongelooflijk veel moeilijker. Maar Gordejevs mensen konden uitstekend overweg met de officieren van instructie en de officieren van justitie. Die hadden nooit iets aan te merken. Gordejev wist dat hij in de ogen van velen belachelijk was, dat zijn inspanningen vaak alleen maar ergernis en onbegrip wekten. Hij wist dat hij de vreemde eend in de bijt was, die alleen ongemoeid werd gelaten omdat hij om onnaspeurbare redenen goede resultaten boekte en veel misdrijven oploste. Die houding was beledigend. Bolletje voelde zich vaak diep vernederd en wanhopig. Maar hij wist zeker dat de dag zou komen waarop zijn ideeën zouden zegevieren. Dat kon over drie jaar zijn, over vijf jaar of misschien wel over tien jaar. Maar zijn medewerkers, die hij zorgvuldig en vol toewijding selecteerde, zouden kunnen werken zonder hun gezicht te verliezen, onder omstandigheden waarin je geen stap kon zetten zonder een advocaat op je dak te krijgen. Als ze het maar volhielden, zich niet in alle richtingen verspreidden, zoals Dorman voorspeld had. Nog een of twee jaar, dan kon hij zijn afdeling overdragen aan zijn opvolger. Hij had al twee kandidaten op het oog. Als ze maar het geduld konden opbrengen om de magere jaren van wanhoop en uitzichtloosheid te overleven. Als hij ze nog maar een klein beetje meer kon leren...

Ook voor Joera Korotkov was het een zware week. Tevergeefs probeerde hij zijn emoties in overeenstemming te brengen met de realiteit. De tiende juli kwam met rasse schreden dichterbij, en het lukte hem niet het vuur dat in hem brandde, te blussen. Joera was tot over zijn oren verliefd en kon daar niets mee beginnen. Opgemerkt dient te worden dat Ljoedmila Semjonova bepaald niet zijn eerste hartstocht was in de jaren van zijn huwelijk. In al die gevallen was zijn hoofd echter min of meer helder gebleven en had hij de juiste accenten weten te plaatsen. Aan films en boeken had hij de stellige overtuiging overgehouden dat je liefde niet moest verwarren met een bevlieging, dat een bevlieging vroeg of laat weer voorbijging en dat je zolang het duurde geduld moest betrachten en moest proberen geen stommiteiten uit te halen. Maar in de praktijk bleek het gevecht tegen zo'n bevlieging lang niet eenvoudig. En dat moest hem uitgerekend nu gebeuren, nu ze aan zo'n ingewikkelde zaak werkten! De situatie groeide Joera Korotkov boven het hoofd.

Gedroeg Ljoedmila zich nu maar een beetje anders. Lokte ze

maar een ruzie uit, of op zijn minst een meningsverschil. Liet ze maar merken dat ze ergens boos om was. Maar nee, ze was juist de vrouw van wie iedere rechercheur heimelijk droomt. Dat zei hij haar ook.

'Ik ben niet altijd zo geweest,' was haar antwoord. 'Toen ik nog officier van instructie was, moest ik gewoon kotsen van al die verhalen van mijn man. Later begreep ik dat het lang niet iedereen gegeven is om het in een huwelijk met een politieman uit te houden. Jullie werk is smerig, echt smerig. Alles berust op bedrog, wantrouwen, slimmigheidjes, compromissen. Dat kan ook niet anders, je kunt misdadigers niet met open vizier tegemoettreden. Maar je hebt ook bijzondere vrouwen nodig, die zorgen dat al die vuiligheid zich niet als een korst op jullie afzet. Zodat je als het ware schoon in bed kunt stappen.'

Na het beslissende gesprek tussen Nastja en Pavlov in het restaurant hielden Gordejev en Dima Zacharov met vereende krachten zowel de woning waar Lebedeva-Nastja verbleef als het huis van stafdeskundige Pavlov onder observatie. Nastja belde trouw iedere dag naar het ministerie en informeerde met Larisa's stem beleefd of Alexander Pavlov al besloten had of hij inging op haar voorstel. Pavlov bleek er nog niet uit, maar had niettemin op een avond een ontmoeting met een kleine man met een gebruinde huid en een bril. Toen Joera Korotkov een foto van die ontmoeting onder ogen kreeg, herinnerde hij zich dat hij dezelfde man had gezien bij de begrafenis van Irina Filatova. Dat was niet zo'n kunst: de man had zich niet verborgen en geen moeite gedaan om herkenning te voorkomen.

In de buurt van het huis waar Nastja verbleef, werden geen verdachte personen waargenomen. Toen de termijn van een week op twee dagen na verstreken was, zakte bij iedereen het moreel. Het had er alle schijn van dat hun valstrik niet werkte. Pavlov had niet de kans gekregen Larisa Lebedeva's adres te achterhalen, tenzij een handlanger van hem haar gevolgd was uit het restaurant. Maar Kolja Seloejanov, verantwoordelijk voor de route van restaurant naar huis, durfde zijn hoofd eronder te verwedden dat Larisa niet geschaduwd was. En als Kolja dat zei, was het zo. Wilde Pavlov te werk gaan volgens het door Gordejev voorziene schema, dan moest hij de chanteuse aan de moordenaar laten zien. Op een andere manier was ze niet te vinden. Deze 'schouw' zou in Gordejevs opzet tevens dienen als signaal: de Galliër was in Moskou. Dan volgende het zuiver technische werk. Temidden van alle mensen die zich in de buurt van de schouw en ook in de buurt van Larisa's huis bevonden, moest men de Galliër herkennen en aanhouden. Dat leek alleen op het eerste gezicht eenvoudig. Niemand van de rechercheurs wist hoe hij zich het systeem van contact leggen met een huurmoordenaar en de manier waarop deze werd opgeroepen, moest voorstellen. Niemand kon ervoor instaan dat de uitvoerder zelf identiteit en adres van het slachtoffer zou vaststellen. Misschien deed een helper het voorbereidende werk voor de maestro. Ging je overhaast te werk en hield je per ongeluk de verkeerde aan, dan verdween de echte moordenaar meteen. Hij loste op als een spook bij de dageraad. En een tweede keer zou hij zich niet laten lokken.

Op dit vlak lag ook het idee van Gordejev dat Nastja had geraden. Als ze Pavlov Larisa Lebedeva's adres toespeelden, maakten ze het hem aanzienlijk gemakkelijker. Terwijl Gordejev juist wilde zien hoe de zoektocht naar de roodharige journaliste zou verlopen. Hij was benieuwd of dit verfijnde systeem een bepaalde werkverdeling kende. Wie deed wat? Zelfs wanneer ze de moordenaar niet zouden pakken, zou de hele operatie toch niet voor niets zijn. Ze zouden nieuwe kennis opdoen over een type criminaliteit waarmee ze tot dusver niet rechtstreeks in aanraking waren gekomen. Die kennis zou later van pas kunnen komen. Natuurlijk zei Gordejev dit niet hardop. Hij wilde het enthousiasme van zijn mensen niet laten bekoelen, en hij wilde niet belachelijk lijken in onwelwillende ogen. Moet je zien, nou voert hij ook al wetenschappelijke opsporingsexperimenten uit! Om je kapot te lachen! Maar Victor Alexejevitsj Gordejev was er innerlijk van overtuigd dat dit opsporingsvraagstuk niet minder belangrijk was dan de jacht op de Galliër. Voor je de oorlog verklaarde, moest je de vijand kennen. Die oude waarheid werd vaak uit het oog verloren. Er was er maar één die Gordejev begreep: Nastja. Ook zij zou de voorkeur geven aan informatie over elitemoordenaars, zelfs met het risico dat ze de moordenaar van Irina Filatova lieten glippen. Alleen zij kon net zover vooruit kijken als kolonel Gordejev zelf.

Op de zesde dag was Pavlov nog steeds niet 'rijp'. 'Morgen bel ik u voor het laatst, kolonel,' zei Larisa Lebedeva tegen hem. 'Vergeet u dat niet. Ik houd niet van bange mensen, maar ik houd nog veel minder van besluiteloze mensen. U hebt me een week afgetroggeld die ik wel beter had kunnen gebruiken.'

Pavlov aarzelde. 'Misschien mag ik je als compensatie voor je kostbare tijd morgen een dineetje aanbieden? Onafhankelijk van de beslissing die ik neem.'

'Absoluut niet,' zei Larisa ijzig. 'Ik eet alleen met u wanneer u akkoord gaat. Ik heb al veel te veel tijd in u gestoken.'

'Goed,' zei Pavlov met onverwacht vaste stem. 'Ga er maar van uit dat ik akkoord ben. Ik wacht morgen om drie uur op je voor restaurant Jelisejevski.'

'Vijf uur,' spinde Larisa tevreden. 'Ik heb om twee uur een afspraak bij de kapper. Drie uur haal ik niet.'

'Goed, vijf uur. Tot morgen.'

Nastja legde voorzichtig de hoorn neer en staarde nadenkend naar de telefoon. Zou hij in Moskou zijn?

10

Hij was er inderdaad, de Galliër. En vanaf het eerste moment rook hij onraad. Alles ging deze keer anders dan anders. De gebruikelijke ontmoeting, met de overhandiging van het voorschot en een duidelijk geformuleerde opdracht, ontbrak. Hij had alleen een telefoonnummer, waar hij op een vastgestelde dag en een vastgesteld uur naartoe moest bellen. De Galliër had gebeld. De man die hem te woord stond, had op bevelende toon gesproken. Nee, hij wist geen naam en adres, hij kon de juiste persoon alleen aanwijzen. De Galliër probeerde te protesteren: op die voorwaarden kon hij niet werken. Hij was maar alleen, had geen helpers, en alles zelf doen was te gevaarlijk. Daarop was de arrogante opdrachtgever tegen hem uitgevaren. 'Je kunt er niets van, de vorige keer is er een onderzoek van gekomen, de politie heeft je signalement, en dat hangt de grootmeester uit. Je doet maar wat je gezegd wordt. Je wordt er toch voor betaald? Je hoeft alleen maar een vrouwtje op te zoeken en uit de weg te ruimen. En zorg dat je het vierde exemplaar van het manuscript bemachtigt. Wat voor manuscript? Dat weet je verdomd goed. Datzelfde exemplaar dat je vorige keer niet gevonden hebt. Slecht gekeken zeker? Of heb je het soms wel gevonden en achterovergedrukt? Nou? Wil je me samen met die meid plukken? Ik heb er niemand iets over verteld, maar ik heb zéér sterke vermoedens. Als je mij voorwaarden gaat dicteren, weet ik wel aan wie ik moet melden dat je op eigen houtje opereert en iedereen in gevaar brengt. En ik zal erbij zeggen dat je een zootje maakt van je werk. Dus zit niet te jeremiëren en herstel je fouten.'

Dit had de Galliër niet verwacht. 'Het moet een misverstand zijn,' zei hij rustig.

'Laten we het daar maar op houden,' klonk het op iets gematigder toon. 'Luister. Morgen wandel ik tussen 7.30 en 8.00 uur met mijn hond door het plantsoen bij het metrostation Krasnye Vorota. Kijk hoe ik eruitzie. Om 17.00 uur ontmoet ik de vrouw in kwestie voor restaurant Jelisejevski. Daarna neem ik haar mee naar binnen. De rest is jouw zorg. Als je alles voorbereid hebt, bel je me op dit nummer, dan bespreken we het voorschot. Dat is alles.'

De Galliër onderdrukte zijn woede. Nooit had hij iemand toegestaan tegen hem te schreeuwen of zo'n onbeschofte toon aan te slaan. Alles verloederde, dat zag je nu dit soort vlerken zelfs tot de hoogste echelons was doorgedrongen. Vroeger waren zijn cliënten zelfverzekerd, rustig, beknopt, heel anders dan deze hystericus. Wat bleef er over als je alle gekrijs wegliet?

Verwijten dat hij slecht werk geleverd had. Die verwijten wierp de Galliër ver van zich. Hij begreep dat hij was gestuit op iemand die zijn leven lang bureaucraat was geweest. Hun trucjes om ondergeschikten onder druk te zetten, kende hij door en door. Nee, de Galliër was zeker van zichzelf. Hij herinnerde zich nog heel goed hoe het gegaan was. Hij was de woning uit gekomen, in de nacht van vrijdag op zaterdag. Irina Filatova moest maandag weer naar haar werk, maar als ze niet kwam, zouden ze haar niet gaan zoeken. Spijbelt zeker een dagje, dat komt meer voor bij wetenschappelijk personeel. Op zijn vroegst dinsdag zouden ze bij haar thuis gaan kijken, en dan zouden alle geuren spoorloos verdwenen zijn. Hij had de bovenraampjes wijd opengezet. Haar minnaar? Niet waarschijnlijk. Ze nam de telefoon niet op, dus kennelijk was ze nog niet terug. Waarom was er dan toch een onderzoek gestart? Er moest een reden zijn, waar hij, de Galliër, geen schuld aan had. Misschien lag het aan de opdrachtgever. Zouden ze hem in de peiling hebben? Misschien stond hij wel onder verdenking. Waarschijnlijk was het dat. Maar waarom gaf hij dan een tweede opdracht, nog geen maand later? Was hij helemaal gek geworden? Een uitvoerder naar de stad laten komen waar een onderzoek gaande is naar een door hem begane moord – dat kan niet. Bovendien had de nieuwe opdracht duidelijk te maken met de vorige, want er was sprake van hetzelfde manuscript. Dat manuscript had zich niet in de woning bevonden, daarvoor kon hij instaan. En de fiches die ze hem gezegd hadden te zoeken evenmin. Hij had wel een paar andere dingen gevonden...

De volgende ochtend begaf de Galliër zich naar het metrostation Krasnye Vorota. Het kostte hem geen moeite in het plantsoen de man te ontdekken met zijn bulterriër, maar in plaats van meteen te vertrekken bleef hij nog even. Op gepaste afstand volgde hij hem naar zijn huis en een paar minuten later eveneens naar zijn werk. De Galliër twijfelde niet. In beide gevallen was de opdrachtgever deze gesoigneerde, goed geklede man geweest, die zelfverzekerd de trappen van het ministerie van binnenlandse zaken opsnelde, zijn legitimatiebewijs

toonde en naar binnen ging. Dat was onaangenaam. Maar de grote schok stond de Galliër nog te wachten.
 Na enig nadenken besloot de Galliër zijn contact voor noodgevallen te gebruiken. Hij was niet gerechtigd op eigen gezag de zaak te laten schieten en Moskou te verlaten. De organisatie kende een ijzeren discipline. Maar dat hij aan deze opdracht absoluut niet moest beginnen, stond voor hem vast.
 Het contact voor noodgevallen was gecompliceerd, maar werkte snel. Al na anderhalf uur sprak de Galliër met de man die hem toestemming moest geven om te vertrekken. Maar het liep heel anders.
 'De opdracht moet worden uitgevoerd,' werd hem kortaf te verstaan gegeven. 'Je hebt veel fouten gemaakt. Die moet je herstellen. Daarvóór zet je geen stap buiten Moskou. Voor slecht werk moet je boeten. En hou je mond. Je doet wat je doen moet en daarna hou je je gedeisd. Lukt het je niet, dan weet je wat je te wachten staat. Het zijn jouw problemen.'
 Zijn problemen... De organisatie liet hem bewust een onverantwoorde opdracht uitvoeren en weigerde hem daarbij hulp en bescherming. Waarom? Was hij niet meer nodig? Nonsens, mensen als hij waren altijd nodig. Die waren te schaars om er slordig mee om te springen. Wat was het dan? Ze dachten dat hij op was, fouten begon te maken, en dat de smerissen hem nu zochten. Hoe kwamen ze aan die wijsheid? Niet van die hysterisch gillende opdrachtgever, mocht je hopen. Hoewel... Die werkte bij Binnenlandse Zaken, beschikte over veel inlichtingen. Het zou dus echt zo kunnen zijn. Dus die vent maakte gebruik van de diensten van hem, de Galliër, en besmeurde hem vervolgens, in plaats van hem te helpen. Fielt!
 En zij? Hij werkte al bijna twintig jaar voor ze. Niet één misser, onberispelijke staat van dienst. Angstvallig voldeed hij aan al hun voorwaarden: geen gezin, geen vaste vriendin of intieme vrienden. Geen contact met familieleden. Een gewone baan als camouflage, maar alleen daar waar zij zeiden. Zijn meerdere moest een handlanger zijn, iemand die hem ergens naartoe kon sturen zonder dat het opviel. Er waren nog talrijke ande-

re beperkingen en regels. Niet één keer had hij ze overtreden. En wat was zijn dank? Donder op en red je zelf maar. Ze uit wraak verlinken kon niet, dan moest hij zelf ook bekennen, en alleen al de geschiedenis met Irina Filatova was genoeg om de kogel te krijgen. Een medewerker van de politie! Hij zou trouwens niets kunnen bewijzen, hij had niets, alleen zijn woord.

Goed, dacht de Galliër. Ik zal mijn 'fouten' herstellen.

De muziek dreunde maar door en de hitte was verstikkend. Nastja was een flauwte nabij. Gek, dacht ze, ik voel helemaal niet dat iemand me schaduwt. Je hoort altijd over blikken die je in je achterhoofd voelt boren en in je rug voelt branden. Maar misschien ben ik te onervaren, besloot ze, of te ongevoelig.

Toen ze niet meer bij machte was tegen haar opkomende misselijkheid te vechten, pakte Nastja haar tasje. Ze verontschuldigde zich en ging naar het toilet. Pavlov was even bang dat ze er simpelweg vandoor zou gaan, maar bedacht toen dat dat zijn zorg niet langer was. Hij had de chanteuse overgedragen aan de Galliër, en aan hem zou ze niet ontsnappen.

Bij de toiletten haalde Nastja een ampul vlugzout uit haar tasje, brak hem open, besprenkelde een zakdoek overvloedig met de vloeistof en drukte deze tegen haar slapen en voorhoofd. Een scherpe geur vulde de ruimte.

Ze ging op een bankje zitten en sloot haar ogen. Verrekte bloedvaten! Handig, rechercheur worden als je zo'n gammele gezondheid hebt. Ze kon beter thuis bijlessen gaan zitten geven. Opgeschoten pubers bijspijkeren in wiskunde en talen. Geen kopzorgen en het verdient goed.

'Gaat het een beetje?' klonk een zachte stem in haar oor.

Nastja deed haar ogen open en zag een knappe, donkerblonde vrouw, modieus en sexy gekleed in een parelmoerkleurig jurkje en een dunne legging.

'Is alles goed met je?' hield de vrouw aan.

'Ik ben een beetje duizelig,' mompelde Nastja.

'Kan ik helpen?'

'Nee, bedankt. Ik heb vlugzout, dat helpt goed. Ik blijf nog even zitten en dan ga ik weer naar binnen.'

De ander lachte haar vriendelijk toe. 'Zal ik je een injectie geven? Glucose met een stimulerend middel? Ik heb een complete apotheek in mijn tasje.'

'Een andere keer graag.'

Nastja deed een poging te glimlachen, maar haar lippen gehoorzaamden niet.

'Meid,' zei de ander, duidelijk ongerust nu, 'je ziet eruit als een lijk. Dat kan zo niet. Til je arm eens op.'

Nastja gehoorzaamde. Ze was zich er scherp van bewust dat de Galliër zich geen betere gelegenheid kon wensen om haar uit de weg te ruimen. Een luchtbel in haar ader en het was gedaan. Men zou haar in de damestoiletten aantreffen met naast zich een injectiespuit met een hartstimulator. Slordig gespoten, niets verdachts aan.

De vrouw haalde intussen snel een wegwerpspuit uit een zakje en zoog hem vol met vloeistof uit twee ampullen. Met één hand hield ze de klaargemaakte spuit vast, met de andere trok ze een stuk verband strak om Nastja's arm. Handig desinfecteerde ze de plaats van de injectie. Nastja sloot haar ogen. Ze voelde zich te beroerd om bang te zijn. Wat is er vandaag met me aan de hand?, bedacht ze flauwtjes. Zo'n aanval had ze nog maar een keer eerder gehad. Ze was toen van de straat geraapt en per ambulance in een ziekenhuis afgeleverd. Voordat de naald in haar ader verdween, kon ze nog net bedenken dat het de Galliër niet kon zijn. Die had het manuscript nodig en wist niet waar ze woonde. Of misschien wist hij het toch? De zuiger van de spuit bewoog zich soepel omlaag. De vrouw boog zich over Nastja heen, haar gezicht was vlakbij.

'Even tanden op elkaar, schat,' fluisterde ze. 'Vijf minuutjes en je bent weer als nieuw.' Ze trok de naald uit de ader, deed de spuit zorgvuldig terug in het opengescheurde zakje, samen met de lege ampullen, en stopte het geheel in Nastja's tasje. 'Hoor je me, rooie? Ik heb alles in je tasje gestopt. Dan kan je je vriendje geruststellen als hij ziet dat je gespoten hebt. Hij is vast ongerust dat je zo lang op de plee hebt gezeten.'

Nastja voelde haar krachten inderdaad terugkomen. Ze kon wel weer staan, dacht ze. 'Wat een mazzel dat je me geholpen hebt. Ik was bijna van de wereld,' zei ze. 'Hartstikke bedankt.'
'Bedank je baas maar! Je snapt me wel, hè?' lachte de vrouw.
'Ciao!'
Vanaf de straat had de Galliër door de glazen deur gezien hoe de vrouw die in gezelschap van zijn opdrachtgever was, de zaal van het restaurant verliet en in de damestoiletten verdween. Een paar minuten later was ze gevolgd door de opvallende brunette die tot dan toe in de hal had zitten roken in gezelschap van een lange man. De Galliër vond dat de man een echte penozekop had en hield de vrouw in de parelmoerjurk daarom voor een hoertje.
De brunette kwam als eerste weer uit het toilet te voorschijn. Ze gaf de penozekop een arm en samen gingen ze naar buiten. Het paartje bleef vlak bij de Galliër even stilstaan. De man trok de vrouw op een vulgaire manier tegen zich aan.
'En?'
'Noppes. Verkeerde moment.'
'Wat voert ze daar zo lang uit?'
'Last van haar hart. Zo bleek als een dooie. Geeft niet, het is nog vroeg. Onze klanten komen pas tegen een uur of twaalf opdagen. Dan krijgen we het druk zat. Het was trouwens ook stom van mij. Ik had kunnen weten dat ze niet zou kopen.'
'Waarom?'
'Die vent met wie ze zit te kanen, is kolonel Pavlov van Binnenlandse Zaken. Arif heeft hem me aangewezen.'
'Stomme trut! Waarom ben je aan haar begonnen?'
'Aha! Jij denkt dat een kolonel van politie niet naar de hoeren gaat,' smaalde de vrouw. 'Wat schattig! Toch nog eentje die in de sovjetmoraal gelooft.'
Pavlov heet hij dus. Een kolonel zelfs. Is genoteerd, dacht de Galliër. En er is ook nog ene Arif. Ook genoteerd. Wat zou die meid haar aangeboden hebben? Drugs? Kan haast niet, dealers doen alleen zaken met vertrouwde klanten. Het zullen wel importkapotjes zijn, of de pil.

Nastja was nauwelijks over de drempel van haar woning of de telefoon ging. Het was Gordejev, hevig ongerust. 'Hoe is het, kindje? Al wat opgeknapt?'

'Min of meer.' Nastja pakte het telefoontoestel op en sloot zich ermee op in de keuken. Ze was beducht voor nieuwsgierige oren aan de andere kant van de voordeur.

'Het werkt. Je bent gevolgd. Het is nog moeilijk te zeggen of hij het zelf is of een handlanger. Maar hij heeft je tot aan de portiekdeur geschaduwd. Alles verloopt volgens plan.'

'Goddank, dan heb ik tenminste niet voor niets afgezien.'

'Luister nu goed, Anastasia. Ik laat je daar vannacht niet alleen. Je was nota bene bijna afgevoerd door een ambulance. Ik duld geen tegenspraak, maar je mag wel zelf kiezen. Wie zal ik sturen?'

'Dat hoeft echt niet, kolonel. Ik red me wel.'

'Is er wat met je oren, Anastasia? Ik zei dat je mocht kiezen, niet dat je mocht beslissen. Dat doe ik. Dus, wie?'

'Haar uit het restaurant dan maar? Flinke meid, ze prikte in één keer raak.'

'Kan niet. Die hebben ze gezien. Dima Zacharov?'

'Alsjeblieft niet!' zei Nastja, net iets te snel.

'Joera Korotkov?'

'Ja, doe die maar. Ik vind het alleen een beetje sneu om zijn kostbare tijd in beslag te nemen. Hij zit midden in een heftige romance waarvan de uiterste consumptiedatum binnenkort verstrijkt.'

Bolletje werd nijdig. 'Doe niet zo onnozel. Als je nou eens ophield met je altruïsme, lieve schat? De liefdesavonturen van onze Tristan zitten me trouwens allang tot hier.'

Joera Korotkov kwam. Hij was somber. Zijn lange en kaarsrechte gestalte leek gekrompen, zijn anders brede schouders hingen nu een beetje.

'Is het echt zo erg?' vroeg Nastja meevoelend.

'Ja. Ik weet niet wat ik ermee aan moet. Het is net een soort ziekte.'

Als Joera weer eens verliefd was, stortte hij altijd zijn hart uit bij Nastja. Ze was zijn vertrouwelinge en reddingsboei. Wanneer zijn verhouding op niets was uitgelopen, trok ze hem aan zijn haren uit de depressie waar hij iedere keer weer in dreigde te belanden. Nastja had allang gezien dat het ditmaal, met Ljoedmila Semjonova, anders was dan anders. Meestal was Joera Korotkov een en al geestdrift als hij het weer eens te pakken had. Zijn ogen blonken, hij verzette bergen werk, het was alsof hij vleugels kreeg. Maar ditmaal was hij gedeprimeerd en leek er een zware last op hem te drukken. Nastja wist zelf niet precies wat ze het meest voelde: medelijden of pure jaloezie. Hevige verliefdheid was haar vreemd, de vreugde en het verdriet die erbij horen, kende ze niet. Genegenheid, dat was het maximum waartoe ze zichzelf in staat achtte. Misschien zou het haar ooit ook nog overkomen? In haar jeugd was het immers een keer gebeurd, één keer maar, meer dan tien jaar geleden. Daarna nooit meer. Een computer op twee benen kan blijkbaar geen hevige gevoelens hebben. Dat was kennelijk haar lot.

'Hoe staat het met je hartsvriend Alexander Pavlov?' informeerde Joera.

'Die schiet niet op. Geen ja en geen nee. In principe is hij akkoord, maar hij heeft nog een paar dagen gevraagd om het geld bij elkaar te krijgen.'

'Aan zijn doen en laten te oordelen, probeert hij dat niet eens. Hij belt er in ieder geval niet achteraan vanaf zijn werk. Misschien belt hij thuis. Waarschijnlijk heeft hij het gewoon iemand anders opgedragen. Het commanderen leer je niet een-twee-drie af.'

'Nou ja, vooralsnog verloopt alles volgens plan. We wachten maar af tot de Galliër mijn ziel en mijn manuscript komt halen.'

'Ben je niet bang?'

'Nou en of. Ontzettend. Vooral sinds die injectie vandaag. Waar hebben jullie die verpleegster opgeduikeld?'

'Dat heeft Bolletje gedaan. Die kent je kwaaltjes.'

'Toch blijft het moeilijk om op de tast te werk te gaan. We kunnen alleen maar gissen. Het is nog een wonder hoe vaak we tot nu toe raak hebben geschoten. Afkloppen!' Nastja klopte op een houten bijzettafeltje.

'Nastja, mag ik je een onbescheiden vraag stellen?'

'Vraag maar.'

'Die nacht dat Dima Zacharov hier was...'

'Nou?'

'Is er toen iets gebeurd?'

'Wat kan jou dat schelen?'

'Bolletje zei dat ze je vannacht iedereen mochten sturen, als het maar niet Dima Zacharov was.'

'Bolletje is een ouwe roddeltante. Zet liever theewater op.'

'Maar is het nou zo of niet?'

'Wat zeur je toch door. Ja. Of ook weer nee.'

'Wat is het nou?'

'Dat begrijp jij toch niet. Jij hebt een heel warm hart. Dat van mij is van hout. Klop zoveel je wilt, je hoort alleen doffe klanken. Ja, we hebben met elkaar geslapen. Maar dat is alles.'

'Noem het maar niets! Wat wil je nog meer?'

'Houd op, Joera Korotkov. Denk je nou echt dat ik verliefd moet worden op iedereen die met mij naar bed gaat uit sportieve belangstelling?'

'Maar hij is niet alleen met jou naar bed geweest, jij ook met hem. Ook sportieve belangstelling?'

'Vind je dat zo belangrijk? Ik hoef geen suiker.'

'Ja, dat vind ik belangrijk. Ik probeer wijs uit mezelf te worden. Niet boos worden, Nastja. Praat erover met me, alsjeblieft.'

'Laten we het dan over jou hebben.'

Maar daar kwam het niet van. Gordejev belde weer. 'Anastasia, hebben ze je al gewaarschuwd dat de hele woning stikvol microfoons zit?'

'Nee. Waarom is dat?'

'Dan komen we niet halsoverkop iedereen arresteren die bij jou een voet over de drempel zet. Misschien komen ze je eerst checken. Snap je?'

'Ja.'

Nastja dronk rustig haar kopje leeg en zette het neer. Daar-

na sprak ze luid en duidelijk: 'Bedankt voor jullie tact, kameraden. Ik zal jullie niet meer laten blozen.'
'Wat heb jij opeens?' vroeg Joera Korotkov verbaasd. 'Is het je in je bol geslagen?'
Nastja gierde het uit. 'We worden afgeluisterd. Kun je het je voorstellen? Ze hebben Bolletje meteen verslag uitgebracht van onze slaapkamergeheimpjes. En ik heb hem net een ouwe roddeltante genoemd. Jammer dat hij me gewaarschuwd heeft. Nu moeten we op ieder woord gaan zitten letten.'
'Onzin, hij heeft gelijk. Dit is beter voor de zaak.'
'Wat voor zaak? Als de Galliër mij komt vermoorden, geeft hij daar echt geen ooggetuigenverslag van. Hij doet zwijgend zijn werk en verdwijnt weer.'
'Zwijgen is ook een signaal. Jij denkt dat iedereen stom is.'
'Niet waar.' Opeens snikte Nastja even. 'Ik ben bang Joera, doodsbang. Mijn god, als je eens wist hoe bang ik ben.'
Die nacht sliepen ze niet. Ze luisterden naar ieder geluid in het trappenhuis, huiverden steeds wanneer ze de lift hoorden snorren. 's Ochtends vertrok Joera Korotkov. Die dag belde niemand op, probeerde niemand er bij de buren achter te komen waar Larisa Lebedeva woonde. Nastja deed boodschappen. Ze kocht melk en brood, en ging meteen terug. Gordejev had haar op het hart gedrukt zo weinig mogelijk buiten te komen. Wie weet wat voor ongeluk de moordenaar had verzonnen? De woning hadden ze grondig beveiligd, maar buiten konden ze Nastja onmogelijk voor ieder gevaar behoeden. Toen Nastja terugkwam uit de winkel, werd Gordejev gerapporteerd dat ze niet gevolgd was.
Er verscheen niemand. Die dag niet en de volgende dag niet. De Galliër toonde geen belangstelling voor de chanteuse. De operatie dreigde op een fiasco uit te lopen. Het had er alle schijn van dat ze deze keer hun doel hadden gemist.

De Galliër was schrander genoeg om te snappen dat zijn opdrachtgever zich door hem noch thuis, noch op zijn werk liet bellen. Hij liep een paar winkels binnen in de buurt van Pavlovs woning en overtuigde zich ervan dat het nummer waar hij naartoe moest bellen onder een heel andere centrale viel. De begincijfers van de telefoonlijnen van het ministerie kende hij uit zijn hoofd.

De Galliër belde, hoorde een antwoordapparaat en sprak in: 'Ik bel om 22.15 uur.' Daarna hing hij op.

De rest was routine. Hij hoefde zijn opdrachtgever alleen te volgen van zijn werk naar het huis waar zich de telefoonaansluiting bevond. Dit kostte de Galliër geen moeite. Pavlov belde aan bij een portiekdeur in plaats van met zijn sleutel binnen te gaan, en dat gaf de moordenaar de overtuiging dat hij gelijk had. Precies om kwart over tien belde hij vanuit de dichtstbijzijnde telefooncel. Hij liet weten dat alles gereed was, maakte een afspraak over de overhandiging van het voorschot en wachtte tot Pavlov weer was vertrokken. De Galliër spiedde enige tijd om zich heen. Het huis dat hij binnen wilde gaan, stond aan de ringweg, vlak bij het kolossale Koersk-station. Het was een van de drukste plekken van de stad, en in het flatgebouw zou het vast ook niet erg stil zijn. Des te beter.

Geluidloos liep de Galliër de trap op. Hij had er een hekel aan om op belangrijke momenten de lift te gebruiken. Zo'n ding kon altijd blijven steken. Voor de huisdeur bleef hij staan. Hij dacht even na en drukte vervolgens gedecideerd op de bel.

Bijna meteen klonk een stem achter de deur. De bewoner was kennelijk nog niet naar bed.

'Wie is daar?'

'Kolonel Pavlov heeft me gestuurd.'

'Wat wilt u?'

De heer des huizes sprak met een licht Kaukasisch accent. Dat zal Arif zijn, dacht de Galliër.

'Doet u alstublieft open. Mijn stem staat op uw antwoordapparaat, u kunt het controleren. Ik heb om kwart over tien met de kolonel gesproken. Hij heeft me uw adres gegeven en gevraagd een paar details met u door te nemen.'

'Moment.' De voetstappen van de bewoner verwijderden zich van de huisdeur. Even later klonk het geluid van het slot. Met een bliksemsnelle beweging duwde de Galliër Arif het halletje in en sloeg de deur dicht. Voor Arif er erg in had, bevond één hand van de bezoeker zich om zijn strot en hield de andere hand zijn haren stevig vast.

'Ben jij Arif?'

'Ja,' bracht deze uit.

'Weet je wie ik ben?'

'Ja.'

'Goed zo. Vertel op, en vlug.'

'Wat moet ik vertellen?' reutelde Arif.

'Wat die kolonel van jou van plan is. Ik houd je nu nog zó vast, maar ik kan het ook heel anders. Dat doet pijn. Wil je dat het pijn doet?'

'Laat me los. Ik stik.'

'Dat valt wel mee. Nou?'

'Ik weet niets. Laat me los.'

'Luister goed naar me, Arif. Je weet wie ik ben. We kunnen twee dingen doen. Of je sterft nu ter plekke, of ik verlos je van de kolonel en daarna help je me om te verdwijnen. Dan gaan we samen naar Nagorny Karabach, naar de oorlog. Daar heb je vast wel vrienden en familie. Daar vinden ze ons niet. Praat je?'

'Ja, maar laat me eerst los.'

'Nee. Praat.'

Arif Moertazov wilde inderdaad graag blijven leven en stond daarbij voor een keuze: leven in het rustige Moskou, maar met Pavlov, of in de brandhaard Nagorny Karabach, zonder Pavlov. Pavlov werd voor Arif met de dag lastiger en gevaarlijker. Hij eiste steeds meer geld en had nu een tweede moord op touw gezet, iets waar Arif helemaal niet blij mee was. De afgelopen twee dagen had hij er veel over nagedacht. Hij zat in zaken, onwettige in het verleden, volkomen legale tegenwoordig. En moord was het laatste waarmee hij te maken wilde hebben.

Gierigheid is een grote zonde, dacht Arif vaak. Pavlov was gierig. Hij had dat meisje bedrogen, en je zag wat er voor ellende uit was voortgekomen. Allemaal om die ongelukkige tienduizend roebel. En ook hij, Arif, had aan die onvergeeflijke zonde toegegeven. Hij was blij geweest toen Pavlov tegen hem gezegd had dat hij niet beslist hoefde te betalen voor het seponeren van zijn strafzaak, dat hij met loyaliteit kon terugbetalen, door op zijn beurt Pavlov te helpen. Geld was maar geld, dat viel altijd wel te versieren. Als het moest, kon hij het altijd nog terugbetalen. Hoeveel had Pavlov al niet uit hem gezogen? Genoeg voor wel tien sepots. En hij bleef hem achternazitten, alsof ze tikkertje speelden.

In feite had Arif zijn beslissing al genomen. Hij moest alleen nog de laatste stap zetten. Hij twijfelde er niet aan dat de bezoeker zijn dreigement zou uitvoeren, maar hij zou Pavlov niet te pakken kunnen krijgen, zelfs niet als Arif alles zou vertellen. Arifs dood, zelfs door een toevallig ongeluk, zou voor Pavlov een alarmsignaal zijn en hij zou meteen zijn maatregelen nemen. Er was dus een kans het er levend af te brengen. Voorlopig althans.

En Arif vertelde alles. Over het proefschrift, over Irina Filatova, over Ensk, over de fiches.

'Waarom moet hij die journaliste kwijt?'

'Ze weet iets. Ze chanteert hem met het manuscript.'

'Een manuscript is geen bekentenis van een moord. Wat weet ze concreet? Waarom is jouw kolonel bang voor haar?'

'Dat weet ik niet. Echt niet. Hij denkt dat ze alles weet.'

'En wat denk jij? Hoe gevaarlijk is ze?'

'Ik zweer dat ik verder niets weet! Hij vertelt me niets. Hij geeft opdrachten en die voer ik uit. Ik sta bij hem in het krijt.'

'We staan allemaal bij elkaar in het krijt. Hij heeft je voor een gevangenisstraf behoed en is druk bezig je een nieuwe te bezorgen. Medeplichtigheid aan twee moorden, daar krijg je meer voor dan voor dat stinkgoud van je. Of niet soms?'

'Ja. Laat je me nu los?'

'Nog niet. Je hebt nog niet alles verteld. Wat voor opdrachten heb je gekregen na de moord op Irina Filatova?'

'Ik moest naar de begrafenis om te horen wat er allemaal gezegd werd.'

'En verder?'
'Ik moest inlichtingen verzamelen over Irina Filatova.'
'Vóór de moord?'
'Ervoor en erna, toen er al een onderzoek was gestart.'
'Waarom?'
'Hij wilde het laten lijken of ze al heel lang een verhouding hadden.'
'Is dat gelukt?'
'Ja.'
'Nog iets?'
'Ik moest dat mens van de recherche schaduwen. Voor de zekerheid.'
'Wat voor mens?'
'Anastasia Pavlovna Kamenskaja. Nastja. Die schijnt ontzettend slim te zijn. Pavlov was bang voor haar, hij wilde uitvinden of ze iets vermoedde.'
'En?'
'Ze is met vakantie gegaan.'
'Dan heeft ze niets gevonden. Als ze iets vermoedde, was ze niet weggegaan.'
'Dat dachten wij ook.'
'Maar als ze weg is, komt ze ook weer terug. Net op tijd voor de tweede moord. Hebben jullie daaraan gedacht?'
'Nee. Maar toen was de chanteuse er nog niet. We dachten dat ze gewoon een journaliste was.'
'Oké. Vertel me nu meer over die Nastja Kamenskaja.'
'Niets bijzonders. Onopvallend type. Kraak noch smaak. Heeft nooit iets met mannen. Die vallen niet op haar.'
'Getrouwd?'
'Nee. Niet geweest ook. Geen kinderen, woont alleen.'
'Een goeie partij,' grinnikte de Galliër. 'Vertel me nog eens waarom Pavlov bang voor haar is.'
'Hij heeft zijn mannetjes aan de Petrovka. Die hebben hem verteld dat ze uniek is en de ingewikkeldste zaken ontrafelt.'
'Waarom heeft ze deze zaak dan niet ontrafeld, als ze zo uniek is?'

'Pavlov heeft haar het bos ingestuurd. Hij is haar zelf wezen opzoeken.'

De Galliër voelde dat er iets niet in de haak was. Als die Nastja Kamenskaja echt zo slim was, had Pavlov haar nooit het bos in kunnen sturen. Daarvoor zou Pavlov behoorlijk wat slimmer moeten zijn dan zij. En Pavlov was een stommeling, sluw op zijn manier en van zichzelf overtuigd, maar niettemin een stommeling. Tot die overtuiging was de Galliër inmiddels gekomen. Misschien was er niets fenomenaals aan die hele Nastja Kamenskaja, maar papegaaiden ze elkaar gewoon allemaal. Al bleef het een raadsel hoe het sprookje in de wereld was gekomen. Dus Pavlov vertelde niet alles aan zijn vriendje Arif. Wie zou wie hebben bedot? Pavlov Arif? Of was Pavlov zelf handig beetgenomen door die Nastja Kamenskaja? Maar de zaak-Filatova moesten ze toch op de een of andere manier rond krijgen. Hoe dan ook. Dat ze hem, de Galliër, zochten, was zo goed als uitgesloten. En als kolonel Pavlov zo stom was dat hij zich liet belazeren door een recherchetrut, moest hij de prijs daarvoor maar betalen. Ze kwamen hem de strot uit, die ministeriebaasjes.

De Galliër maakte zijn greep iets losser, zodat Arif zijn hoofd kon omdraaien. 'Ik hoef je niet te waarschuwen, je snapt het zelf wel. Bedenk één ding: jij en die kolonel krijgen mij niet te pakken. Maar ik heb jullie in zes seconden. Je weet dat ik geen grapje maak. Heeft hij een wapen?'

'Ik geloof het wel.'

'Aan "ik geloof het wel" heb ik niets. Zoek het uit. Ik bel morgen.'

De Galliër verliet het huis en begaf zich kalm richting metro. Hij had zijn plan al bijna getrokken. Nu eerst die rooie.

Gordejev bracht de tweede achtereenvolgende nacht op zijn werk door. Zijn hart kromp ineen als hij aan Nastja dacht, vooral sinds haar gesprek met Joera Korotkov. Wat was de stakker bang! Zoiets was toch ook geen vrouwenwerk. Aan de andere kant, zo schitterend en onverschrokken als ze meedeed aan hun complot... Dat deed geen man haar na. Gordejev prees in gedachten Volodja Lartsev, die in zijn psychologische portret van Pavlov had geadviseerd geen druk op hem uit te oefenen en hem niet tot spoed aan te zetten. Pakte je hem gelijk bij zijn lurven en gunde je hem niet meer dan een paar uur bedenktijd, dan liep je het risico dat hij je niet serieus nam. Als je iemand onder druk zet, bedreigt, opjaagt, dan laat je merken dat je zelf zwak staat. Je bent bang dat je slachtoffer even nuchter nadenkt en zich vervolgens realiseert dat je hem niets kunt maken. Dat je eigenlijk helemaal niet zo gevaarlijk bent. Bureaucraten als Pavlov hebben hun eigen manieren om pressie op een ander uit te oefenen. Gordejevs eigen meerdere, de generaal, kon er trouwens ook wat van. Je blaft iemand af, beledigt hem en zet hem onder druk. Dan voelt je mindere zich vanzelf schuldig en begint hij zich te rechtvaardigen, al heeft hij niets bijzonders op zijn geweten. Zo redeneerde ook de beroepsbureaucraat Pavlov, en op diezelfde manier moest je hem aanpakken. Daarom waren ze kalm gebleven. En het had gewerkt. Als je tegenstander rustig en zeker van zichzelf blijft en je alle tijd geeft om na te denken, moet hij wel over zeer ernstig compromitterend materiaal beschikken...

Gordejev speelde zijn subtiele en gecompliceerde partij bijna intuïtief. Toen men hem rapporteerde dat het object Pavlov bij het ministerie had opgepikt, hem gevolgd was tot aan het huis van Arif Moertazov, in diens huis enige tijd had doorgebracht en zich vervolgens richting Vredesboulevard had begeven, waar Larisa Lebedeva woonde, haalde hij opgelucht adem. Eindelijk, na een hapering van twee dagen, verliep alles weer volgens plan. Wisten ze nu maar zeker wie het object was. Alles wees erop dat hij de moordenaar was. Maar als dat niet zo was? Of als hij wel een moordenaar was, maar niet de goede?

Halfeen. Nastja zou wel weer wakker liggen. Arme meid. Hoe lang zou ze nog moeten wachten tot het de Galliër beliefde haar met een bezoek te vereren? Haar zenuwen konden niet veel meer hebben. Gordejev stelde zich in verbinding met de rechercheur die het object schaduwde.

'Hij zit op een vensterbank in het trappenhuis hiertegenover.'
'Is hij van plan daar te overnachten of zo?'
'Ik zou het niet weten, kolonel. Moet ik het hem gaan vragen?'
'Help hem maar een beetje op weg. De jongens hebben ook hun rust nodig.'

De Galliër zat op een vensterbank in het trappenhuis tegenover dat waarin hij Larisa Lebedeva twee dagen daarvoor had zien verdwijnen. Hij zon op de beste manier om haar flatnummer te weten te komen. Eerder hoefde hij zoiets nooit zelf te doen. Hij kreeg altijd voldoende informatie. Dat viel te begrijpen: niets of niemand mocht hem in verband brengen met het slachtoffer van een dodelijk ongeluk. Ze mochten niet samen gezien worden en hij mocht al helemaal niet open en bloot gaan lopen vragen. Dat was een ijzeren regel.

Maar ditmaal dwongen ze hem anders te werk te gaan. Weliswaar lag het ook voor de Galliër zelf deze keer anders. Al zagen ze hem, ze zouden hem toch nooit terugvinden.

Hij hoorde het geluid van een motor. Er kwam een auto de binnenplaats oprijden. Hij stopte bij de portiek waar de rooie woonde. Er stapte een man uit die een paar wankele stappen deed in de richting van de buitendeur en vervolgens tegen de muur leunde. Stomdronken. De auto reed weg en de passagier veranderde kennelijk van gedachten. In plaats van naar huis te gaan, slingerde hij naar een bank en ging zitten, met het hoofd in de handen.

De Galliër wipte soepel van zijn vensterbank en rende vlug naar beneden. 'Voel je je beroerd, maat?' Hij deed zijn best zoveel mogelijk warmte en meegevoel in zijn stem te leggen.

De dronken man knikte.

'Zal ik even met je meelopen?'

'Hoeft niet. Ik ga niet naar huis. Dat teringwijf gilt het hele flatgebouw weer wakker.'

'Blijf je hier dan tot morgenochtend zitten?'

'Nee, waarom? Als ik weer een beetje nuchter ben en recht-

op kan lopen, ga ik. Op dranklucht reageert ze niet. Maar als ze me ziet wankelen, breekt meteen de hel los.'
'Je vrouw?'
'Dat rooie rotwijf. Ik haat haar.'
'Wacht even: je vrouw, is dat die mooie rooie met die lange benen? Gilt die tegen je?'
'Nee, die met die benen is Larisa van nummer 48. Die van mij is een takkenbos. Hé,' de dronken man keek de Galliër even achterdochtig aan, 'ken jij Larisa niet? Woon je hier eigenlijk wel?'
'Ja hoor, in die portiek daar. Ik ben pas verhuisd.'
'Hoe kan dat, dat je Larisa niet kent?' zanikte de ander door. 'Alle kerels uit de huizen hier in de buurt kennen haar. Ze had een hele mooie auto, een buitenlandse. Die waste ze elke week hier op de binnenplaats, met haar eigen gelakte nageltjes. Stel je voor, een wijf dat een auto wast. Jezus, wat een stoot.'
'Hielp haar man haar dan niet?' vroeg de Galliër, zo onverschillig mogelijk.
'Ze is allang gescheiden. Die auto heeft ze gekocht toen ze al gescheiden was. En van het voorjaar, poef, weg auto.'
'Gestolen zeker?'
'In de prak gereden. Vrouwen achter het stuur... Nou heeft ze geen man en ook geen auto. Kijk eens of ik al kan lopen?'
De man stond op en liep onzeker naar de buitendeur. 'En?'
'Niet geweldig.'
'Dan blijf ik nog even zitten. Wat doe jij hier eigenlijk?'
'Ik heb iemand naar de metro gebracht en toen ik terugkwam, zag ik je zitten. Ik ga maar eens, geloof ik. Welterusten.'
'Ook goeiendag.' De dronkenlap viel half om toen hij een groetende beweging probeerde te maken.
De Galliër ging terug naar zijn vensterbank. Zoals in alle trappenhuizen in Moskou waren alle gloeilampen kapot of gestolen. Vanuit het donker zag hij de andere man duidelijk op zijn bankje zitten. Na een minuut of twintig verhief deze zich en liep even heen en weer. Het resultaat bevredigde hem ken-

nelijk, want hij verdween in zijn portiek. Nog eens tien minuten later ging de Galliër naar buiten en begaf zich te voet naar het Riga-station. Daar bemachtigde hij een particuliere taxi en reed naar de plaats waar hij zijn intrek had genomen. Het was een leegstaande woning waarvan de sleutel had klaargelegen in een bagagekluis op het Leningrad-station.

De rechercheurs die postten bij Nastja's woning, kregen toestemming zich te laten aflossen en uit te gaan rusten.

Victor Alexejevitsj Gordejev deed een paar oefeningen om zijn rugspieren te ontspannen en maakte het zich gemakkelijk in een fauteuil. Het was prettig 's nachts, niet zo heet. Kon je maar overdag slapen en 's nachts werken. Hij belde Nastja. 'Ga maar even slapen, meisje. Je aanbidder is ook naar bed.'

'Ik kan niet slapen. Ik tril helemaal.'

'Maar Stasjenka, dat hoeft toch niet? De jongens zitten in de woning naast je. Ze laten hem heus zijn gang niet gaan.'

'Misschien toch, per ongeluk?'

Dat is nou de makke bij ons, dacht Gordejev. We zijn gewoon niet in staat helemaal op onszelf en op anderen te vertrouwen. Wie zou nou toch dat object zijn? Is hij de moordenaar of niet? Wie zal er komen afrekenen met de chanteuse Larisa Lebedeva?

Nastja ging liggen. De lange slapeloze nachten deden zich gelden en het lukte haar even vergetelheid te vinden in een zware, onrustige slaap. Ze droomde dat ze boven aan een hoge, volkomen gladde rots stond, waarlangs ze niet af kon dalen. Een verlammende angst beving haar. Ik val te pletter, dacht ze. Er is geen uitweg, de rotswand is te glad en te steil. Ik heb nergens houvast. Ik sterf, dit is het einde. Op het moment dat de angst en de wanhoop ondraaglijk werden, kwam een reddende gedachte bij haar op. Ik ben hier gekomen, dus er moet ook een weg terug zijn. Die moet ik vinden. Haar vreugde en opluchting waren zo intens dat Nastja er wakker van werd. Ze keek op haar horloge. Er waren acht minuten verstreken. Ze deed haar ogen weer dicht.

In de woonkamer zat Gordejev geconcentreerd aan de tafel te schrijven. Hij was in zijn kolonelsuniform met epauletten. Het arrestatieteam bevond zich in de woning. Met zijn hoevelen ze waren, kon Nastja niet vaststellen. Onder het raam stopte een vrachtwagen. Er stapte een blonde vrouw uit met een blauwe jas aan. Maar dat is een vrouw, dacht Nastja. Het kan de Galliër niet zijn. De vrouw keek omhoog, haar ogen ontmoetten die van Nastja. Ze had een al wat ouder, sympathiek gezicht met kleine rimpeltjes. O god, ging het door Nastja heen, de dood komt me halen. Zo meteen stapt ze mijn woning binnen en dan sterf ik. De vrouw ging haar portiek binnen. Nastja meende duidelijk haar voetstappen op de trap te horen. 'Kolonel Gordejev,' riep ze, 'ik sterf. Doe iets, red mij.' Maar Gordejev keek zelfs niet op van zijn papieren. De vrouw in het blauw kwam de woning binnen. Nastja klampte zich vast aan Gordejevs uniformjasje. 'Help me! Laat haar niet bij me komen!' Gordejev rukte zich boos en met een zekere afkeer los en ging weg. De jongens van het arrestatieteam weken zwijgend uiteen om de blonde vrouw door te laten. Ze keek Nastja streng aan. 'Dag schoonheid,' zei ze zacht. 'Het is een vergissing,' wilde Nastja schreeuwen. 'U moet iemand anders hebben. Ik ben geen schoonheid, dat weet toch iedereen.' Ze voelde hoe ze wegvloog, een donkere verte in. Ik ben dood, dacht Nastja, en met die gedachte werd ze wakker.

Nastja nam haar dromen serieus. Dromen zijn het resultaat van hersenactiviteit, je droomt nooit zomaar iets. De dood in een droom duidt op een verstoring van de hartwerking, een lichte hartaanval zelfs, tijdens de slaap. Ze moest hete thee gaan drinken, goed sterk en met suiker.

Ze verliet haar bed en slofte naar de keuken. Haar vingers gehoorzaamden slecht. Ze tintelden, onmiskenbaar het symptoom van een hartstoornis. Dat van de dood was duidelijk, maar wat betekende de rest? Vertrouwde ze werkelijk niet op haar collega's? En achtte ze diep in haar bewustzijn Bolletje inderdaad in staat haar op het kritieke moment te laten vallen?

Het zal wel komen doordat het de eerste keer is, stelde ze zichzelf gerust. Ik heb gewoon nog nooit aan den lijve ondervonden hoe grondig zulke operaties worden gepland, hoe betrouwbaar alles is. Maar een heel andere verklaring drong zich hardnekkig aan haar op. Ze had de afgelopen jaren zo vaak analyses moeten maken van allerlei gecompliceerde operaties, succesvolle en mislukte, zo vaak de zwakke plekken en tekortkomingen moeten zoeken, dat ze maar al te goed wist hoe vaak er iets misliep, hoe vaak iemand knoeide, slordig of vergeetachtig was en zo anderen in de problemen bracht. Veel weten is slecht voor je gemoedsrust...

Volodja Lartsev overwoog tevreden dat de Galliër – of wie het 'object' ook wezen mocht – in feite alle vuile werk voor hen had opgeknapt. 'Ik dwing u nergens toe,' zei hij rustig. 'U hebt maar te kiezen. Doet u niet met ons mee, dan vormt dat geen enkel risico voor u. Denkt u er rustig over na.'

De ander trommelde nerveus met zijn vingers op zijn knie. 'Ik denk dat u mij bedriegt. Ik kan toch wegens medeplichtigheid vervolgd worden?'

'Dat gebeurt zonder enige twijfel. Met "geen enkel risico" wilde ik alleen maar zeggen dat een weigering om met ons samen te werken u niet zal worden aangerekend.'

'En als ik meewerk? Is dat gunstig voor me?'

'Natuurlijk.'

'Wat moet ik dan doen?'

'Niets. Als u niets doet, is het genoeg.'

'Wilt u zeggen dat ik moet zwijgen over wat er vandaag is gebeurd?'

'Dat heeft u goed begrepen. Leef gewoon verder alsof er niets gebeurd is. U moet begrijpen dat u niet tussen twee vuren zit, maar tussen drie. Aan de ene kant de organisatie, aan de andere kant uw vriend, en dan nog wij. Als u zich niet wilt branden, moet u stokstijf stil blijven staan.'

'U hebt gelijk. Maar wat als ze me iets opdragen?'

'Dan belooft u dat te doen. Maar u doet niets zonder mij

eerst te bellen. Afgesproken? Het zal allemaal niet lang duren, hoogstens een dag of drie. Kunt u het nog drie dagen uithouden?'

'Ik zal het proberen,' zuchtte de ander. 'Gezellig vooruitzicht overigens, zitten wachten tot je wordt gearresteerd en veroordeeld. En dat voor zo'n delict.'

'Dat is altijd nog beter dan wachten tot je vermoord wordt,' luidde Volodja Lartsevs overtuigende tegenargument.

11

Die ochtend bleef het mechaniek weer steken. Dat was althans de mening van Joera Korotkov en Kolja Seloejanov, toen ze hoorden welke bewegingen het object maakte. Gordejev luisterde naar hun verhaal. Het enige wat hij zei, was: 'Ik zal erover nadenken. Blijf in de buurt.'

Tegen enen kwam het bericht van de observanten dat ze hun object kwijt waren. De groep die de woning aan de Vredesboulevard bewaakte, werd onmiddellijk in staat van paraatheid gebracht. De spanning steeg. Het object verscheen niet in de buurt van de woning.

Gordejev zag rood van woede. Hij merkte dat ze de controle over de situatie begonnen te verliezen.

'Toch blijft het me een raadsel waarom we de telefoongesprekken uit het huis van Arif Moertazov niet afluisteren,' zei Gordejevs adjunct, luitenant-kolonel Pavel Zjerechov, ontevreden. 'De officier van justitie zou er ongetwijfeld toestemming voor geven.'

'Het is nu te laat, Pavel. En het is gevaarlijk. Heb je dan niets geleerd? Hoe hoger het niveau van een criminele organisatie, hoe actiever er wordt gelekt. Het risico is te groot.'

'Maar op deze manier komen we ook nergens. Dít kan niet, dát is te gevaarlijk. Snap je niet waar dit op uitloopt? Je houdt een moordenaar een onervaren jonge vrouw voor en rekent erop hem met blote handen te vangen. Wat is er mis met je, Victor? De KGB moet Pavlov aanpakken, wij niet.'

'Wat kan mij die hele Pavlov schelen!' viel Gordejev uit. 'Ik zoek een moordenaar. Pavlov interesseert me niet. Op knopjes drukken kan iedere gek.'

Zjerechov begreep hem niet. 'Knopjes?'

Gordejev sprong op en begon door de kamer te ijsberen, stoelen die hem in de weg stonden geïrriteerd opzij gooiend. 'Begrijp het nou toch, Pavel. We hebben te maken met een ingewikkeld en nauwkeurig georganiseerd systeem waar we niets van weten. Noem het een computer die beschikbaar is voor een aantal abonnees. Pavlov, Boris Roednik en weet ik wie nog meer, allemaal mogen ze op de knopjes drukken. Als ze maar abonnee zijn. Het apparaat begint te zoemen en te pruttelen, en op het scherm verschijnt een woord. Die gebruikers interesseren me niet, ik weet toch al alles van ze. Mij interesseert het wat er in het apparaat gebeurt, wanneer dat zoemt en pruttelt. Je hebt gelijk, het is een onervaren vrouw, maar ze heeft wel hersens en ze kan wat wij niet kunnen. Ze haalt dat hele apparaat uit elkaar.'

'Als ze het er levend afbrengt,' zei Zjerechov voorzichtig, zonder de kolonel aan te kijken.

'Houd je mond!' Gordejevs stem schoot uit. 'Denk je dat ik minder ongerust ben dan jij? In het uiterste geval laten we de moordenaar ontsnappen. Hij bekijkt het maar, we hebben toch amper bewijs.'

Pavel Zjerechov en Gordejev werkten al een paar jaar samen. Ze hielden elkaar mooi in evenwicht. De impulsieve, drieste Gordejev, voor niets en niemand bang, stormde halsoverkop alleen voor hem zichtbare verten tegemoet. De bedaagde, conservatieve Pavel Zjerechov was weliswaar jonger dan Gordejev, maar speelde steevast de rol van de wijze oude opa, die waakzaam toeziet dat zijn al te levendige kleinzoon niet in de vijver valt, niet over schuttingen klimt en niet met lucifers speelt. In wezen waren ze geestverwanten, maar over de te volgen werkwijze waren ze het altijd oneens.

'Waar dient het dan allemaal toe?' hield Zjerechov aan. 'Pavlov interesseert je niet, de moordenaar wil je laten ontsnappen. Al die inspanning, al die zorgen. En dat allemaal voor informatie die je misschien wel krijgt, maar misschien ook niet. Ik begrijp je niet, Victor.'

'En ik begrijp jou niet,' antwoordde Gordejev, al half gekalmeerd. 'Je ziet niet minder goed dan wij welke kant het op gaat. Onze oude, vertrouwde criminaliteit heeft afgedaan. Die had haar eigen wetten, haar eigen spelregels. Dat is er allemaal niet meer. Het land verandert, de politiek verandert, de economie verandert en daarmee verandert ook de misdaad. Dit zijn heel andere misdadigers. En wij weten niet hoe we ze moeten zoeken en ontmaskeren. Nu hebben we de kans om iets te leren. Probeer nou eindelijk eens je hersens niet volgens het oude stramien te laten werken, durf nou eens te erkennen dat zich in ons werk situaties kunnen voordoen waarin het opsporingsproces belangrijker is dan het resultaat. Laten we daar vandaag nadeel van hebben, morgen plukken we de vruchten. Laten we vandaag één misdrijf niet oplossen. We hebben zoveel onopgeloste dossiers, op eentje meer of minder komt het niet aan. Maar we komen goed beslagen ten ijs als we de huurmoorden van morgen moeten oplossen.'

'Zulke ideeën kosten je nog de kop. Waar is dat ooit eerder vertoond: bewust aansturen op het niet oplossen van een misdrijf, en nog wel de moord op een politieofficier.'

'Dan kost het me maar de kop,' zei Gordejev luchthartig. 'Ik heb tweeënendertig dienstjaren en ga over een poosje met pensioen. Het salaris dat ik nu krijg, is net genoeg om twee paar schoenen voor mijn vrouw te kopen. Ik zal heus niet aan mijn luie stoel vastgroeien. Maar jullie zullen me nog jaren dankbaar zijn als het lukt wat ik bedacht heb.'

'De generaal weet natuurlijk niets af van je napoleontische veldtocht?'

'Ik kijk wel uit. Pavlov heeft contact met hem.'

'Waarom denk je dat?'

'Hij heeft geprobeerd via de generaal uit te vissen of Nastja Kamenskaja al iets had opgeduikeld in de zaak-Filatova.'

'Waarom dat? Waarom juist Nastja?'

Gordejev lachte tevreden. Daar heb je het bewijs, mijn beste Pavel, dat ik me niet vergiste toen ik een meisje dat geen mens kende vanuit een wijkbureau hierheen haalde. Wat was je er fel op tegen! Toen zei hij, nadrukkelijk en zorgvuldig articulerend: 'Want jij geloofde mij niet toen ik zei dat wij plezier van haar zouden hebben. Jij had ongelijk. En ik had gelijk. Zeker, er is veel wat ze niet kan. Zeker, ze komt nog ervaring te kort. Maar een reputatie is ook een wapen, en niet het minste. Weet je, Pavel,' voegde Gordejev eraan toe terwijl hij achter de rug van zijn adjunct bleef staan, 'ik moet je eerlijk bekennen, dat ik dat zelf niet eens besefte. Pas toen de generaal me op het matje riep en begon te raaskallen dat Nastja mijn liefje was, kreeg ik door dat degene die hem tegen me had opgehitst, voornamelijk in Nastja geïnteresseerd was. Dat betekent dat ze diegene verteld hadden dat het echte gevaar alleen van haar kon komen. Ik was eerst zelfs een beetje beledigd. Dus wij tellen allemaal niet mee? Ik zit zesentwintig jaar bij de recherche en een crimineel is niet bang voor me. Maar zij! Zes dienstjaren en dan al zo beroemd. En toen, beste Pavel, begreep ik dat het andere misdadigers zijn. Omdat ze niet bang zijn voor de mensen van de oude stempel. Ze weten dat we anders redeneren, anders denken. Andere gewoontes hebben, zo je wilt. Maar Nastja Kamenskaja is een geval apart. Haar hersens zitten niet op dezelfde manier in elkaar. Dat bewijst dat ik gelijk heb.'

'Goed, stel dat je gelijk hebt,' zei Pavel Zjerechov inschikkelijk. 'En stel dat je zo dapper bent dat je nergens bang voor bent. Leg me dan in 's hemelsnaam uit waarom we er echt niet op een andere manier achter kunnen komen of de man die we schaduwen werkelijk de moordenaar van Irina Filatova is. Is het heus strikt noodzakelijk om te zitten wachten tot hij Nastja komt vermoorden? Ik durf het verdomme amper hardop te zeggen.'

Gordejev zuchtte. Hij ging achter zijn bureau zitten en wiste met zijn hand zijn kale kruin en zijn voorhoofd af. 'Ik weet het niet, Pavel. Ik kan niets anders bedenken. Er zijn natuurlijk een heleboel manieren, maar ik ben bang dat we hem afschrikken. Ik ben er voor honderd procent van overtuigd dat hij geen wapen bij zich draagt en dat zijn papieren dik in orde zijn. Aan een klopjacht hebben we niets. Op een onwettige aanhouding ben ik tegen. Je kent mijn principes. Die word ik nooit ontrouw, zelfs niet voor een huurmoordenaar. En als hij nu eens de moordenaar helemaal niet is, maar iemand die het voorbereidende werk voor hem opknapt? Dan is ons hele plan naar de filistijnen. We hebben bewijsmateriaal waarmee we kunnen vaststellen of dezelfde man in de woning van Irina Filatova is geweest. Maar wat dan nog? Wanneer was hij daar? Hoe bewijs je dat hij er uitgerekend op het moment van de moord was en niet een uur of een dag eerder? We kunnen hem staande houden om een praatje met hem te maken, Pavel, meer niet. Er is geen grond voor aanhouding en al helemaal niet voor inhechtenisneming. Helemaal niets.'

'Wat wil je dan wel bereiken? Wachten tot hij aanstalten maakt om Nastja te vermoorden en hem dan op heterdaad betrappen? Voel je je wel goed?'

'Ik wacht tot hij me bewijzen komt brengen, beste Pavel. Zelf, eigenhandig.'

'En als hij dat niet doet?'

'Dan zeg ik je dat jij gelijk had en niet ik. Dan draag ik de afdeling aan jou over en ga af door de zijdeur.'

In de vroege ochtend van diezelfde dag werd Volodja Lartsev gebeld. 'Hij wil dat ik met hem meega.'

'Wanneer?'

'We zien elkaar over een uur.'

'Heeft hij ook gezegd waarom? U heeft hem toch het adres gegeven?'

'Hij wil dat ik hem zelf introduceer. Zodat er niet opeens een onbekende op zijn dak komt vallen.'

'Goed, ga maar. Wees terughoudend en beheerst. Stoor hem niet, laat hij alles doen wat hij nodig vindt. U mag hem zelfs helpen.'

Op het moment dat de observanten het object kwijtraakten, was Lartsev in opdracht van de officier van instructie bezig vier arrestanten in het huis van bewaring te ondervragen. Het betrof een zaak van Konstantin Olsjanski, de man die ook de verkrachting van Natasja Kovaljova onder zich had en die eerder door Igor Lesnikov 'geen slappeling' was genoemd. Olsjanski had Volodja nauwkeurig geïnstrueerd. Ze werkten graag samen. Lartsev was misschien de enige van Gordejevs medewerkers voor wie Olsjanski niet alleen sympathie voelde, maar in wiens vakmanschap hij ook geweldig veel vertrouwen had. De pijnlijk precieze en ongelooflijk veeleisende Olsjanski genoot het gezag van iemand die zijn zaken door en door kende, maar de meeste rechercheurs, en vooral de deskundigen, werkten niet graag met hem. Hij had altijd het idee dat ze bij het onderzoek op de plaats van het delict iets vergeten waren of over het hoofd hadden gezien, was soms volslagen onverdraaglijk, joeg iedereen op en was bazig als een ouderwetse landeigenaar. En al begreep iedereen dat hij gelijk had, velen waren toch beledigd door zijn kortaangebonden optreden en zijn manieren, die geen tegenspraak duldden. Olsjanski's optreden kon op het onbeschofte af zijn. Alleen tegen Volodja Lartsev was hij beleefd en zelfs vriendelijk. Hij wist dat Volodja's verhoren veel beter waren en veel meer resultaat opleverden dan die van hemzelf.

Lartsev had net als Gordejev de nacht op de Petrovka doorgebracht. Om acht uur 's ochtends verliet hij zijn kamer om Gordejev verslag uit te brengen van zijn telefoongesprek. Toen hij diens deur opende, zag hij dat de kolonel in een fauteuil zat te slapen, met losgeknoopte boord en opzij gegleden das. Hij wilde zijn meerdere niet wakker maken en besloot hem wat later te bellen vanuit het Boetyrka-huis van bewaring.

Hij zag geen kans Gordejev te bereiken tijdens de korte pauzes tussen de verhoren. Tweemaal was het toestel langdurig in gesprek, eenmaal werd er niet opgenomen. Erg veel noodzaak voor het telefoontje was er ook niet. Hij wist dat het object geschaduwd werd, en verder kon hij Bolletje niet veel nieuws meedelen. Op één dingetje na, misschien, maar dat kon wel even wachten. Het voornaamste was dat hijzelf alles gedaan had wat hij in de gegeven situatie wenselijk en nodig vond. Toen hij het huis van bewaring verliet, deed hij nog één poging om Gordejev te bereiken, maar opnieuw zonder resultaat. Lartsev belde naar huis. De tienjarige Nadjoesjka nam op.

'Pappie!' Ze stikte haast in haar tranen. 'Kom gauw. Mammie is naar het ziekenhuis.'

'Naar het ziekenhuis?' vroeg hij verbouwereerd. 'Nu al?' Zijn vrouw was in de negende maand van haar zwangerschap.

'Ja,' snikte zijn dochtertje. 'Ze is heel ziek.'

Lartsev rende naar huis, zonder op het verkeer te letten. Hij kwam een paar keer bijna onder een auto, toen hij de weg oprende in de hoop een taxi aan te houden. Zijn vrouw Natasja en hij wilden dolgraag een tweede kind. Het was al haar derde zwangerschap na Nadjoesjka. De eerste keer had ze mazelen gekregen, die ze als kind niet had gehad, wat een miskraam had veroorzaakt. De tweede keer was het kindje dood geboren. Uit mededogen met zijn vrouw had Lartsev haar, en tegelijkertijd zichzelf, getracht te overreden het niet nog eens te proberen. Maar Natasja wilde daar niet van weten. 'Ik ga door tot het einde,' zei ze altijd. Ook ditmaal verliep alles niet erg gladjes, maar ze waren hoopvol. Het was al de negende maand... En nu opeens dit. Arme Nadjoesjka, helemaal alleen thuis, huilend, bang...

Volodja tilde zijn dochter op, wier gezichtje bol zag van het huilen, en racete met haar naar het ziekenhuis.

'Ik wil u geen valse hoop geven,' zei de arts. 'Het is heel ernstig. Het is niet uitgesloten dat we een keuze moeten maken: de moeder of het kind.'

Met het trillende meisje stijf tegen zich aan geklemd, zat Volodja Lartsev stil op een bank in de ziekenhuisgang. Hij was verpletterd door wat er gebeurde. Aan zijn telefoontje naar Gordejev dacht hij niet meer.

Ze waren het object bijna een dag kwijt geweest, toen het om tien uur op de Vredesboulevard verscheen. 'Hij is er,' werd Gordejev gerapporteerd.

Die zegende in gedachten Nastja en rende de lange gangen van de Petrovka door, naar beneden, naar zijn auto.

Toen de deurbel ging, was het alsof Nastja wakker schrok. Het bibberige gevoel verdween, haar ijskoude handen werden op slag warm. Zelfverzekerd liep ze naar de deur. 'Wie is daar?'

'Mevrouw Lebedeva?' klonk een prettige, diepe stem. 'Doet u alstublieft open. Ik kom namens Alexander Pavlov.'

Het geluid van het slot klonk en Nastja liet haar bezoeker binnen. De man die voor haar stond, was iets langer dan zij. Hij had een sympathiek gezicht en een innemend lachje. Een accurate en vlijtige boekhouder om te zien. Hij had een donkerblauwe schoudertas met een lange draagriem bij zich.

'Ik verwacht niemand van Pavlov,' zei ze gemelijk. 'We hebben afgesproken elkaar morgen te bellen. Waarom die haast opeens?'

'Kan ik ergens mijn handen wassen?' vroeg de Galliër, zonder acht te slaan op haar woorden. 'De leuningen in uw trappenhuis zijn niet bepaald schoon.'

'Komt u verder,' zei Nastja kort, en wees hem de badkamer.

In de badkamer draaide de Galliër met een snelle beweging beide wastafelkranen helemaal open, draaide zich bliksemsnel om en greep Nastja bij haar pols. Een fractie van een seconde later werd Nastja met haar rug tegen de wastafel gedrukt. Rechts was het bad, links de wasmachine, voor haar de moordenaar.

Terwijl hij met één hand haar hand vasthield en met de andere arm haar schouders omklemde, bracht de Galliër zijn lippen naar haar oor. 'Hallo, schoonheid,' zei hij zachtjes.

Als in een boze droom, dacht Nastja. En er is geen hoop dat ik wakker word. 'Waarom fluistert u?' vroeg ze luid.

'Jij bent veel te gis om dat niet te begrijpen,' antwoordde de Galliër, zonder zijn stem te verheffen. 'Als jij voor de smerissen werkt, zit je woning vol microfoons. En als je een echte journaliste en een echte chanteuse bent, heb je vast wel een dictafoon bij de hand om iets interessants mee op te nemen. Heb ik het goed?'

'Ja. Verder nog iets?' Nastja deed haar best om uitdagend te klinken.

'En daarom praten we hier.'

Gordejev veegde zijn van de spanning bezwete handpalmen af aan zijn broek. 'Wat hoor je?' vroeg hij ongeduldig.

'De kranen staan open in de badkamer. We horen alleen twee stemmen, maar we verstaan niet wat ze zeggen.'

'Iedereen klaar?'

'Ja.'

'Doe niets voordat ik het zeg.'

'Goed, dan praten we.' Ze wipte soepeltjes over op 'jij'. 'Heeft Pavlov je echt gestuurd?'

'Wie anders?'

'Weet ik veel? Je kunt wel van de politie zijn. Onze koene kolonel Pavlov blijkt volmaakt onschuldig en heeft aangifte gedaan.'

'Onschuldig waaraan? Vertel op!'

'Je kan me wat!' fluisterde Nastja uitdagend. Wat luider voegde ze eraan toe: 'O, o, wat willen we alles graag weten voor nop. Nou moet je eens goed luisteren, linkmiegel. Ik doe mijn mond alleen open voor geld. Vertel nou maar gauw wat je hier komt doen, want ik ben het knap zat om hier te staan. En bewijs eerst maar eens dat je niet van de politie bent. Dan praten we verder.'

'En als ik van de politie ben? Wat doe je dan?'

'Helemaal niets. Dan zijn we meteen uitgepraat. En morgen dien ik een klacht in dat je op vertoon van je legitimatie mijn woning bent binnengedrongen en geprobeerd hebt me te verkrachten. Of te beroven, dat weet ik nog niet. Dan kan je ontkennen tot je een ons weegt.'

'Chanteer je me?'

'Wat denk je? Dat is het enige waar ik goed in ben.'

'En nou houd je op met je geklets. Pavlov heeft het geld, maar hij vertrouwt je niet. Daarom gaan we morgen met zijn tweetjes naar hem toe. Je geeft hem het manuscript en de informatie, je krijgt je honderdveertig, en verder de groeten.'

'Wat moet jij daarbij? Ga je het geld natellen? Je nuttig maken als kassier?'

'Lach jij maar,' zei de Galliër en verstevigde zijn greep, zodat Nastja een pijnlijke grimas trok. 'Straks ben je wel uitgelachen. Ik blijf hier tot morgenochtend. In die tijd moet ik zekerheid krijgen dat je te vertrouwen bent.'

'Je liegt dat je barst,' zei Nastja luid. 'Dat kun je nooit zeker weten.'

'Stil!'

'Dat kun je nooit zeker weten,' herhaalde ze, wat zachter. 'Je moet wel een volslagen idioot zijn om daarvoor hiernaartoe te komen. Dus wat kom je echt doen?'

'Jou vermoorden.'

'Ik hoor geen stemmen meer,' klonk een verontruste uitroep van kapitein Sjestak uit de radio. 'Alleen water.'

'Maak je klaar,' commandeerde Gordejev. Hij had wel voor de auto uit willen rennen.

Geluidloos ging de deur van woning nummer 49 open. Er verschenen nog eens twee personen op de overloop tussen twee verdiepingen.

De vrouw verslapte in de armen van de Galliër. Op haar gezicht was pure angst te lezen. 'Waarom?' fluisterde ze amper hoorbaar.

'Je hebt je met andermans zaken bemoeid. Ik ben ingehuurd om je te vermoorden. Persoonlijk heb ik niets tegen je. Als je verstandig bent, blijf je leven. Gesnapt?'

'Ik voel me zo beroerd,' kreunde ze, nauwelijks haar kleurloze lippen bewegend. 'Laat me even zitten.'

De Galliër ging een eindje opzij en zette haar op de rand van het bad. Hij hield haar nog steeds stevig met twee handen vast.

'Luister goed naar me,' zei hij. 'Pavlov en ik hebben onze eigen deal. Ik moet dat manuscript hebben, maar kan er niet meteen voor betalen. Zoveel geld heb ik niet. Morgen ga je met me mee, ik strijk het honorarium op voor de moord op jou, en van dat geld reken ik met je af. Als je gehoorzaamt, gaat alles goed.'

Nastja knikte zwijgend.

'We gaan zo meteen de badkamer uit, en dan gaan we ons als fatsoenlijke mensen gedragen. Dus mondje dicht. Eén onvoorzichtig woord en ik zou kunnen denken dat de smerissen de woning afluisteren. Ik ben heel achterdochtig, weet je, en ik heb weinig gevoel voor humor. Voordat je vriendjes hierheen gerend zijn, ben jij al dood. Ook al zitten ze bij de buren. Dus biecht maar op, liggen ze in een hinderlaag?'

'Ik hoor een stem,' deelde Sjestak mee. 'Eentje maar, een mannenstem. Ze zijn nog steeds in de badkamer.'

'Verder geen geluiden? Geen worsteling?'

'Ik hoor niets.'

'We wachten nog dertig seconden. Als ze over dertig seconden niets gezegd heeft, beginnen we.'

De commandant van het arrestatieteam keek op zijn secondewijzer.

Nastja had het gevoel dat het analytisch apparaat in haar hoofd een oorverdovende herrie maakte. Ze moest iets zeggen, het maakte niet uit wat, gewoon iets onzinnigs. Als ze haar stem maar liet horen. Anders zouden ze de woning komen binnenstormen en alles bederven. De Galliër mocht absoluut niet nu gearresteerd worden. Ze moest eerst weten wat hij van plan was. Het een of andere sluwigheidje met Pavlov. Wat vroeg hij ook weer? Of ze bij de buren in een hinderlaag lagen...

'Nou en of. Tien man links en tien man rechts, en nog honderd op de trap. Ze zitten ook in alle kasten. Ga ze maar zoeken.'

'Grapjas,' siste de Galliër. Hij draaide de kranen dicht. 'We gaan, anders moet ik je alsnog vermoorden. En ik heb je levend nodig.'

De commandant van het arrestatieteam keek op zijn horloge. Er waren vijfentwintig seconden verstreken. Hij stak zijn hand op en meteen kozen drie mannen positie voor de huisdeur van nummer 48. Een van hen hield de sleutel klaar.

In de auto van Gordejev, Joera Korotkov en Misja Dotsenko klonk de stem van Sjestak: 'De vrouw heeft gesproken. De kranen zijn dichtgedraaid.'

Gordejev wierp een blik op zijn secondewijzer. Achtentwintig seconden. 'Stop!' brulde hij.

De Galliër voerde Nastja de keuken in, zonder haar hand los te laten. Met een hoofdknik wees hij naar een hoekbankje. 'Ga daar zitten. Nu we hier toch zijn, zal ik maar een beetje voor je zorgen. Heb je gegeten?'

'Nog niet. Ik was het net van plan toen jij kwam.'

'Dan eten we nu.'

Hij opende de koelkast alsof hij thuis was en ging er op zijn hurken voor zitten. Hij pakte eieren, melk en twee conservenblikjes zonder etiket. 'Wat is dat?' vroeg hij, terwijl hij de blikjes aan alle kanten bekeek.

'Vis. Sprot in tomatensaus of zoiets. Je voelt je al aardig thuis,' zei Nastja ironisch.

De Galliër draaide zich om. 'We zitten hier nog de hele nacht. We kunnen het maar beter een beetje gezellig maken. Dat kort de tijd. Wil je een omelet? Blijf rustig zitten, ik maak hem wel klaar.'

'Laat maar, ik doe het zelf wel.' Nastja maakte aanstalten om op te staan. Dat ze werkelijk in direct levensgevaar was, kon ze niet serieus bevatten.

'Rustig zitten, zei ik.' De stem van de Galliër klonk koud als staal. 'En houd je handen zo dat ik ze zien kan. Ik zeg het geen derde keer.'

'Ach man, maak je niet zo druk,' zei Nastja met een zucht.

Ze trok haar benen op. 'Goh, eindelijk maakt een man eens een keer eten voor mij. Doe je best, chef-kok.'

De Galliër stond verbaasd over haar zelfbeheersing. Waarschijnlijk was ze inderdaad een beroeps-chanteuse. En ze was bepaald niet stom.

Een auto reed de binnenplaats van het huis ernaast op. Er sprongen drie mannen uit. Ze renden naar een busje dat bij de inrit stond. 'Wat gebeurt daar?' vroeg Gordejev hijgend.

'Ze gaan eten. Hij is achterdochtig. Ze moet van hem in de hoek blijven zitten. Ze zijn van plan daar tot morgenochtend te blijven.'

'Ik snap er geen moer van,' zei Victor Gordejev peinzend. 'Wat zou hij van plan zijn?' Hij wendde zich tot Joera Korotkov. 'Waar zit Lartsev trouwens?'

'Hij moest de hele ochtend naar de Boetyrka-gevangenis,' zei Joera schouder ophalend. 'Daarna is hij niet meer op komen dagen.'

'Zoek hem. Misschien kan hij ons wijzer maken.'

Joera Korotkov ging achter de radiozender zitten.

Volodja Lartsev zat roerloos in de ziekenhuisgang. Hij durfde zich niet te bewegen, bang om zijn dochtertje wakker te maken, dat op zijn schoot in slaap was gevallen. Hij voelde pure wanhoop. Natasja lag op de intensive care. Aan de gezichten van de artsen die naar buiten kwamen te zien, zag het er beroerd uit.

Nastja at met smaak haar omelet op, hoewel ze geen honger had. De experimenteerlust was in haar ontwaakt. Ze was benieuwd hoe een door een moordenaar klaargemaakte maaltijd smaakte. 'Lekker,' prees ze oprecht. 'Je bent zeker vrijgezel?'

'En jij bent zeker erg nieuwsgierig?'

'Natuurlijk,' lachte Nastja. 'Als ik niet nieuwsgierig was, zou ik geen cent verdienen.'

'Zo heel veel geld heb je anders niet, als je nog altijd geen

nieuwe auto gekocht hebt. Nou?' zei de Galliër plagend.
Goed zo, dacht Nastja. Ze legde langzaam haar vork neer en kneep haar ogen samen.
'Nou verraad je jezelf. Je bent dus toch een smeris.'
'Waarom?' vroeg de Galliër met ongeveinsde verbazing.
'Omdat Pavlov niets van mijn autoperikelen kan weten. En de politie wel. Dat met mijn adres is me trouwens ook nog steeds niet duidelijk. Hoe heb je me gevonden als Pavlov je mijn adres niet heeft gegeven?'
'Hoe weet je dat hij mij je adres niet heeft gegeven? Hij werkt op Binnenlandse Zaken. Het is voor hem een fluitje van een cent om je adres te weten te komen.'
'Klets niet. Ik woon hier niet officieel. Deze woning staat op naam van mijn ex, en die heet anders. Ik zal er tot mijn laatste snik trots op zijn dat een kapitein van politie me een eigenhandig klaargemaakte omelet heeft voorgezet. Of ben je al majoor? Laat je legitimatie eens zien? Ik ben benieuwd hoe je er in uniform uitziet.'
'En heet jij echt Larisa?' pareerde de Galliër. 'Laat me je paspoort maar eens zien.'
'Ik mag toch niet opstaan?' zei Nastja plagerig. 'Haal mijn tasje maar uit de gang.'
Zonder zijn ogen van de vrouw af te wenden, liep de Galliër langzaam naar het halletje en kwam terug met het tasje. Nastja strekte haar arm uit, maar hij ritste zelf de tas open en keerde hem om boven de keukentafel.
'Ongemanierde aap!' zei ze nijdig.
De Galliër negeerde haar woorden en keek in haar paspoort. Nastja voelde zich gerust. Ze wist dat Joera Korotkov zijn werk goed had gedaan. Zelf had ze de inhoud van haar tas elke dag een paar keer gecontroleerd. Er kon niets verdachts in zitten.
'Tevreden, meneer de controleur?' vroeg Nastja spottend. 'Was nu maar af en zet een kopje koffie voor mevrouw. Maar eerst moet je me jouw papieren laten zien. Eerlijk is eerlijk.'
'Je bekijkt het maar,' mompelde de Galliër. Kalm stopte hij de over de tafel verspreide damesattributen terug in het tasje.

'Maar je hebt toch wel een naam? Ik moet de hele nacht nog met je praten!'
'Kies zelf maar een leuke naam uit. Vasja, Petja, wat je wilt.'
'Emmanuel, dat vind ik nou een mooie naam. Zo stijlvol. Zal ik je Emmanuel noemen?'
'Je doet maar. Welke spons moet ik gebruiken?'
De Galliër stapelde borden en bestek in de gootsteen en deed met een geroutineerd gebaar een schort voor.
'Nee, je bent zo'n echte huisman, Emmanuel past niet bij je. Het moet iets simpelers zijn. Ik weet het! Mikkie! Ik ga je Mikkie noemen. Goed?'

'Wat doet ze nou?' zei Joera Korotkov vol afgrijzen. 'Waarom zit ze hem te pesten? Straks wordt hij driftig en vermoordt hij haar. Moet je vooral doen, een huurmoordenaar voor de gek houden. Ze is hartstikke gek!'
'Alleen jammer dat we nog steeds niet weten of hij nou wel of niet een moordenaar is,' merkte Gordejev op. 'Laten we hopen dat Nastja dat voor ons uitvist. Heb je Lartsev al?'
'Die is nergens te vinden. Niet thuis, niet op het bureau.'
'Heb je zijn ouders gebeld?'
'Die weten het ook niet.'
'En zijn schoonouders?'
'Die wonen in Koejbysjev. Daar komt Natasja vandaan.'
'Wat een lummel!'

De Galliër schonk twee koppen dampende koffie in. Als je alles even vergat, dacht hij, kon het leven soms verbazend prettig zijn. Een schone, gezellige keuken, een mooie vrouw in een elegante peignoir, hete en sterke koffie, rustig babbelen. Een huiselijke idylle! Waarom had hij dat niet in zijn leven? 'Zit er genoeg suiker in?' vroeg hij, toen Nastja een slok had genomen.
'Precies goed, bedankt. Geef me mijn sigaretten eens aan?'
De Galliër reikte haar het pakje en een aansteker aan en schoof de asbak dichterbij. Onwillekeurig bewonderde hij haar

lange vingers met de onberispelijk gemanicuurde nagels toen ze een sigaret uit het pakje haalde.

'Rook jij niet?' vroeg ze, nadat ze een diepe trek had genomen.

'Nee. Nooit gedaan ook. Waarom zit jij jezelf te vergiftigen als je een zwak hart hebt?'

'Nou ja, gewoon...' Nastja tekende met de sigaret een ingewikkeld symbool in de lucht. 'Wie maakt het nou wat uit of ik gezond ben? Ik heb geen man, geen kinderen, en ouders die ver weg wonen en die me misschien allang vergeten zijn. Wat heb ik voor toekomst? Een eenzame oude dag in een bejaardentehuis. Een gezellig vooruitzicht. Dan ga ik liever wat eerder dood.'

De Galliër begreep dat ze ditmaal geen grapjes maakte. In haar ogen zag hij echt verdriet. 'Je kunt toch hertrouwen? Je bent intelligent, jong, mooi... Je moet jezelf niet afschrijven.'

'Trouwen? Ik?' Ze tikte de as van haar sigaret. 'Alsjeblieft niet. Ik ben gewend alleen te zijn. Het is rustiger om op jezelf te zijn aangewezen. Je kunt in dit pestleven geen mens vertrouwen, alleen jezelf. Of niet soms?'

'Misschien,' stemde de Galliër toe.

'Zie je wel?' zei ze tevreden. 'Jij bent precies zo'n eenzame wolf als ik. Omdat je weet dat dat meer zekerheid biedt.'

De Galliër zweeg. Na de spanningen van de laatste dagen had hij zin zich heel even te ontspannen. Gewoon in deze warme keuken zitten en met die rooie Larisa babbelen, zonder drukte, vertrouwelijk en behaaglijk.

'Het is de moordenaar,' zei Gordejev vastbesloten. 'Wat doen we?'

'Aanhouden, voordat het te laat is,' vond Misja Dotsenko.

'Laat ze nog even praten,' wierp Joera Korotkov tegen. 'De situatie is stabiel. Misschien komen we nog iets interessants te weten.'

Misja kon zich niet langer inhouden. 'Ze zit daar moederziel alleen met een moordenaar! Hoe kunnen jullie daar zo rustig onder blijven?!'

'En hij zit daar moederziel alleen met Anastasia. Zegt je dat dan niets? We wachten nog even,' resumeerde de kolonel.

Ze hadden hun tweede kop koffie op. Nastja veranderde van houding en wreef over haar been, dat was gaan slapen door het lange stilzitten. Al meer dan een uur zaten ze vredig te babbelen over koetjes en kalfjes: de voor- en nadelen van diverse auto's, merken cognac en badplaatsen aan zee. Nastja keek eens naar het gezicht van haar gesprekspartner. Het verbaasde haar hoe gewoon hij was en op zijn manier zelfs aantrekkelijk. Wie had het over de lege en koude ogen van moordenaars? Allemaal onzin. Een heel normale man met heel normale ogen en een aangename glimlach. Rustig, ernstig, alsof hij op zijn werk was. Nou ja, dat was hij natuurlijk ook, in zekere zin. Goed, dacht ze, nu moet de zweep er maar eens over. Hij heeft nou lang genoeg uit kunnen rusten.

'Zeg Mikkie, weet je dat je naar hond ruikt? Was je je eigenlijk wel?'

De overgang van vriendelijkheid naar sarcasme kwam zo onverwacht dat de Galliër schrok en vuurrood werd.

'Ga lekker douchen,' ging Nastja door.

'En jij naar de politie bellen zeker, of in mijn tas rommelen. Denk je dat ik gek ben?' antwoordde hij nijdig.

'Ik wil best met je mee hoor. Kan ik oppassen dat je niet verdrinkt in je badje. Wat zit je me nou aan te staren? Denk je dat ik nog nooit een blote man gezien heb? Hup, naar de badkamer.' Ze begon overeind te komen van haar bank. 'Dat je niet vies van jezelf bent.'

Nastja wilde twee dingen bereiken. Ze wilde hem vernederen en hem ertoe brengen zich te rechtvaardigen; én ze wilde iets ter sprake brengen waarover ze in de keuken niet durfde te kikken omdat hij dan achterdochtig zou worden.

De Galliër stond met tegenzin op en volgde zijn gastvrouw de badkamer in. Hij kleedde zich uit tot op zijn boxershort. Zijn spijkerbroek en overhemd legde hij netjes opgevouwen op de wasmachine.

'Draai je om.'

'Ja, maak het een beetje. Dan krijg ik zeker een klap op mijn achterhoofd? O, wat zijn we slim.'

'Ik zei toch dat ik je levend nodig heb?'

'Je kunt wel zoveel zeggen. Jij gelooft mij niet, dus waarom zou ik jou wel geloven?'

Ze draaide de kranen open. Schiet een beetje op, spoorde Nastja hem in gedachten aan. In zijn blote kont is geen man een held en behoudt geen man zijn waardigheid.

'Stap nou maar onder de douche,' zei ze geërgerd. 'Doe niet zo belachelijk preuts. Schuif desnoods het douchegordijn dicht.'

'Waarom sleept ze hem naar de badkamer?' zei Korotkov nijdig. 'Zo horen we niets.'

'Daarom doet ze het juist,' antwoordde Gordejev. Hij had Nastja Kamenskaja's manoeuvre door. 'Uiterste waakzaamheid als ze de badkamer weer uit komen. Dan probeert ze misschien informatie door te geven. Hij is voorzichtig en houdt er nog steeds rekening mee dat we ze afluisteren. We hebben nog geen woord van hem dat tegen hem gebruikt kan worden.'

Met welbehagen stelde de Galliër zijn lichaam bloot aan de warme waterstralen. Toch geen kwaaie meid, dacht hij. Jammer dat hij haar moest vermoorden. Ze zouden goed bij elkaar passen. Twee eenzame wolven...

'Hoe gaat-ie, Mikkie?' klonk haar stem van achter het ondoorzichtige douchegordijn. 'Is het lekker of is het lekker?'

'Het is lekker.' Hij probeerde niet zijn tevredenheid te verbergen.

'En je spartelde nog wel zo tegen!' Ze begon zachtjes te lachen. 'Hoor eens, mag ik je iets vragen?'

De Galliër was meteen op zijn hoede. Voor de zekerheid draaide hij de kraan verder open. Maar Larisa had haar les kennelijk goed geleerd. Ze schoof het gordijn opzij en bracht haar mond vlak bij zijn oor.

'En Irina? Heb jij dat ook gedaan?'

'Wat voor Irina?'

'Irina Filatova. Ze was een vriendin van me. Ze is ook vermoord om een manuscript.'

'Nooit van gehoord.'

'Wie heeft het dan wel gedaan?'

'Ik zeg toch dat ik nooit van haar gehoord heb. Ik ken geen Irina Filatova.'

'Lieg je niet?'

'Waarom zou ik haar moeten kennen?'

'Irina heeft zelf een exemplaar van het manuscript aan mij gegeven.'

'Jij bent ook leep! Moet Pavlov honderdveertig schuiven alleen om dat te horen te krijgen? Ik zou er nog geen roebel voor geven.'

'Jij niet, maar Pavlov wel. Hij zou er nog veel meer voor over hebben. Wat moet jij met het manuscript?'

'Ik wil een stevig gesprek met Alexander Pavlov. Ik mag hem niet. Ik denk dat hij dat vriendinnetje van je ook vermoord heeft.'

'Hoe weet je dat?'

'Ik weet het gewoon. En nu wegwezen. Einde gesprek.'

Nastja liep gehoorzaam naar de badkamerdeur. De Galliër draaide de kranen dicht en reikte naar een handdoek. Na de douche voelde hij zich veel beter. Hij had natuurlijk ook de moord op Irina Filatova kunnen bekennen. Ze zou het toch niet lang meer maken. Morgen om deze tijd was ze er niet meer. Bovendien zou ze dan pas goed bang voor hem zijn en haar giftige grapjes voor zich houden. Maar op de een of andere manier was de Galliër ervan overtuigd dat hij niet moest bekennen.

'Trek een badjas aan,' stelde Nastja voor, toen de Galliër zich wilde aankleden. 'Dan kun je je overhemd wassen, huismannetje van me. Morgenochtend is het droog.'

'Hoeft niet,' antwoordde hij boos. Het moest er nog bijkomen dat hij, waar zij bij was, ging staan wassen. Dan moest hij zijn zakken leeghalen en zou zij het zien... Hoewel ze misschien toch niet zou snappen wat het was... De badjas trok hij toch

maar aan. Hij had helemaal geen zin om het zweterige overhemd waar hij een hele dag lang in had rondgelopen over zijn schoongewassen lijf aan te trekken. 'Naar de kamer. We hebben lang genoeg in de keuken rondgehangen,' beval hij.
'Hoe lang moeten we eigenlijk nog blijven zitten?' vroeg Nastja.
'Krijg je slaap? Ga maar naar bed, ik maak je wel wakker als het tijd is.'
'Heb je nog meer leuke ideeën? Denk je dat ik zo stom ben om te gaan slapen, als er een vreemde in mijn huis zit? Misschien ben je geen smeris maar gewoon een dief.'
'Ik ben geen smeris. Hoe vaak moet ik dat nog zeggen?' viel de Galliër uit.
Larisa gaf geen krimp. 'Bewijs het dan eens?'
'Hoe kun je zoiets nou bewijzen? Goed, zeg jij maar wat ik moet doen. Ik vind alles best.'

'Ze heeft hem murw,' becommentarieerde Gordejev met een tevreden stem. 'Het zal mij benieuwen hoe hij zich hieruit redt.'
'Kolonel, begrijpt u wat ze allemaal doet?' vroeg Misja Dotsenko bezorgd.
'Wat zij doet, noemen we de "wetenschappelijke speldenprikmethode",' grinnikte Joera Korotkov. 'Ze blijft speldenprikken uitdelen en probeert er, al improviserend, achter te komen waarom hij haar niet vermoordt.'
'Verdomme, waar zit Lartsev,' zei Bolletje kwaad. 'Hij moet hier zijn en nergens anders. Dotsenko, bel de ziekenhuizen af. Misschien is er iets met hem gebeurd.'

'Komt u afscheid van haar nemen?' zei de arts. Hij fluisterde om Nadjoesjka niet wakker te maken.
Volodja Lartsev legde het kind voorzichtig op de bank en liep met stijve benen de ziekenkamer in. Daar lag Natasja, mager als een meisje. De dikke buik, waaraan hij al zo gewend was, was verdwenen. Hoe moest hij afscheid nemen? Volodja had geen notie wat er van hem verwacht werd. Moest hij haar

kussen? Hij had nooit eerder afscheid van dierbaren hoeven te nemen in een ziekenhuis. Hulpeloos pakte hij de hand van zijn vrouw en streelde haar vingers. Hoe kan dat nou, dacht hij. Dit is ze toch, hier ligt ze, ik raak haar aan. Het is zelfs alsof ze me hoort. En tegelijkertijd is ze het niet. Ze is nog warm, en tegelijkertijd is ze dood. Hij kon het niet bevatten.

Op het bankje kwam hij weer tot zichzelf, naast zijn slapende dochtertje. Laat haar maar slapen, dacht Volodja. Ze hoort het straks wel, dan kan ze nog genoeg huilen. Met zijn rug leunde hij tegen de koele muur, geschilderd met de kleur verf waarop de overheid het patent heeft. Hij sloot zijn ogen. Later, later, alles kwam later.

Wat Nastja Kamenskaja deed terwijl ze alleen was met de Galliër, heette 'de slinger van de klok'. Een onschuldig grapje, daarna een kalm, vrijblijvend praatje, dan wat grovere, meer uitdagende plagerijtjes, en dat alles weer gevolgd door een serieus gesprek. Zo ging het steeds door, waarbij tempo en intensiteit geleidelijk werden opgevoerd. Nu was de fase van de plagerij aan de beurt. Nastja moest iets brutaals en beledigends opmerken en meteen na haar plaagstoot overschakelen op iets serieus. Ze overwoog wat ze zou gaan zeggen.

'Ik weet wel een manier waarop je kunt bewijzen dat je geen smeris bent. Dan slaan we twee vliegen in één klap, want jij weet dan meteen zeker dat de woning niet wordt afgeluisterd. Wat vind je ervan?'

'Voor de draad ermee.'

Nastja stapte op hem af, bleef even staan, alsof ze een aarzeling moest overwinnen, en sloeg toen met een snelle beweging de badjas van de moordenaar open. Langzaam en gulzig liet ze haar blik glijden over zijn gebruinde, gespierde lichaam, schoon, zonder tatoeages. Ze was erachter wat ze wilde.

'Zo, huismannetje van me. Koken en wassen kun je. Maar hoe zit het met de rest? Jullie smerissen mogen niet met verdachten rotzooien. Dat kan je je strepen kosten. Dus bewijs nu maar eens dat Pavlov je gestuurd heeft en niet iemand van de

Petrovka,' zei ze langzaam.

'Ik ben geen robot!' zei de Galliër verontwaardigd. 'Misschien heb ik geen zin. Misschien vind ik je niet aantrekkelijk. Ik ben trouwens bekaf.'

'Niet alleen een smeris, maar nog impotent ook,' knikte Nastja nadenkend, alsof ze een zonderling preparaat door een microscoop bekeek. 'Nou ja, het is ook zwaar werk wat jullie doen. En zenuwslopend. Toch jammer. We hadden in één keer alle misverstanden kunnen oplossen. Nu moet ik iets anders verzinnen. Je hebt niet geleerd je seksuele talenten aan te wenden tot heil van het vaderland en de gemeenschap.'

Nastja ging op een vensterbank zitten, half van de Galliër afgewend. Ze stak een sigaret op en blies de rook door het bovenraampje. Ze zweeg en telde voor zichzelf tot honderd. 'Ben jij eigenlijk bang voor de dood?' vroeg ze zacht.

'Lartsev ligt nergens in een ziekenhuis. Maar om 14.00 uur is een Natasja Lartseva per ambulance naar het ziekenhuis gebracht. Ze is zesendertig jaar en woont in de Olchovskajastraat.'

Gordejev keek met een ruk op. 'Dat is zijn vrouw. Wat is er met haar?'

'Ze is een halfuur geleden overleden. Het kind ook.'

'O mijn god!' kreunde Victor Alexejevitsj Gordejev. 'Wat vreselijk. Wat verschrikkelijk. Hij zat natuurlijk al die tijd in dat ziekenhuis, terwijl we hem zochten.'

De gedachten van kolonel Gordejev werden twee kanten uit getrokken. Hoe kon hij Volodja Lartsev helpen, die binnen een uur zijn vrouw en zijn ongeboren kind had verloren? En wat moest hij doen met de Galliër, de huurmoordenaar die zich op zo'n tweehonderd meter afstand van hem bevond?

12

De Galliër was niet bang voor de dood. Hij had hem vaak van dichtbij gezien, hij had veel mensen omgebracht. De dood bracht geen angst en lijden wanneer hij zijn werk deed. Hij wilde graag geloven dat ook zijn eigen einde snel en gemakkelijk zou zijn. Trouwens, vrezen deed je iets wat niet iedereen overkwam. Maar waarom zou je bang zijn voor iets wat onontkoombaar was, iets wat ieder mens onherroepelijk wachtte? Bang of niet bang, de afloop is hetzelfde. En zijn leven was nu ook weer niet zo lollig geweest dat hij er met veel hartzeer afscheid van zou nemen.

Toen hij als gesjeesde student medicijnen zijn peetvader ontmoette, had hij in zijn naïviteit gedacht dat het leven in een criminele organisatie één groot feest zou zijn. Van de grote sommen geld die hij betaald kreeg voor een of twee opdrachten per jaar, kon hij inderdaad royaal leven. Hij had geld genoeg voor vakanties aan zee, de duurste hoeren, goede cognac. Maar het werd steeds duidelijker dat je een bescheiden, eenzelvig en voorzichtig leven moest leiden als je een volgende opdracht wilde krijgen. Eenzaamheid was de prijs die hij betaalde voor zijn hoge inkomen. De Galliër wist dat niemand een traan zou laten wanneer hij stierf. Het zou zelfs geen mens opvallen dat hij weg was. En om zo'n leven moest hij treuren? Ook voor de gevangenis was de Galliër niet bang. Hij had altijd de pil onder handbereik die hem vervolging, berechting en terechtstelling zou besparen.

Maar Larisa had hem klem gezet met haar vraag. Waarom moest hij zoiets bespreken met een volslagen vreemde? Aan de andere kant was hij blij dat ze was afgestapt van haar precaire en vervelende onderwerp en dat ze hem niet meer plaagde. Nee, hij wilde geen intimiteit met haar. Niet nu.

Buiten begon het te dagen. De Galliër zat in een leunstoel, Nastja zat naast hem op de grond. De moordenaar en zijn toekomstige slachtoffer spraken zachtjes over de dood.

'Ik ben niet bang om dood te gaan, als het maar geen pijn doet,' zei ze, alsof ze de gedachten van de Galliër had geraden. 'En misschien is het wel waar wat je in de boeken leest. Het leven na de dood is vast beter dan het leven dat we hier leiden. Wat denk jij?'

'Ik weet het niet. Ik heb nooit van die boeken gelezen.'
'Zou Pavlov eigenlijk bang zijn om dood te gaan?'
'Dat soort mensen is altijd bang. Anders had hij zich allang een kogel door zijn kop gejaagd, in plaats van zich al deze toestanden op de hals te halen. Maar hij blijft treuzelen en blijft ergens op hopen. En nu zit hij in de ellende.'
'Ellende?' Nastja schudde geringschattend het hoofd. 'Hij betaalt honderdveertigduizend en is overal vanaf. Waarom zou hij zich van kant maken? Het is het laatste exemplaar, meer zijn er niet, dat staat vast. Niemand zal hem verder lastig vallen.'
'Wat weet jij daarvan?'
'Weet jij soms meer?' vroeg ze ongelovig.
De Galliër zweeg. Inwendig schold hij zichzelf stijf om zijn onvoorzichtigheid. Hoe had hij zo de waakzaamheid uit het oog kunnen verliezen? Gelukkig leek ze niets gemerkt te hebben. Hij probeerde van het gevaarlijke thema af te stappen. 'Hoe lang heb je nodig om je klaar te maken?'
'Moeten we al weg?' zei Nastja verschrikt.
'Nog niet, rustig maar. Maar ik moet mijn planning maken.'
'Is het ver?'
'Gaat je niets aan. Ik vroeg je iets,' zei de Galliër koel.
'Ik geef toch antwoord? Het hangt ervan af waar we naartoe gaan. Ik moet toch een beetje weten wat ik aan moet trekken? Als ik in spijkerbroek en op sportschoenen kan, ben ik zo klaar. Maar als we netjes moeten, duurt het wat langer. Douchen, snufferd verven, dat is ook negen à vijftien. Dat snap je toch wel?'
'We hebben een ontmoeting met Pavlov. Ga daar maar van uit.' De Galliër liet zich niet uit zijn tent lokken.
'Nou, zeg een minuut of vijfenveertig, vijftig.'
'Een exacte geest,' zei hij spottend. 'Volgens mij heeft geen enkele vrouw besef van tijd. Daarom komen ze ook altijd te laat.'
'Mikkie de vrouwenkenner. Kijk, kijk! Hoe impotenter ze zijn, hoe beter ze het weten.'
Je hebt er zelf om gevraagd, stommeling, dacht de Galliër.

Je moet haar geen kans geven. Eén onvoorzichtig woord en ze pakt je meteen.

'Wat zei ze daar?' Gordejev spitste de oren. '"Snufferd verven", en daarna?'
'Vijf à tien,' meende kapitein Sjestak.
'Nee, iets anders. Het klonk heel gek.'
'Negen à vijftien,' zei Misja Dotsenko.
'Dat was het! Wat kan dat nou betekenen?' vroeg Gordejev zich af. 'Zoiets zou ze anders nooit zeggen. Het betekent iets. Allemaal nadenken. Vlug!'

Het heeft geen zin, dacht Nastja. Ze begrijpen het niet. Maar ik kon niets beters verzinnen. De Galliër is veel te slim, ik hoef niet te proberen op een andere manier informatie door te geven. Nu is al mijn hoop op hen gevestigd. Wist ik maar wie er op dit moment zitten te luisteren. Dan zou ik meer houvast hebben.

'Ik heb honger,' zei ze kregel. 'Laten we naar de keuken gaan. Maar jij moet het ontbijt maken. Dat kun je veel beter dan ik, Mikkie.'

'9-15, 9-15,' herhaalde Joera Korotkov monotoon. Hij zat achter in het busje. 'Een adres. Huis 9, woning 15. Of andersom: huis 15, woning 9. Een autonummer: 0-9-15. Of 15-0-9. Wat kan het nog meer zijn?'
'De vertrektijd van een trein?' opperde Misja Dotsenko.
'Bel erachteraan,' zei Gordejev.
'Het kan ook een telefoonnummer zijn dat begint met 915 of 159,' zei Joera.
'159 is de Leningradboulevard. Maar 915? Welke centrale is dat?'
'Ik vraag het meteen na,' antwoordde Joera.

Maar geen enkele veronderstelling kwam zelfs maar in de buurt van wat Nastja hun wilde doorgeven.

'Heb je er bezwaar tegen als ik wat vlees braad?' vroeg de Galliër beleefd. Hij haalde een varkenslapje uit het vriesvak. 'In de magnetron heb ik het zo ontdooid.'

Hij had besloten zich de rest van de tijd niet meer door haar te laten opjutten. Hij zou correct blijven en zich door niets van zijn stuk laten brengen. Al was ze nog zo onbeschaamd en uitdagend, hij trapte er niet meer in. Maar Larisa leek genoeg te hebben van haar spelletje. Ze was stil, alsof ze haar einde voelde naderen. En opnieuw voelde de Galliër iets van medelijden.

'Goed, doe maar,' zei ze ongewoon vriendelijk. 'Mijn galgenmaal.'

Pas enige ogenblikken later besefte de Galliër dat hij opnieuw een flater geslagen had. Het was te laat om die te herstellen. Was hij echt op, en niet meer geschikt voor zijn vak? Twee fouten binnen een uur. Eerst toen ze het over Pavlov hadden en nu weer nadat ze het woord 'galgenmaal' gebruikt had. Hij had gezwegen, imbeciel die hij was, in plaats van verbaasd te vragen: 'Galgenmaal? Hoezo?' Hij had gezwegen omdat ze gelijk had. Nu moest hij haar zien af te leiden.

'Heb jij eigenlijk een hobby?' vroeg hij. Hij stelde de magnetron in.

'Ja. Raadsels. En ik probeer de stelling van Fermat op te lossen,' antwoordde ze ernstig.

'Jij maakt overal een grapje van,' fronste de Galliër, een beetje geërgerd.

'Ik maak helemaal geen grapje. Wie de stelling van Fermat oplost, krijgt de Nobelprijs. Die is op slag wereldberoemd. Dan hoef je ook niet bang meer te zijn om te sterven.'

'Waarom heb je het steeds over sterven? Kijk eens, de zon komt op, de lucht is blauw, de vogeltjes fluiten. Het leven is verrukkelijk, madame. Je krijgt je geld, over een poosje koop je een nieuwe auto en dan ga je lekker met vakantie.'

'En jij?' Ze keek de Galliër strak aan. 'Wat ga jij doen met je geld?'

'Waarom heeft ze het over de stelling van Fermat?' vroeg Mis-

ja Dotsenko niet-begrijpend.
 Gordejev sloeg met zijn vuist op zijn knie. 'Stommelingen zijn we, allemaal stommelingen. Wie heeft het nummer van Tsjistjakov?'
 'Kolonel, het is vijf uur in de ochtend.'
 'Kan me niet schelen! Bel hem, vlug! Waar wacht je op?!'
 Toen hij Misja Dotsenko nog steeds zag aarzelen, sprong Gordejev zelf achter de radiotelefoon. 'Geef me het nummer, ik bel hem zelf wel.'

'Hoe is je vlees? Is het mals?'
 'Prima. Je bent een echte keukenprins, Mikkie. Waarom blijf je hier niet wonen? Dan neem ik je in dienst als butler. Het verdient niet veel, maar je hebt vastigheid. En het belangrijkste: het is helemaal legaal.'
 'Eet je bord leeg, dan gaan we ons klaarmaken,' zei de Galliër kort.
 Nastja merkte dat hij niet langer op haar trucjes reageerde. Wat betekende dat? Concentreerde hij zich voor de finale? Of had hij iets door? Ze moest ogenblikkelijk haar tactiek veranderen. Dat van de stelling van Fermat was wel erg weinig subtiel geweest. Maar ze moest wel. Zouden ze het inmiddels doorhebben?

'Wilt u niet de deur uit gaan?' zei Gordejev. 'Het kan zijn dat ik u straks nog een keer moet bellen.'
 Joera Korotkov en Misja Dotsenko keken hun commandant vragend aan.
 'Het duurt te lang om het helemaal uit te leggen. Maar in het kort komt het hier op neer: als we het allemaal goed hebben begrepen, wil ze ons vertellen dat de Galliër andere plannen heeft. Hij wil haar niet in de woning vermoorden, zoals we dachten, maar ergens anders. Op diezelfde plaats vermoordt hij ook Pavlov. Bij die laatste zet hij zelfmoord in scène. Ter plekke laat hij bewijzen achter van Pavlovs betrokkenheid bij beide moorden, op Irina en op Larisa. Hoe gaat het daarbinnen?'

'Ze vertrekken zo.'
'Sluwe rotzak! Er is nu geen verkeer, de boulevard is kaarsrecht, hij kan alles overzien. We raken ze kwijt! Verdomme, waar gaat hij met haar naartoe? Er zijn twee mogelijkheden die het meest voor de hand liggen. De woning van Arif Moertazov en Pavlovs datsja. Wat denken jullie?'

Toen Nastja samen met de Galliër uit het boemeltreintje het perron opstapte, zag ze geen enkel bekend gezicht. Ze zijn ons kwijt, dacht ze. Het is afgelopen. Ze hebben me niet begrepen. Het heeft niet zo mogen zijn.
Bij het loket stonden twee mannen verwoed te debatteren. 'Altijd heeft een retourtje Moskou twee tachtig gekost. Ik maak die rit al tien jaar!' riep een van hen, een wat oudere man, opgewonden.
'De prijzen zijn omhooggegaan per 1 juli. Alles is twee komma zeven keer zo duur geworden. Daar hangt de aankondiging, kun je niet lezen?' probeerde de ander, een nog jonge man in korte broek en T-shirt, hem te overtuigen.
'Ja precies, twee komma zeven keer. Waarom hebben de afzetters mij dan zeven zesenvijftig laten betalen?' zei de eerste, niet overtuigd.
Werktuiglijk deelde Nastja de nieuwe prijs door 2,7. Precies 2,80 roebel. Die kritische geest trapt een open deur in, dacht ze. Ze kon een glimlach niet weerhouden.
'Ze wennen nooit aan de nieuwe prijzen,' merkte ze op tegen de Galliër. Nastja voelde zich licht en rustig. Ze wist nu wat ze doen moest.
Ze liepen een eind langs een berkenbos, passeerden het dorp en bereikten ten slotte de zomerhuizen. De Galliër leek de weg te kennen. Ze betraden een tuin rond een solide, houten huis met verdieping. Het ruime erf bood tevens ruimte aan een bakstenen garage en een met plaatstaal beklede schuur met ijzeren deur.
Terwijl ze naar het huis toe liepen, kwam hun vanaf de buren een pluizig mannetje met een grote herdershond tegemoet.

Hij liep een beetje mank. Zijn ongeschoren gezicht zag er moe en vervallen uit. De hond paste precies bij hem: onverzorgd en vuil, met grote, losse plukken vacht aan zijn flanken.

'Goedemorgen,' groette de Galliër beleefd.

'Goeie,' bromde het mannetje. 'Kippetje meegebracht? Of is ze voor de baas?' Hij gaf een vette knipoog en begon te rochelen.

'De kolonel heeft gezegd dat ik wat eerder moest komen. Laat jij ons vast binnen? Dan wachten we daar op hem,' beval de Galliër op zelfverzekerde toon.

Het mannetje knikte. 'Goed, goed, als de baas het gezegd heeft...'

De hond bleef staan en liet grommend zijn tanden zien.

'Koest maar,' kalmeerde de bewaker, 'goed volk. Hij was er gisteren toch ook?'

Rare hond, dacht Nastja. Hij ziet er oud en ziek uit, maar heeft de ogen en tanden van een jong dier. En het is een rashond, al heeft hij meer vuil dan vacht op zijn lijf.

Ze nam vlug het erf in ogenschouw. Je kon je nergens verstoppen, de andere zomerhuizen lagen ver weg. Van geen enkele kant was het erf ongezien te benaderen. Waar zaten ze? Toch niet in het huis? Dan hoefde de Galliër maar het geringste onraad te bespeuren, het kleinste ongewone geluid te horen of hij zou haar direct in gijzeling nemen. Daarom zou hij haar geen stap bij zich vandaan laten zetten.

Wat had dat dronken droppie gezegd? Dat de Galliër hier gisteren ook al was geweest? Dan had ze dus goed geraden. Hij had het terrein verkend en de mise-en-scène voorbereid. Daar Pavlovs lijk, daar dat van de chanteuse, daar de bewijzen. Pavlov had de chanteuse vermoord, begrepen dat het na deze tweede moord met hem gedaan was en een eind aan zijn leven gemaakt. Wat zou de Galliër met die bewaker doen? Dat was immers een getuige. Waarschijnlijk zou hij haar vermoorden, de bewaker groeten en net doen of hij wegging, en dan ongemerkt terugkomen. Hij had niet voor niets de plaats gisteren grondig verkend, en alle toegangswegen en ontsnappingsmogelijkheden bestudeerd. Ergens moest een afgesloten deur zijn. Maar waar?

De bewaker ging op een bank zitten en zocht de goede sleutel. 'Hier heb je de hele bos,' zei hij tegen de Galliër. 'Maak de deur zelf maar open. Ik kom de treden haast niet op met mijn kreupele poot.'

'Kom,' knikte de Galliër naar Nastja.

Ik mag het huis niet binnengaan. Absoluut niet. Als ze in een hinderlaag liggen, loop ik in de weg. Hij gijzelt me ogenblikkelijk of ik kom in het schootsveld terecht. Wat moet ik doen? Nastja dacht koortsachtig na. Hoe kan ik buiten blijven zonder dat het zijn argwaan wekt? En waar is die gesloten deur? Waar?!

Links van Nastja klonk een dreigend gegrom. De herdershond stond bijna tegen haar aan. Hij zag er niet bepaald vriendelijk uit. Werktuiglijk keek Nastja naar rechts. Ze zocht een plek waar ze op een wat veiliger afstand van het vijandige dier kon staan. Ze was nooit bang geweest voor honden, kon bijna altijd goed met ze overweg. Maar dit beest boezemde haar weinig vertrouwen in.

Voorzichtig bewoog ze zich een eindje naar rechts en keek opnieuw om zich heen. Tien meter verderop bevond zich de ijzeren schuurdeur, afgesloten met een indrukwekkend hangslot.

'Haal die hond weg,' zei ze humeurig.

'Niet bang zijn, hij doet niets,' antwoordde de bewaker en keek haar een beetje bevreemd aan.

De hond begon luider te grommen. Nastja keek hulpeloos naar de Galliër. Die stond op de stoep, met zijn rug naar haar toe, de deur open te maken. 'Haal die hond nou weg,' zei ze, wat zenuwachtiger nu.

De Galliër draaide zich nieuwsgierig om. Op zijn gezicht stond openlijk leedvermaak te lezen. 'Niet zo bang, hij zal je heus niet bijten. Hij mag je gewoon niet. Zo'n beest voelt aan zijn haren of iemand deugt,' hoonde hij.

De baas van de hond keek onverschillig toe. Hij toonde niet

de minste belangstelling voor Nastja's netelige toestand. Nastja deed nog een stap naar rechts. De hond bewoog zich meteen in dezelfde richting.

'Kom hier!' zei de Galliër bevelend tegen Nastja.

'Ik durf niet. Ik ben bang voor die hond,' zei Nastja klaaglijk. Ze bleef zich heel langzaam richting schuur bewegen. De hond volgde haar op de voet en begon opeens oorverdovend en woedend te blaffen.

Nu werd de Galliër kwaad. 'Hé, jij daar, hou die pokkehond bij je. Ik heb genoeg van die geintjes.'

Nastja was nog maar een paar passen van de schuur verwijderd. Opeens stormde ze halsoverkop naar de ijzeren deur, gooide zich er met haar volle gewicht tegenaan en viel het donker in.

De rest verliep snel, rustig en geroutineerd. De operatie die ze twee weken lang van alle kanten hadden voorbereid, werd binnen enige ogenblikken voltooid, zonder dat er een schot viel.

Nastja kwam bij toen ze warme adem op haar gezicht voelde. Ze strekte haar hand uit en voelde een hondenvacht. Even later likte een ruwe tong haar wang. Moeizaam kwam ze overeind. Haar schouder deed lelijk zeer van de dreun tegen de ijzeren deur. Eigen stomme schuld, ze had toch kunnen weten dat een lichte duw voldoende was geweest... Bij haar val had ze ook nog eens haar knie bezeerd. En haar hak was gebroken.

Nastja keek voorzichtig naar buiten. De Galliër werd al met handboeien om naar een auto geleid. Hoe lang had ze in die schuur gelegen? Ze strompelde naar buiten en ging op de grond zitten. Spijtig inspecteerde ze haar kapotte schoen en bebloede knie. Ze merkte dat ze bovendien haar hoofd had gestoten...

'Ben je de gesneuvelden aan het tellen?' klonk een opgeruimde stem naast haar. Ze keek op en zag de manke bewaker. Nastja glimlachte moeizaam.

'Prima hond heeft u. Hij had eerst wat kuren, maar hij is net zijn excuses komen aanbieden.'

'Hij had helemaal geen kuren,' zei de bewaker, een beetje verontwaardigd. 'Hij luistert juist heel goed. Pief en ik begrijpen elkaar volkomen.'

Nastja's wenkbrauwen gingen omhoog. 'U bedoelt dat... Ach natuurlijk. Dat ik dat zelf niet onmiddellijk doorhad.' Met gespeelde ergernis smeet ze haar schoen op de grond, probeerde te lachen en begon opeens luidkeels te huilen. Na alle spanningen was een klein emotioneel duwtje voldoende voor een klassieke aanval van hysterie. Tranen stroomden over haar gezicht, haar schouders schokten. Snikkend omarmde ze de man die zich als bewaker had vermomd en drukte haar gezicht tegen zijn borst.

'Rustig maar, rustig maar,' troostte hij en aaide Nastja over haar rug. 'Het is allemaal voorbij, alles is goed. Je was fantastisch. Genoeg gehuild, lieverd. Kijk eens, daar is je baas. Kom meid, veeg je traantjes af.'

'Je moet in een crèche gaan werken,' hoorde Nastja de vermoeide stem van Bolletje. 'Waar heb je zo goed meisjes leren troosten?'

'Ik ga al mijn hele leven met honden om, kolonel. Wat je niet allemaal voor lieve woordjes bedenkt als je een hond rustig moet krijgen! Ik heb weleens een uur lang op zo'n beestje moeten inpraten.'

Nastja maakte met een ruk haar gezicht los van de brede, gemoedelijke borst. Ze snoof.

Gordejev floot even. 'Anastasia, wat zie jij eruit! Heb je geen spiegel? Waar is je tasje?'

'Ligt nog in de schuur, denk ik.'

'Pief, breng het tasje eens hier,' zei de hondengeleider zonder zijn stem te verheffen. De herdershond kwam de schuur uit lopen. Hij hield voorzichtig een damestasje tussen zijn tanden.

'Wat een rare naam heeft die hond van jou,' zei de kolonel verwonderd.

'Als je de naam uit zijn stamboom moet uitspreken, ben je een week bezig,' verklaarde de hondengeleider.

'Laat ik jullie trouwens eerst eens aan elkaar voorstellen. Anastasia, dit is Andrej Tsjernysjov van de regiopolitie. Hij is

een goede vriend van onze Volodja Lartsev.'
'Aangenaam,' mompelde Nastja. Ze opende haar poederdoos en bekeek zichzelf in het spiegeltje. 'Allemachtig, wat zie ik eruit.' Haar gezicht was een abstract kunstwerk van stof, vuil en uitgesmeerde make-up, vooral daar waar de hond haar gelikt had. Ze bond een zakdoek om haar knie, trok de onbeschadigd gebleven schoen uit en krabbelde overeind.
'Andrej, breng jij haar naar huis,' besliste Gordejev.
'En u?'
'Ik wacht hier op Alexander Pavlov. Straks komt hij opdraven met zijn kolossale hoeveelheid geld en is er niemand om het in ontvangst te nemen.'
Nastja had zich weer helemaal hersteld. 'Waarom heeft hij eigenlijk een garage? Heeft hij een auto?'
'Nou en of. Alleen gebruikt hij hem zelden, om benzine uit te sparen. In Ensk reed hij op gestolen benzine, maar hier in Moskou heeft hij kennelijk nog geen adresje.'
'Heeft hij veel geld bij zich? Ik ben benieuwd hoeveel een moord op mij waard is.'
'Dat is ongezonde nieuwsgierigheid, Anastasia. Vertel me liever waarom de Galliër zich moest wassen.'
'Hij moest zich uitkleden. Hij legde zijn kleren op de wasmachine en ik leunde erop. Uw zoon heeft immers een ondoorzichtig douchegordijn? Ik had alleen tijd om de zakken van zijn overhemd te doorzoeken. Gelukkig heeft uw zoon zijn medicijnkastje op de wasmachine staan. Maar mijn handen trilden alsof ik kippen aan het stelen was.'
'Dom om zoveel risico te nemen. Het had je de kop kunnen kosten. Maar ik zal het voor deze keer door de vingers zien.'
'Zijn er wapens op hem gevonden?'
'Eén ontzettend handig dingetje. Een mini-stroomstok, formaat zaklantaarn. Je bent dan een kwartier of twintig minuten buiten westen. Dat geeft hem ruimschoots de tijd om alles wat hij wil in scène te zetten.'
'Dus daarmee heeft hij Irina Filatova bij haar deur opgewacht,' zei Nastja nadenkend. 'Dat zal hij bij mij ook van plan

geweest zijn... En toch blijf ik benieuwd wat het kost om mij te laten vermoorden.'
'Een huurmoord kost ongeveer net zoveel als een knappe auto. Dus reken zelf maar uit en vergeet de inflatie niet.'
'Een Lada of een buitenlandse auto?'
'Een buitenlandse natuurlijk. Dit is het puikje onder de huurmoordenaars. Gewone moordenaars zijn een stuk goedkoper.'
'Tjonge, een hele auto! En dat met mijn kreupele knie. Rijd maar voorzichtig, Tsjernysjov, je hebt een kostbare vracht aan boord.' Leunend op de arm van de ongeschoren hondengeleider strompelde ze naar de auto.

Nastja wist haar nieuwsgierigheid te bedwingen totdat Andrej Tsjernysjov de weg op draaide. Toen hield ze het niet langer uit. 'Kunt u me niet iets meer vertellen?' vroeg ze.
'U vraagt en wij draaien,' grapte Andrej Tsjernysjov. 'Maar laten we alsjeblieft jij tegen elkaar zeggen.'
'Wanneer ben jij erbij gekomen?'
'Gisterochtend, meteen nadat Volodja Lartsev had gehoord dat ze naar de datsja wilden gaan.'
'Wie zijn "ze"?'
'De moordenaar en Arif Moertazov.'
'Hoe wist Volodja dat?'
'Moertazov had het hem verteld. Die was doodsbenauwd omdat de Galliër hem net had aangepakt. Volodja hoefde niet lang op hem in te praten, hij was als was in zijn handen. We hebben de echte bewaker gevraagd eventjes het veld te ruimen. De Galliër heeft alles hier bekeken, is door het huis gelopen, heeft aan alle deuren en vensters gevoeld. Hij liet niets aan het toeval over: de bewijzen voor Pavlovs betrokkenheid bij de moord heeft hij gisteren alvast in het huis achtergelaten. Daardoor maakte het hem ook niet zoveel meer uit hoe het bij jou thuis zou lopen. Lukte het hem niet jou levend hier mee naartoe te nemen, dan tipte hij gewoon de politie dat Pavlov iets verstopt had op zijn datsja.'
'Wist Gordejev dat?'

'Nee, dat is pas achteraf gebleken. Toen ik gisteren contact met Volodja Lartsev wilde opnemen, was die nergens te vinden. En hij was mijn enige contact. Je weet hoe het gaat bij ons. Stel je voor dat Volodja niet wilde dat zijn meerdere van alles af wist? Hij had me niet verteld dat ik naar Gordejev kon stappen als er wat was.'

'Wat had de Galliër verstopt?'

'Een notitieboekje en twee velletjes papier. Dat moet hij hebben meegenomen uit de woning van Irina Filatova. Volgens Gordejev tenminste. In het boekje staan notities die ze gemaakt heeft toen ze in juni naar Krasnodar was.'

'En die velletjes papier?'

'Namenlijsten. Op het ene vel staan vierennegentig namen, op het andere tweeënnegentig.'

'Nu begrijp ik het. Hoe is het verder gegaan?'

'Vanmorgen zijn de jongens hier in alle vroegte naartoe gekomen om de scharnieren van de schuurdeur door te zagen, zodat het er solide uitzag, met dat hangslot, maar de deur in werkelijkheid gemakkelijk opening. Alleen begreep ik dat je die deur helemaal niet zou kunnen zien.'

'Klopt. Ik wist dat er een afgesloten deur moest zijn, maar ik dacht aan de een of andere zijdeur. In ieder geval van het huis zelf. Aan de schuur dacht ik niet zo gauw, ik verkeek me juist op dat slot.'

'Ja, maar alleen zo konden we de Galliër misleiden. We moesten jou van hem scheiden. De jongens zeiden dat hij je in je woning geen stap bij hem vandaan liet zetten, en daarom waren we bang dat dat op de datsja ook zo zou zijn. Dus moest ik Pief opdracht geven je een beetje voor te zeggen. Was je bang?'

'Ja, maar niet voor Pief,' lachte Nastja. 'Ik ben dol op honden en ze doen me nooit iets. Ik was alleen maar bang dat hij er genoeg van zou krijgen om me te terroriseren en dat ik dan geen reden meer zou hebben me in de juiste richting te bewegen. Ik wist niet dat hij het er speciaal om deed.'

'Toch vind ik je ontzettend snel van begrip!' zei Andrej waarderend.

'Ik doe mijn best.'

'Pief was behoorlijk beledigd toen ik zijn flanken schoor en hem dwong zich door de modder te wentelen. En hij mocht niet eens een bad van me nemen in de beek! Hij lag te mokken en keurde me geen blik waardig. Maar toen hij mij zag in de gedaante van een ongewassen bewaker, vergaf hij het me. Hoor je het, Pief? We hebben het over jou! Knappe hond!' voegde hij er liefkozend aan toe. Vanaf de achterbank klonk een goedkeurend bromgeluidje.

'Ik ben nog maar sinds kort bij de zaak betrokken. Kun je me een beetje bijpraten over de bewijzen?' vroeg Andrej.

'Irina Filatova kwam laat in de avond terug van een dienstreis, en twee uur later werd ze vermoord aangetroffen in haar woning. Er was geen notitieboekje te bekennen. Het kon dus uitsluitend in bezit zijn van iemand die in die twee uur bij haar was geweest. De moordenaar dus. Wie het notitieboekje had, was de dader. Het lijkt erop dat de Galliër zich altijd op die manier indekte. Hij nam iets mee van de plaats van het delict. Ging er iets mis, dan kon hij dat altijd als bewijs met iemand anders in verband laten brengen en zo de verdenking op een ander afwentelen. Maar met die twee velletjes is iets anders aan de hand. Die namen werden overgeschreven in het regionaal informatiecentrum in Ensk. Dat er op een van de blaadjes twee namen ontbreken, wijst erop dat er twee fiches gelicht waren. En dat is nu precies wat Pavlov zo bang maakte en wat Irina het leven kostte. Een van die twee namen denk ik te weten. Maar de tweede interesseert me meer. Dat moet een heel machtig iemand zijn.'

De auto naderde het huis in de Ssjolkovstraat. Op het bankje bij de ingang ontwaarde Nastja een vertrouwde warrige haardos. Ze nam hartelijk afscheid van Andrej, gaf Pief een vriendschappelijk klopje op zijn hals, trok haar schoenen aan, de een met, de ander zonder hoge hak, en hinkte op Ljosja toe.

Nastja omhelsde hem stevig. 'Bedankt, lieve schat,' zei ze zacht.

Ze wilde maar één ding: het vuil, het zweet, de vermoeidheid en de spanning van zich afspoelen. En bovenal wilde ze voor eens en altijd af van de verfoeilijke chanteuse Larisa Lebedeva. Wat was het heerlijk om weer de onopvallende, luie, alledaagse Nastja Kamenskaja te zijn, met haar makkelijke schoenen en makkelijke kleren aan. Wat was het heerlijk om haar vrije dagen weer door te brengen met de rustige, betrouwbare Ljosja Tsjistjakov, de jonge doctor in de wis- en natuurkunde die haar vandaag het leven had gered.

Toen ze haar huid grondig had schoongeschrobd en weer haar eigen haarkleur had, liep Nastja naar de keuken. Daar had Ljosja inmiddels volgens alle regelen der kunst de tafel gedekt. Het was hun vaste ritueel.

'Ga zitten, Nastjoesja, alles is klaar. Ik roep de dag van vandaag uit tot officiële feestdag ter ere van je vuurdoop,' sprak hij plechtig.

Ze drukte haar wang tegen de zijne. 'Mijn zonnetje, mijn lief, mijn alles,' zei ze, zo teder dat ze verbaasd stond van zichzelf. 'Jij bent de liefste van de hele wereld. Ik wil je voor niemand ruilen.'

'Net of iemand anders zo'n luilak hebben wil.' Ljosja probeerde met een grapje zijn ontroering te verbergen.

Terwijl Nastja Kamenskaja thuis tot zichzelf kwam, zich badend in de zorgen waarmee Ljosja Tsjistjakov haar omringde, bruiste de Petrovka van de activiteiten. Nu de Galliër was aangehouden en ze de bewijsstukken in handen hadden, werden Pavlov, Boris Roednik en Arif Moertazov intensief verhoord. Nu kon men zich gaan bezighouden met de namenlijsten, en met degene die, net als Anton, de lijst had samengesteld, maar dan twee maanden later, als lid van de commissie die onderzoek deed in Ensk. De zaak werd met duizelingwekkende snelheid ontrafeld en Gordejev had een catastrofaal gebrek aan mensen. Nastja wilde hij niet lastig vallen, in elk geval niet vandaag. Bovendien had hij twee man naar Volodja Lartsev gestuurd om hem te helpen met de begrafenis en de maaltijd erna.

Victor Alexejevitsj Gordejev ondervroeg de Galliër zelf. Al bij de aanhouding had hij geconstateerd dat deze een waardig verliezer was. Hij had geen verzet geboden, niet geschreeuwd, geen verontwaardiging voorgewend. Hij bleef consequent bij zijn verhaal: een kennis had gevraagd hem te helpen met een delicate zaak. Een zekere journaliste met een duister verleden probeerde die kennis, een zeer fatsoenlijk man, geld af te persen. De kennis had gewild dat bij de overhandiging van het geld een vertrouwde derde persoon aanwezig was. Bovendien was hem gevraagd nader contact te zoeken met de journaliste. Hij had moeten uitvinden of ze te vertrouwen was. Misschien blufte ze alleen maar. Dat was alles. Er was niets crimineels aan. Hij was haar woning niet binnengedrongen, ze had hem zelf binnengelaten. En die ochtend was ze volkomen vrijwillig met hem de stad uit gegaan.

De hinderlaag bij Pavlovs datsja was voor de Galliër het bewijs dat de woning waar hij de nacht had doorgebracht, werd afgeluisterd. Natuurlijk! Maar alles wat hij daar gezegd had, paste volgens hem in zijn verhaal. Behalve natuurlijk datgene wat ze gezegd hadden vlak bij de klaterende waterstralen. De Galliër had niet helemaal hoogte van Larisa kunnen krijgen. Hij kon zweren dat ze hem niet geprovoceerd had, hem geen strikvragen had gesteld, niet had geprobeerd om zelf hardop iets verkeerds te zeggen. Haar gedrag was dat van iemand die zich gemakkelijk aanpaste aan een situatie. Een opportuniste die haar geld wilde, zonder nodeloze onaangenaamheden. Aan de andere kant was het onmogelijk dat de woning werd afgeluisterd zonder haar medeweten. Ze moest dus toch iets met de politie te maken hebben.

De Galliër legde rustig en uitvoerig zijn verklaringen af, zonder van zijn gedragslijn af te wijken. Hij wist dat hij het notitieboekje en de velletjes papier uit Irina Filatova's woning alleen met handschoenen aan had aangeraakt. Er konden geen vingerafdrukken op zitten, of hij moest zich een keer vergist hebben. De documenten waren niet op hem aangetroffen, maar gevonden in de datsja van Pavlov. Hij had dus een kans zich eruit te praten. Weliswaar had men monsters bij hem genomen voor biologisch onderzoek, maar zolang de onderzoeksresultaten er niet waren, kon hij het erop wagen.

Eén ding begreep de Galliër heel goed. Wat voor verklaringen hij ook aflegde, zijn leven zou niet langer duren dan het gerechtelijk vooronderzoek. Maximaal. Want zíj zouden hem weten te vinden. Maar hij was helemaal niet van plan het zover te laten komen. Bij de aanhouding hadden ze hem gefouilleerd en hem alles afgenomen wat in zijn zakken zat, met inbegrip van zijn reddende groene pil. Maar hij zou wel kans zien die weer te bemachtigen. Zo'n kunst was dat niet. Vlak voor hem, op Gordejevs bureau, lag een doorzichtige plastic zak met alle voorwerpen die bij de fouillering waren ingenomen.

Ook Victor Gordejev probeerde de zaak niet te forceren. Hij ondervroeg de arrestant gedetailleerd over Pavlov, over hetgeen waarmee deze gechanteerd was. Hij scheen het verhaal van de Galliër aannemelijk te vinden. In ieder geval wezen de vragen die hij stelde op het eerste gezicht niet op het tegendeel.

Eindelijk besloot de Galliër dat het moment gekomen was. 'Mag ik u misschien iets vragen?' zei hij tegen de kolonel.

'Gaat uw gang.'

'Bij mijn arrestatie zijn mijn medicijnen in beslag genomen. Ik wil graag een tablet innemen, want ik heb veel last van maagpijn. Mag dat?'

'Natuurlijk!' De kolonel rommelde ijverig in de plastic zak. 'Is het deze?' Hij pakte een groene pil, schonk een glas water in en reikte de Galliër beide aan.

'Zal ik een dokter laten komen?' vroeg hij bezorgd.

De Galliër glimlachte, schudde ontkennend het hoofd, stopte de pil in zijn mond en nam een slok om hem weg te spoelen.

Toen Joera Korotkov en Kolja Seloejanov klaar waren met hun werk, besloten ze nog een kop koffie te drinken voor ze naar huis gingen. 'Biets maar wat van Nastja, die heeft een blik vol in haar bureaula,' zei Joera. Hij gaf zijn collega de sleutel van

Nastja Kamenskaja's kamer.

'Ze vermoordt me,' zei Kolja weifelend.

'Als je maar berouw toont, dan vermoordt ze je niet. Ga nou maar,' lachte Joera.

Toen ze hun koffie half op hadden, vroeg Kolja Seloejanov: 'Wat was dat nou voor truc met die cijfers? Ik begreep er niets van.'

'Niemand zou het begrepen hebben, als ze niet over de stelling van Fermat was begonnen. Op dat moment raadde Bolletje dat we Ljosja Tsjistjakov moesten bellen, haar vriend. Toen ze nog op de wis- en natuurkundeschool zaten, hadden ze hun vaste puzzel: de formule van een priemgetal vinden. Dat is zoiets als vijfhonderd keer achter elkaar raak schieten voor ons. In theorie moet het kunnen, maar het is nog nooit iemand gelukt. Nastja stelde voor om eerst naar de formule te zoeken van een oneven niet-priemgetal en vervolgens uit te gaan van het tegenovergestelde. Neem jij het getal negen, zei ze, dan neem ik vijftien. Ze zaten een hele tijd te puzzelen en gingen toen naar de bioscoop. Er draaide een Franse gangsterfilm. In die film ging het bijna precies zo als in onze zaak. De dader wilde iemand anders bewijsstukken in zijn schoenen schuiven en een zelfmoord in scène zetten. Opeens zegt Nastja: "Ik heb het allemaal allang door, ik hoef niet meer te zien hoe het afloopt. Laten we naar huis gaan en naar de formule van negen en vijftien zoeken." Dat is het hele verhaal. Waar ik met mijn stomme kop die cijfers niet allemaal op heb toegepast: huisnummers, nummerboren, telefoonnummers. Dat tafereeltje bij het loket kwam trouwens ook uit Ljosja's koker. Als mensen al zoveel jaar samen zijn, ontwikkelen ze hun eigen taal, waar buitenstaanders niets van begrijpen. Weet je wat het betekende? Trap geen open deur in. En Nastja heeft die woorden, intelligent als ze is, op de goede manier vertaald van abracadabra naar mensentaal: ga niet de deur binnen die openstaat, maar zoek de afgesloten deur.'

'Niet te geloven!' zei Kolja Seloejanov opgetogen. 'Soms is het zo'n angstig idee als je erbij stilstaat aan wat voor zijden

draadje ons leven kan hangen. Als Ljosja Tsjistjakov nou eens niet thuis was geweest?'
'Noem het maar geluk. En vergeet niet hoe vaak de Galliër tot nu toe geluk heeft gehad. Hij zou nu weer geluk hebben gehad. Het was een samenloop van omstandigheden dat er een onderzoek kwam naar de dood van Irina Filatova.'
'Ja, al met al slaat de balans misschien niet door naar onze kant.'

De Galliër zat onbeweeglijk voor Gordejev en probeerde zijn gedachten te ordenen. Hij begreep niets van wat er gebeurde. Ze hadden hem toch beloofd dat de dood ogenblikkelijk en pijnloos in zou treden? Wat was dit nu?
Ook Gordejev zweeg. Hij keek belangstellend naar de aangehouden moordenaar. 'Is er iets niet in orde?' vroeg hij eindelijk. 'Als het inderdaad uw maag is, zou dit geneesmiddel moeten helpen. Tempalgine is een voortreffelijke pijnstiller.'
'Tempalgine?' zei de Galliër, niet-begrijpend. 'Hoezo Tempalgine?'
'Nu moet u eens goed naar mij luisteren. U denkt toch niet echt dat ik u hier laat sterven, in mijn eigen kamer?' Gordejevs stem was streng. Van zijn zorgzaamheid was geen spoor overgebleven. 'Die tablet is vannacht al verwisseld. Voor hoe stom houdt u onze mensen eigenlijk? Uw plannen hadden we vannacht ook al door.'
'Larisa?' prevelde de Galliër.
'Natuurlijk,' knikte Gordejev. 'Ze manipuleerde u als een kleine jongen en heeft een manier bedacht om ons uw plannen mee te delen.'
'Gefeliciteerd,' schamperde de Galliër. 'Onze politie wordt met de dag knapper voor de ogen van het verblufte hooggeëerd publiek.'
'Wilt u dat soort opmerkingen alstublieft achterwege laten? We kunnen heel goed praten zonder elkaar te beledigen. Dan hoef ik u ook niet uit te leggen hoezeer uw eigen vakmanschap het heeft laten afweten. Hoeveel flaters en stommiteiten u hebt

begaan. En uw organisatie heeft nog veel meer fouten gemaakt. Maar daar hebben wij ze bij geholpen. We hebben u gedwongen om onder onwennige omstandigheden te werken, u gedwongen dingen te doen die u nooit eerder heeft gedaan en die u niet kunt. Daarom zit u hier, en niet in het vliegtuig van Moskou naar Bakoe.'
'Arif Moertazov?'
'Natuurlijk. Heeft u werkelijk niet geleerd dat je zakenlieden niet op die manier moet intimideren? Zij hebben commercieel succes, juist omdat ze psychisch normaal zijn en nuchter nadenken. Ze kunnen uitstekend tellen, en niet alleen maar hun geld. U kunt geen overeenkomsten sluiten met mensen. Dat is uw vak niet. U hebt collega's in uw organisatie die het wel kunnen. Lukt het ook hun niet om met iemand een overeenkomst te sluiten, dan brengt u diegene om het leven. Dát is uw vak. Er zijn geen veelzijdige specialisten. Je hebt ingenieurs die satellieten ontwerpen, maar niet weten hoe ze thuis een nieuw leertje in de kraan moeten zetten. U was zo ontzettend stuntelig bezig dat die vrouw geen kind aan u had.'
Dat was de druppel. De Galliër brak.

'Weet je waar ik het bangst voor was?' zei Gordejev de volgende dag tegen Nastja. 'Dat je je toch vergist had met de bijnamen. Dat niet de Galliër maar een ander bij Irina Filatova was geweest. Dan was de hele operatie naar de knoppen geweest. We hadden met lege handen gestaan. Dan had ik de moordenaar niet in opspraak kunnen brengen bij zijn bazen. En dat was net onze opzet. Vertel me eens, Anastasia, was het nattevingerwerk van je?'
'Zo goed als,' glimlachte Nastja. 'Zijn belangstelling voor geschiedenis bracht me op het spoor. Kijk eens?'
Ze legde haar meerdere de foto voor waarop de plank met boeken en snuisterijen stond. 'Die foto beviel me niet, van meet af aan niet, maar ik kwam er maar niet achter wat er mis mee was. Ik keek en keek en dacht en dacht, maar kwam er niet op. Pas toen u mij het raadsel van de bijnamen opgaf, viel het

muntje. Die glazen beeldjes symboliseren de jaren van de Chinese kalender. Het jaar van de tijger, aap, haan, het schaap enzovoort. Ik ben zelf niet in Irina's woning geweest, maar Oleg Zoebov heeft een heleboel foto's gemaakt. Daarop is goed te zien dat alles heel precies op volgorde staat. Vooral bij de meerdelige boekwerken valt dat op. Maar met de beeldjes klopt iets niet. Ze staan allemaal in de volgorde van de kalender. Op twee na: slang en bok. Die staan naast elkaar, iets naar elkaar toegewend, hoewel ze in de Chinese dierenriem niet op elkaar volgen. De Keltische stammen in het oude Gallië hadden een heidense god, een slang met de kop van een bok. De moordenaar heeft heel lang in de woning zitten wachten. Kennelijk begon hij zich te vervelen en wilde hij eens zien hoe de slang eruitzag met een bokkenkop. Hij hechtte geen betekenis aan de volgorde van de beeldjes en heeft ze daarom niet op de juiste plaats teruggezet. Of misschien vergat hij het, of werd hij ergens door afgeleid.'

'En op dat lege plekje baseerde je je hele conclusie?' vroeg Victor Gordejev hoofdschuddend. 'Goed dat ik dat nu pas hoor. Je klonk zo zeker van je zaak toen je belde. Ik twijfelde er niet aan dat je solide argumenten had voor je conclusie.'

'Het klopte toch?' protesteerde Nastja.

De hele middag ondervroeg Victor Gordejev de arrestant opnieuw. Toen hij werd weggeleid, wipte de kolonel even bij Nastja Kamenskaja aan. 'Nou Anastasia, gefeliciteerd. Een flesje vermout van mij. Maar wat ben ik toch een ontzettend knappe kerel! Dat ik in een snotneus als jij de geniale speurder heb herkend!'

'Hoezo?' Nastja was net begonnen zich in een andere zaak te verdiepen en begreep niet meteen waar haar meerdere het over had.

'Ik ben een eenvoudig en ongecompliceerd man, Anastasia. Ik heb de Galliër gewoon gevraagd hoe het zat met die beeldjes en die heidense god.'

'En?'

'Hij zegt dat je helemaal gelijk hebt. Al kan ik het zelf nog steeds moeilijk geloven. Heb jij Igor Lesnikov trouwens gezien?' vroeg Gordejev zonder enige overgang. 'Ik heb de afgelopen dagen helemaal niet meer aan de zaak-Sjoemilin gedacht.'
'Wordt aan gewerkt, kolonel. Kovaljov wast zijn handen in onschuld en steunt Vinogradov door dik en dun. Dus Olsjanski en Lesnikov hebben nog genoeg te doen.'
'Hoera,' zuchtte Gordejev.

Misja Dotsenko en Joera Korotkov zaten tot over hun oren in het schrijfwerk. Het verslag van de operatie was een heidens karwei. Eén vraag liet Misja niet met rust, en eindelijk durfde hij hem te stellen. 'Joera, als de Galliër nou eens op Nastja's voorstel was ingegaan?'
'Wat voor voorstel?' Joera keek op.
'Met haar naar bed gaan om te bewijzen dat hij niet van de politie was. Had ze dan echt...' Misja maakte zijn zin niet af. Hij was nog heel jong, eerste luitenant Dotsenko.
'Ach weet je, je maakt mooie dingen mee in ons werk. Maar eerst moet je je vaak in het vuil wentelen,' zei Joera ontwijkend. Hij dacht vol tederheid aan Ljoedmila Semjonova. Het duurde nog vier dagen voor het 10 juli was.

Vertaalnotities bij De hand van de moordenaar

Dokter-kandidaat: Onze *doctor* heet in Rusland *kandidaat*. Ervaren wetenschappers kunnen hun inzichten vastleggen in een tweede proefschrift en krijgen dan de Russische titel *doctor*; ter onderscheid wordt het tweede proefschrift in dit boek aangeduid als 'monografie'.

Officier van instructie: functionaris van het Openbaar Ministerie die in Rusland het gerechtelijk vooronderzoek leidt. Hij is verantwoording schuldig aan de officier van justitie en beschikt over minder bevoegdheden dan deze. De Russische strafvordering kent niet onze *rechter* van instructie als leider van het vooronderzoek.

Volksrechtbank: in Rusland de gewone rechtsinstantie van eerste aanleg voor civiele procedures en strafzaken. Bij de volksrechtbank flankeren twee gekozen lekenrechters (assessors) de beroepsrechter.

Verantwoording van de vertaler

De wereld van deze roman, die zich afspeelt in de amechtige Sovjet-Unie, is voor buitenlandse lezers duidelijk en toegankelijk. Situaties, omstandigheden en begrippen spreken bijna overal voor zich. Duidelijk komt bijvoorbeeld het probleem van de woningnood naar voren, dat zelfs onoplosbaar is voor Russen in betrekkelijk goeden doen.

Om op sommige plaatsen de vertaling nog iets aan begrijpelijkheid te doen winnen, heb ik de tekst licht bewerkt door kleine toevoegingen. Een voorbeeld: 'Goergen Ajroemjan' werd 'de Armeen Goergen Ajroemjan' – elke Russische lezer herkent hier direct een Armeense naam, iets wat lang niet voor iedere Nederlander zal gelden. De lezer treft op een enkele plaats een zin aan die niet van Marinina, maar van de vertaler afkomstig is. ('Als de meeste van haar landgenoten was ze verslingerd aan nagesynchroniseerde Latijns-Amerikaanse soapseries.') Beklemtoond moet worden dat ik beslist geen 'vrije' vertaling heb willen maken. Door in de vertaling iets te vervlechten van de kennis van de wereld die iedere Rus bezit, heb ik zo goed en zo kwaad als het gaat het effect dat de Russische tekst op een Russische lezer zou kunnen hebben, nagebootst bij een Nederlandse tekst en een Nederlandse lezer. Overigens blijven de toevoegingen uiterst bescheiden in aantal en omvang.

In deze zogeheten 'doeltaal-georiënteerde' vertaaltechniek past ook het weergeven van Russische begrippen met een Nederlands equivalent, daar waar een brontaal-gerichte aanpak voor letterlijke overzettingen zou kiezen: niet 'militie' maar 'politie', niet 'dienstdoend officier voor de stad' maar 'wachtcommandant'. Een overweging hierbij is ook dat een letterlijke vertaling niet altijd een verteerbaar resultaat oplevert. De Moskouse politie heet officieel 'Hoofdbestuur Binnenlandse Zaken van het Moskous Stedelijk Uitvoerend Comité' – niet iets voor in de strandstoel.

Een probleem vormde de weergave van Russische persoonsnamen in de vertaling. Russen hebben één voornaam, een vadersnaam en een achternaam (net als vroeger in Nederland: Kenau Symonsdochter Hasselaar). De beleefde aanspreekvorm is voornaam plus vadersnaam. Tegen Jeltsin zeg je Boris Nikolajevitsj, tegen de heldin van dit boek Anastasia Pavlovna. Op die ene voornaam wordt in het dagelijkse spraakgebruik op alle mogelijke manieren gevarieerd: Nastja, Anastasia, Asja, Asjka, Nastjoesja, Stasjenka. Bij sommige andere personages is de variatie bijna even uitbundig.

Lezers van een eerste versie van deze vertaling meldden dat ze door al die verschillende namen de draad kwijtraakten. Ik heb er daarom het mes in gezet. De vadersnaam is verdwenen, behalve een enkele keer bij Nastja en Gordejev.

De beleefdheidsvorm voornaam plus vadersnaam heb ik vervangen door de in het Nederlands gebruikelijke formele manier van aanspreken: met 'meneer' of 'mevrouw' bij burgers, met rang bij officieren. Elk personage heeft in de vertaling één vaste voornaam; alleen Nastja heet soms Anastasia en Stasjenka, en Irina is een enkele keer Irotsjka.

Voor geïnteresseerden volgen hier de namen zoals die in het Russische origineel van de roman voorkomen (bij niet genoemde personages bleef de naam in vertaling onbewerkt). De bonte verscheidenheid zal bij sommige lezers misschien de lust doen ontstaan om Russisch te leren en sterkt wellicht anderen in hun voornemen dat vooral níet te doen:

Ajroemjan, Goergen Artasjesovitsj; Dorman, Jevsej Iljitsj; Dotsenko, Michail Alexandrovitsj (Misja, Misjenka); Filatov, Sergej Stepanovitsj; Filatova, Irina Sergejevna (Ira, Irka, Irotsjka); Goloebovitsj, Stepan Ignatjevitsj; Gordejev, Victor Alexejevitsj (Vitja, Vitjoentsjik, Vitjoesja, Vitjoesjka); Gordejeva geb. Vorontsova, Nadezjda Andrejevna (Nadjenka); Idzikovski, Kirill; Konovalova, Jelena (Aljona, Lenotsjka); Korotkov, Joeri (Joera, Joerotsjka); Kovaljov, Vitali Jevgenjevitsj; Lartseva, Natalja Konstantinovna (Natasja); Lebedeva, Larisa (Lariska); Lesnikov, Igor Valentinovitsj (Igorjok); Olsjanski, Konstantin Michajlovitsj; Pavlov, Alexander Jevgenjevitsj (Sasja, Sasjenka); Roednik, Boris Vasiljevitsj; Semjonova, Ljoedmila (Ljoeda, Ljoedotsjka, Ljoesja); Sjoemilin, Sergej Victorovitsj (Serjozja); Tsjernysjev, Andrej (Andrjoesja); Tsjistjakov, (Ljosja, Ljosjka); Vorontsov, Andrej Grigorjevitsj; Zacharov, Dmitri Vladimirovitsj (Dima, Dimka, Dimoelja); Zjerechov, Pavel Vasiljevitsj (Pasja, Pasjenka).

Drie personages komen uitsluitend met voor- en vadersnaam voor. Ella Leonidovna en Leonid Petrovitsj zijn onveranderd gebleven; bij Dima's cliënt in hoofdstuk 1, Arkadi Leontjevitsj, heb ik de vadersnaam omgebouwd tot de achternaam Leontjev.

Mikkie heet in het origineel Michrjoetka, de hond Pief is

Kirill (Kirjoesja). Gordejevs bijnaam in het Russisch is Kolobok, het kleine ronde brood dat hier bij de bakker een 'boule' heet. Kamenski, vrouwelijk Kamenskaja, is de naam van een oud adellijk Russisch geslacht – vandaar het 'blauwe bloed'.

Een paar geografische namen zijn in vertaling vervangen door een aanduiding met windrichting, dit om niet in Moskou bekende lezers een zo goed mogelijke oriëntatie te bieden. Novyje tsjerjomoesjki werd Nieuw-Zuidwest, Prospekt mira werd de Vredesboulevard. De 'drukke ringweg om het centrum' is de Sadovoje koltso.

THEO VEENHOF